ISBN : 978-2-266-14881-8

HISTOIRES
EN ROUGE ET NOIR

HONORÉ DE BALZAC
EN POCKET CLASSIQUES

CÉSAR BIROTTEAU, n° 6119
LES CHOUANS, n° 6064
LE COLONEL CHABERT, n° 6052
LE COUSIN PONS, n° 6121
LA COUSINE BETTE, n° 6120
LE CURÉ DE TOURS, n° 6146
LE CURÉ DE VILLAGE, n° 6193
EUGÉNIE GRANDET, n° 6005
LA FEMME DE TRENTE ANS, n° 6076
HISTOIRE DES TREIZE, n° 6075
ILLUSIONS PERDUES, n° 6070
LE LYS DANS LA VALLÉE, n° 6034
LE MÉDECIN DE CAMPAGNE, n° 6192
LA PEAU DE CHAGRIN, n° 6017
LE PÈRE GORIOT, n° 6023
LA RABOUILLEUSE, n° 6106
SPLENDEURS ET MISÈRES DES COURTISANES, n° 6073
UNE TÉNÉBREUSE AFFAIRE, n° 6112

LE FANTASTIQUE FRANÇAIS
EN POCKET CLASSIQUES

Nodier, Balzac, Mérimée, Gautier, *Récits fantastiques*, n° 6087
Alexandre Dumas, *Histoires de fées et de sorcières,* n° 6248
Alexandre Dumas, *Histoires de vampires et de morts vivants*, n° 6249
Théophile Gautier, *Histoires de démons et de momies,* n° 6294
Prosper Mérimée, *Histoires de monstres et de revenants*, n° 6267
George Sand, *Laura, Voyage dans le cristal,* n° 6296
Jules Verne, *Voyage au centre de la terre*, n° 6056

POCKET CLASSIQU
collection dirigée par Claude

HONORÉ DE BA

HISTOIRES
EN ROUGE ET

Préface de Claude AZI
choix de textes, notes et « Les clés d
Dominique BRUNET et Annie COLL

POCKET

SOMMAIRE

1. Le titre est de l'éditeur (voir p. 177).

* Pour approfondir votre lecture, *Au fil du texte* vous propose une sélection commentée :

- de morceaux « classiques » devenus incontournables, signalés par ➡ (droit au but)
- d'extraits représentatifs de l'œuvre, signalés par ➲ (en flânant).

PRÉFACE

« Je n'ai que deux passions : l'amour et la gloire, et rien n'est encore satisfait. » Le jeune homme qui soupire ainsi a vingt-trois ans, des ambitions littéraires, des illusions qu'il n'a pas encore perdues. Il n'est pas beau et il le sait : la silhouette épaisse, la barbe hirsute, le cheveu gras, les dents gâtées. Mais un cœur à dévorer le monde et une plume infatigable. Car il écrit, ce jeune homme, jour et nuit, comme un fou furieux. Il épouse toutes les modes de son temps : le roman gothique à la Ann Radcliffe, le roman historique à la Walter Scott, le récit fantastique à la Hoffmann. Il s'est paré de noms ronflants : Lord R'hoone, Horace de Saint-Aubin, Victor Morillon. Il ne sait pas encore, au seuil des années 1820, que bientôt, dans moins de dix ans, il signera de son vrai nom : Honoré de Balzac.

En route donc vers la gloire. Mais l'amour ? Pour deviner le feu qui brûle en ce jeune homme timide, il y a déjà deux Laure, sa mère et sa sœur. Pour le faire jaillir, il en trouvera une troisième, Laure de Berny, quarante-cinq ans, neuf enfants et déjà grand-mère.

C'est avec elle, comme Rousseau avec Mme de Warens, qu'il parcourra toutes les étapes de cette éducation sentimentale qui, de Stendhal à Flaubert, de Dumas à Musset, accompagne les débuts dans la vie de ces cœurs romanesques et avides d'absolu qui battent dans la poitrine des enfants du siècle, venus souvent « trop tard dans un monde trop vieux ».

Laure de Berny, « la Dilecta », la première (« ce n'est que le dernier amour d'une femme qui satisfasse le premier amour d'un homme »), ne quittera jamais, jusqu'à sa mort, en 1836, la vie de Balzac. Avec elle, il fait ses débuts dans la vie, c'est-à-dire dans le monde. Il regarde, il écoute, il apprend, il séduit aussi. Encore une Laure, toujours la quarantaine, Laure Permon, duchesse d'Abrantès, veuve du glorieux Junot. Il faudra, au bouillant jeune homme de 1825, huit mois d'un siège assidu pour investir la place. Après la gloire, l'amour ; après l'amour, l'argent.

Balzac se veut affairiste, éditeur, imprimeur, mais son talent est ailleurs : un désastre financier en 1828 le lui prouvera amplement. Ailleurs, certes. Mais où ?

Dans les genres à la mode ou dans l'originalité ? Faut-il absolument « choisir entre la couleur et le drame, entre le fantastique et le réel » (*De la mode en littérature*, 29 mai 1830) ? Pourquoi ne pas s'avancer masqué, se laisser charmer par les sirènes du fantastique en les parant des ornements de la philosophie ? Une première application littéraire, ces *Contes bruns* qu'il publie avec deux amis, Philarète Chasles et Charles Rabou, et où il se félicite, dans un article du journal *La Caricature*, le 16 février 1832, article signé Alfred Coudreux, l'un des pseudonymes de Balzac, où il se félicite donc « de n'avoir point glissé dans quelque coin [du] titre le mot *fantastique*, programme vulgaire d'un genre encore dans toute sa nouveauté, il est vrai, mais qu'on a déjà trop usé par l'abus du nom seulement ». Sans toutefois oublier d'ajouter que « cependant, si jamais conditions d'un pareil titre ont été remplies quelque part, certes c'est bien dans le volume dont nous nous occupons : œil sans paupière, corps sans bras, tête sans propriétaire, détails d'une existence dans l'autre monde ; voilà, je crois, du genre fantastique, ou je ne m'y connais pas ». Coquetterie littéraire de la part de quelqu'un qui, depuis 1820, écrit des romans et des nouvelles où le bizarre, l'insolite, l'inattendu, le sublime et le grotesque se parent de toutes les nuances du rouge et du noir : depuis le rouge sang jusqu'au noir ténébreux. Pendant ces quinze ans qui vont de 1820 à 1835, où la recherche de l'absolu consume, peu à peu, cette peau de chagrin à laquelle il a voué sa vie.

1820 : Falthurne est l'héroïne d'un récit inachevé. Sorcière aux yeux de tous, elle suit en réalité la voie de la connaissance qu'empruntèrent, avant elle, les sages d'Égypte, Moïse et la Sibylle de Cumes.

1821 : *Le Sorcier* ajoute au roman noir anglais la splendeur des descriptions romantiques.

1822 : *Le Centenaire* est un premier hommage au *Melmoth* (1820) de Charles-Robert Maturin (1782-1824) : son héros a trouvé le secret de l'immortalité.

1830 : dans *Zéro* le narrateur se penche avec horreur sur cette épave qu'est devenue l'Église. Dans *La Danse des pierres*, il est en proie, dans la cathédrale Saint-Gatien, à Tours, à une hallucination.

1831 : reprise du thème de *Zéro*, mêlé à celui de *La Danse des pierres*, dans *L'Église*.

Cette même année, *Les Proscrits* mettent en scène le poète Dante, à la recherche, avec un jeune compagnon, de la vérité. Toujours en 1831, une année décidément féconde, Satan construit, dans *La Comédie du Diable*, un théâtre infernal où se produisent les plus célèbres figures de l'Histoire.

Avec *La Peau de chagrin* (1831), *Louis Lambert* (1832), *Le Chef-d'œuvre inconnu* (1834), Balzac ne cesse de faire preuve d'un génie aux couleurs du fantastique. Qui perdurera en 1835, avec *Melmoth réconcilié*, qui reprend et complète le roman de Maturin et qui aura des échos plus ludiques dans quelques nouvelles des *Contes drolatiques* (1837).

Ce sont donc, dans les mêmes nuances, des histoires extraordinaires, avant Poe, que ces « histoires en rouge et noir » : on décline, avec passion et cruauté, raffinement et sadisme, humour et terreur, l'inhumanité de la guerre, les souffrances de l'amour, la peur de la mort, dans une lueur crépusculaire et un climat morbide. Bref, cela s'appelle l'horreur.

Commençons par les horreurs de la guerre, celle d'Espagne, où s'illustra le général Hugo, celle d'Égypte, où brilla le général Dumas, celle de Vendée, celle de Russie. Ici (*El Verdugo*), les Français exercent de terribles représailles sur les Espagnols ; là, un officier, poussé par la passion du jeu, se livre à un cannibalisme atroce (*Histoire du capitaine Bianchi*). Ailleurs, un prisonnier espagnol meurt d'une mort horrible (*La Grande Bretèche*) et un exilé, toujours espagnol, offre le spectacle d'une vengeance cruelle sur son épouse infidèle (*Le Grand d'Espagne*).

En Égypte, un soldat français est pris d'une étrange passion (*Une passion dans le désert*). En Anjou, un « Blanc », le chevalier de Beauvoir (dans une nouvelle homonyme), est attiré dans un piège diabolique par un « Bleu ». En Russie, un colonel et sa maîtresse périssent misérablement dans les flammes (*La Maîtresse de notre colonel*).

Après les horreurs de la guerre, celles de l'amour. Passons sur les amours exotiques d'un soldat et d'une panthère : la mythologie grecque nous y a habitués (*Une passion dans le désert*). Penchons-nous plutôt sur ces maris trompés qui fourbissent de terribles vengeances. Dans *La Grande Bretèche*, l'époux fait emmurer vivant l'amant de sa femme. Dans *La Maîtresse de notre colonel*, le mari, d'abord complaisant, fait brûler vifs épouse et amant. Dans *Le Grand d'Espagne*, enfin, l'épouse adultère, atrocement mutilée, est exhibée comme le vivant exemple de la vengeance d'un homme trompé. Seule, peut-être, pour adoucir le tableau, cette femme de médecin (dans *Deux morts sublimes*) qui montre, jusqu'au seuil de la mort, un amour conjugal exemplaire.

Car, ici, l'amour est inextricablement mêlé à la mort. Amour d'un fils pour ses parents qu'il est obligé de décapiter (*El Verdugo*) ; amour d'un père pour son fils, un réfractaire qui meurt de faim (*Le Père du réfractaire*). Fidélité d'un fils envers un père qui veut braver la mort (*L'Élixir de longue vie*). Ici un brave homme paie de sa vie le crime qu'il a commis poussé par la colère (*Le Gilet rouge*), là un homme brave refuse de se soustraire à la guillotine (*Deux morts sublimes*). Enfin, entre l'horreur et le rire, ce *Tic du mort*, à l'humour noir.

Guerre, amour et mort : l'éventail des passions qui animent tous les personnages de ces histoires et qu'on retrouvera chez ceux de *La Comédie humaine*. L'ivresse du combat, la passion du jeu, l'amour de la liberté, le désir des femmes, aux deux sens du terme, dansent un terrifiant sabbat dont les flammes rouges éclairent diaboliquement les noires ténèbres.

Claude Aziza

► La page titre des *Contes bruns* (document BNF)

La vignette de Tony Johannot, gravée par Thompson, figure une tête renversée, sans cou. Cheveux et sourcils hérissés, comme électrisés, yeux ronds exorbités, visage long, osseux et ridé, nez fortement marqué, lèvres ouvertes sur six grosses dents blanches dans le rictus d'un sourire satanique et carnassier, le tout sur fond noir : de toute évidence, cette figure affiche un « ton » démoniaque qui doit garantir au lecteur les délicieux frissons de l'épouvante, selon le code du fantastique à la mode.

CONTES BRUNS.

PAR UNE

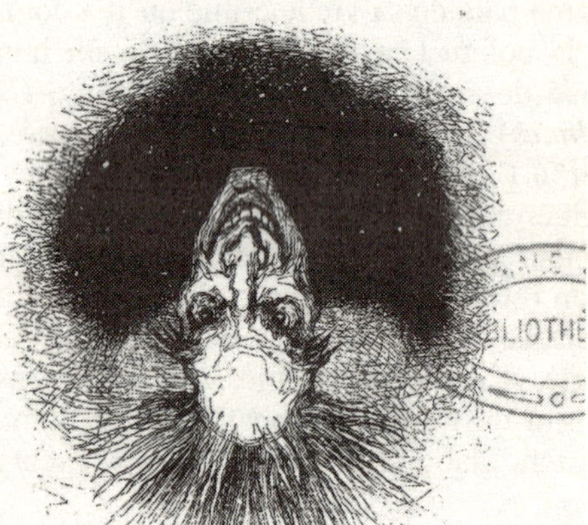

PARIS.

URBAIN CANEL, ADOLPHE GUYOT,

RUE DU BAC, N° 104. PLACE DU LOUVRE, N° 18.

M. DCCCXXXII.

HISTOIRES
EN ROUGE ET NOIR

EL VERDUGO [1*]

À Martinez de La Rosa [2]

Le clocher de la petite ville de Menda [3] venait de sonner minuit. En ce moment, un jeune officier français, appuyé sur le parapet d'une longue terrasse qui bordait les jardins du château de Menda, paraissait

* Toutes les notes sont de l'éditeur.

1. *El verdugo* signifie « le bourreau » en espagnol (voir l'explication à la fin de la nouvelle). Lorsque le texte paraît pour la 1re fois dans *La Mode* du 28 janvier 1830 (voir p. 171), il porte un surtitre, « SOUVENIRS SOLDATESQUES », et un sous-titre, « Guerre d'Espagne (1809) ». Nous donnons ici le texte tel qu'il a été publié dans l'édition Furne en 1846 (voir p. 248).

2. Francisco Martinez de La Rosa (1789-1862) est à la fois un écrivain et un homme d'État espagnol. Il fit plusieurs séjours à Paris, soit comme exilé politique (en 1824-1831 et en 1840-1843), soit comme ambassadeur (en 1844 et en 1846). Il avait écrit des poèmes exaltant la résistance espagnole ; en 1809, il avait même aidé à organiser le soutien anglais contre l'invasion française. Il apporta divers renseignements à Balzac sur l'Espagne ; peut-être même lui a-t-il fourni la source de ce récit.

3. À sa parution dans *La Mode*, le texte portait cette note en bas de page : « Le respect dû à des infortunes contemporaines oblige le narrateur à changer le nom de la ville et de la famille dont il s'agit. » Il existe une bourgade nommée Menda en Galice, au nord de l'Espagne, où eurent lieu en 1808 et 1809 des soulèvements contre l'occupant français et des tentatives anglaises de débarquement.

abîmé dans une contemplation plus profonde que ne le comportait l'insouciance de la vie militaire ; mais il faut dire aussi que jamais heure, site et nuit ne furent plus propices à la méditation. Le beau ciel d'Espagne étendait un dôme d'azur au-dessus de sa tête. Le scintillement des étoiles et la douce lumière de la lune éclairaient une vallée délicieuse qui se déroulait coquettement à ses pieds. Appuyé sur un oranger en fleur, le chef de bataillon pouvait voir, à cent pieds[1] au-dessous de lui, la ville de Menda, qui semblait s'être mise à l'abri des vents du nord, au pied du rocher sur lequel était bâti le château. En tournant la tête, il apercevait la mer, dont les eaux brillantes encadraient le paysage d'une large lame d'argent. Le château était illuminé. Le joyeux tumulte d'un bal, les accents de l'orchestre, les rires de quelques officiers et de leurs danseuses arrivaient jusqu'à lui, mêlés au lointain murmure des flots. La fraîcheur de la nuit imprimait une sorte d'énergie à son corps fatigué par la chaleur du jour. Enfin les jardins étaient plantés d'arbres si odoriférants et de fleurs si suaves que le jeune homme se trouvait comme plongé dans un bain de parfums.

Le château de Menda appartenait à un Grand[2] d'Espagne, qui l'habitait en ce moment avec sa famille. Pendant toute cette soirée, l'aînée des filles avait regardé l'officier avec un intérêt empreint d'une telle tristesse que le sentiment de compassion exprimé par l'Espagnole pouvait bien causer la rêverie du Français. Clara était belle, et quoiqu'elle eût trois frères et

1. Soit environ trente mètres.
2. Titre donné aux seigneurs les plus élevés dans la hiérarchie de la noblesse : ils ont le privilège de rester couverts devant le roi. Voir *Le Grand d'Espagne*, p. 153.

une sœur, les biens du marquis de Léganès[1] paraissaient assez considérables pour faire croire à Victor Marchand[2] que la jeune personne aurait une riche dot. Mais comment oser croire que la fille du vieillard le plus entiché de sa grandesse[3] qui fût en Espagne pourrait être donnée au fils d'un épicier de Paris ! D'ailleurs, les Français étaient haïs. Le marquis ayant été soupçonné par le général G..t..r[4], qui gouvernait la province, de préparer un soulèvement en faveur de Ferdinand VII[5], le bataillon commandé par Victor Marchand avait été cantonné dans la petite ville de Menda pour contenir les campagnes voisines, qui obéissaient au marquis de Léganès. Une récente dépêche du maréchal Ney[6] faisait craindre que les Anglais ne débarquassent prochainement sur la côte, et signalait le marquis comme un homme qui entretenait des

1. Un marquis de Léganès commanda les troupes espagnoles qui s'opposèrent à celles de Louis XIV pendant la guerre de Neuf Ans (1688-1697).

2. Le prénom Victor vient du latin *victor*, victorieux, ce qui paraît s'imposer pour un militaire. On relève, dans l'armée d'occupation française en Espagne, les noms du général Jean-Gabriel Marchand et du maréchal Victor, duc de Bellune. On peut aussi considérer que le nom Marchand est un clin d'œil à l'origine sociale du personnage, simple « fils d'un épicier de Paris ».

3. De l'espagnol *grandeza*, qui désigne la dignité de Grand d'Espagne.

4. Si on complète les lettres, on peut obtenir Gautier. Il s'agit peut-être du général Étienne Gauthier, mort en retraite à Tours en 1826. Il avait servi comme colonel au printemps 1809, quand les forces anglaises cherchaient précisément à débarquer sur la côte nord de l'Espagne.

5. Devenu roi d'Espagne après l'abdication de son père Charles IV en 1808, Ferdinand VII fut également contraint par Napoléon d'abdiquer la même année.

6. Le maréchal Michel Ney (1769-1815) commandait alors les troupes françaises en Galice.

intelligences avec le cabinet de Londres [1]. Aussi, malgré le bon accueil que cet Espagnol avait fait à Victor Marchand et à ses soldats, le jeune officier se tenait-il constamment sur ses gardes. En se dirigeant vers cette terrasse où il venait examiner l'état de la ville et des campagnes confiées à sa surveillance, il se demandait comment il devait interpréter l'amitié que le marquis n'avait cessé de lui témoigner, et comment la tranquillité du pays pouvait se concilier avec les inquiétudes de son général ; mais depuis un moment, ces pensées avaient été chassées de l'esprit du jeune commandant par un sentiment de prudence et par une curiosité bien légitime. Il venait d'apercevoir dans la ville une assez grande quantité de lumières. Malgré la fête de saint Jacques [2], il avait ordonné, le matin même, que les feux fussent éteints à l'heure prescrite par son règlement. Le château seul avait été excepté de cette mesure. Il vit bien briller çà et là les baïonnettes de ses soldats aux postes accoutumés ; mais le silence était solennel, et rien n'annonçait que les Espagnols fussent en proie à l'ivresse d'une fête. Après avoir cherché à s'expliquer l'infraction dont se rendaient coupables les habitants, il trouva dans ce délit un mystère d'autant plus incompréhensible qu'il avait laissé des officiers chargés de la police nocturne et des rondes. Avec l'impétuosité de la jeunesse, il allait s'élancer par une brèche pour descendre rapidement les rochers, et parvenir ainsi plus tôt que par le chemin

1. C'est-à-dire des relations secrètes avec le gouvernement anglais. L'Angleterre, en guerre contre la France depuis la rupture de la paix d'Amiens (1803), joua un rôle important dans la défaite de Napoléon en Espagne.

2. Le 25 juillet. C'est une fête religieuse importante pour les Espagnols, en raison du pèlerinage à Saint-Jacques-de-Compostelle.

ordinaire à un petit poste placé à l'entrée de la ville du côté du château, quand un faible bruit l'arrêta dans sa course. Il crut entendre le sable des allées criant sous le pas léger d'une femme. Il retourna la tête et ne vit rien ; mais ses yeux furent saisis par l'éclat extraordinaire de l'Océan. Il y aperçut tout à coup un spectacle si funeste qu'il demeura immobile de surprise, en accusant ses sens d'erreur. Les rayons blanchissants de la lune lui permirent de distinguer des voiles à une assez grande distance. Il tressaillit et tâcha de se convaincre que cette vision était un piège d'optique offert par les fantaisies des ondes et de la lune. En ce moment, une voix enrouée prononça le nom de l'officier, qui regarda vers la brèche, et vit s'y élever lentement la tête du soldat par lequel il s'était fait accompagner au château.

« Est-ce vous, mon commandant ?

— Oui. Eh bien ? lui dit à voix basse le jeune homme, qu'une sorte de pressentiment avertit d'agir avec mystère.

— Ces gredins-là se remuent comme des vers et je me hâte, si vous me le permettez, de vous communiquer mes petites observations.

— Parle, répondit Victor Marchand.

— Je viens de suivre un homme [1] du château qui s'est dirigé par ici une lanterne à la main. Une lanterne est furieusement suspecte ! je ne crois pas que ce chrétien-là ait besoin d'allumer des cierges à cette heure-ci. “Ils veulent nous manger !” que je me suis dit, et je me suis mis à lui examiner les talons [2]. Aussi, mon commandant, ai-je découvert à trois pas d'ici, sur un quartier de roche, un certain amas de fagots. »

Un cri terrible, qui tout à coup retentit dans la ville,

1. Un domestique.
2. Expression familière : à le suivre.

interrompit le soldat. Une lueur soudaine éclaira le commandant. Le pauvre grenadier reçut une balle dans la tête et tomba. Un feu de paille et de bois sec brillait comme un incendie à dix pas du jeune homme. Les instruments et les rires cessaient de se faire entendre dans la salle du bal. Un silence de mort, interrompu par des gémissements, avait soudain remplacé les rumeurs et la musique de la fête. Un coup de canon retentit sur la plaine blanche de l'Océan. Une sueur froide coula sur le front du jeune officier. Il était sans épée. Il comprenait que ses soldats avaient péri et que les Anglais allaient débarquer. Il se vit déshonoré s'il vivait, il se vit traduit devant un conseil de guerre ; alors il mesura des yeux la profondeur de la vallée et s'y élançait au moment où la main de Clara saisit la sienne.

« Fuyez ! dit-elle, mes frères me suivent pour vous tuer. Au bas du rocher, par là, vous trouverez l'andalou de Juanito [1]. Allez ! »

Elle le poussa, le jeune homme stupéfait la regarda pendant un moment ; mais, obéissant bientôt à l'instinct de conservation qui n'abandonne jamais l'homme, même le plus fort, il s'élança dans le parc en prenant la direction indiquée et courut à travers des rochers que les chèvres avaient seules pratiqués jusqu'alors. Il entendit Clara crier à ses frères de le poursuivre ; il entendit les pas de ses assassins ; il entendit siffler à ses oreilles les balles de plusieurs décharges ; mais il atteignit la vallée, trouva le cheval, monta dessus et disparut avec la rapidité de l'éclair.

En peu d'heures le jeune officier parvint au quartier du général G..t..r, qu'il trouva dînant avec son état-major.

1. Le cheval de race andalouse de son frère aîné (Juanito est le diminutif de Juan).

« Je vous apporte ma tête ! » s'écria le chef de bataillon en apparaissant pâle et défait.

Il s'assit et raconta l'horrible aventure. Un silence effrayant accueillit son récit.

« Je vous trouve plus malheureux que criminel, répondit enfin le terrible général. Vous n'êtes pas comptable du forfait des Espagnols ; et à moins que le maréchal [1] n'en décide autrement, je vous absous. »

Ces paroles ne donnèrent qu'une bien faible consolation au malheureux officier.

« Quand l'Empereur saura cela ! s'écria-t-il.

— Il voudra vous faire fusiller, dit le général, mais nous verrons. Enfin, ne parlons plus de ceci, ajouta-t-il d'un ton sévère, que pour en tirer une vengeance qui imprime une terreur salutaire à ce pays où l'on fait la guerre à la façon des sauvages. »

Une heure après, un régiment entier [2], un détachement de cavalerie et un convoi d'artillerie étaient en route. Le général et Victor marchaient à la tête de cette colonne. Les soldats, instruits du massacre de leurs camarades, étaient possédés d'une fureur sans exemple. La distance qui séparait la ville de Menda du quartier général fut franchie avec une rapidité miraculeuse. Sur la route, le général trouva des villages entiers sous les armes. Chacune de ces misérables bourgades fut cernée et leurs habitants décimés.

Par une de ces fatalités inexplicables, les vaisseaux anglais étaient restés en panne [3] sans avancer ; mais on sut plus tard que ces vaisseaux ne portaient que de l'artillerie et qu'ils avaient mieux marché que le reste des transports. Ainsi la ville de Menda, privée des

1. Le maréchal Ney, déjà nommé.
2. Sous l'Empire, un régiment compte deux mille fantassins.
3. Mettre un bateau « en panne » signifie l'arrêter en réduisant sa voilure.

défenseurs qu'elle attendait, et que l'apparition des voiles anglaises semblait lui promettre, fut entourée par les troupes françaises presque sans coup férir. Les habitants, saisis de terreur, offrirent de se rendre à discrétion[1]. Par un de ces dévouements qui n'ont pas été rares dans la Péninsule, les assassins des Français, prévoyant, d'après la cruauté connue du général, que Menda serait peut-être livrée aux flammes et la population entière passée au fil de l'épée, proposèrent de se dénoncer eux-mêmes au général. Il accepta cette offre, en y mettant pour condition que les habitants du château, depuis le dernier valet jusqu'au marquis, seraient mis entre ses mains. Cette capitulation consentie, le général promit de faire grâce au reste de la population et d'empêcher ses soldats de piller la ville ou d'y mettre le feu. Une contribution énorme fut frappée[2], et les plus riches habitants se constituèrent prisonniers pour en garantir le paiement, qui devait être effectué dans les vingt-quatre heures.

Le général prit toutes les précautions nécessaires à la sûreté de ses troupes, pourvut à la défense du pays et refusa de loger ses soldats dans les maisons. Après les avoir fait camper, il monta au château et s'en empara militairement. Les membres de la famille de Léganès et les domestiques furent soigneusement gardés à vue, garrottés[3] et enfermés dans la salle où le bal avait eu lieu. Des fenêtres de cette pièce on pouvait facilement embrasser la terrasse qui dominait la ville. L'état-major s'établit dans une galerie voisine, où le général tint d'abord conseil sur les mesures à prendre pour s'opposer au débarquement. Après avoir

1. Ils acceptèrent de se rendre sans condition, donc de se soumettre à n'importe quelle décision prise par le vainqueur.
2. Levée.
3. Solidement attachés.

expédié un aide de camp au maréchal Ney, ordonné d'établir des batteries sur la côte, le général et son état-major s'occupèrent des prisonniers. Deux cents Espagnols que les habitants avaient livrés furent immédiatement fusillés sur la terrasse. Après cette exécution militaire, le général commanda de planter sur cette terrasse autant de potences qu'il y avait de gens dans la salle du château et de faire venir le bourreau de la ville. Victor Marchand profita du temps qui allait s'écouler avant le dîner pour aller voir les prisonniers. Il revint bientôt vers le général.

« J'accours, lui dit-il d'une voix émue, vous demander des grâces.

— Vous ! reprit le général avec un ton d'ironie amère.

— Hélas ! répondit Victor, je demande de tristes grâces. Le marquis, en voyant planter les potences, a espéré que vous changeriez ce genre de supplice pour sa famille, et vous supplie de faire décapiter[1] les nobles.

— Soit ! dit le général.

— Ils demandent encore qu'on leur accorde les secours de la religion et qu'on les délivre de leurs liens ; ils promettent de ne pas chercher à fuir.

— J'y consens, dit le général ; mais vous m'en répondez.

— Le vieillard vous offre encore toute sa fortune si vous voulez pardonner à son jeune fils.

1. La décapitation était considérée comme une faveur réservée à la noblesse en Angleterre (au lieu de la pendaison). Mais elle n'était pas en usage en Espagne à cette époque : les nobles condamnés à mort étaient fusillés. Balzac construit donc une situation dramatique qui renvoie à la fois à la guillotine de la Révolution française et à une scène fantasmatique particulièrement répandue dans la littérature romantique du temps. Voir, dans « Lectures croisées », « Bourreaux et têtes coupées », p. 221.

— Vraiment ! répondit le chef. Ses biens appartiennent déjà au roi Joseph[1]. » Il s'arrêta. Une pensée de mépris rida son front, et il ajouta : « Je vais surpasser leur désir. Je devine l'importance de sa dernière demande[2]. Eh bien, qu'il achète l'éternité de son nom, mais que l'Espagne se souvienne à jamais de sa trahison et de son supplice ! Je laisse sa fortune et la vie à celui de ses fils qui remplira l'office de bourreau. Allez, et ne m'en parlez plus. »

Le dîner était servi. Les officiers attablés satisfaisaient un appétit que la fatigue avait aiguillonné. Un seul d'entre eux, Victor Marchand, manquait au festin. Après avoir hésité longtemps, il entra dans le salon où gémissait l'orgueilleuse famille de Léganès et jeta des regards tristes sur le spectacle que présentait alors cette salle, où, la surveille[3], il avait vu tournoyer, emportées par la valse, les têtes des deux jeunes filles et des trois jeunes gens. Il frémit en pensant que dans peu elles devaient rouler, tranchées par le sabre du bourreau. Attachés sur leurs fauteuils dorés, le père et la mère, les trois enfants et les deux jeunes filles restaient dans un état d'immobilité complète. Huit serviteurs étaient debout, les mains liées derrière le dos. Ces quinze personnes se regardaient gravement et leurs yeux trahissaient à peine les sentiments qui les animaient. Une résignation profonde et le regret d'avoir échoué dans leur entreprise se lisaient sur quelques fronts. Des soldats immobiles les gardaient en respectant la douleur de ces cruels ennemis. Un

1. Joseph Bonaparte (1768-1844), frère aîné de Napoléon, reçut de lui le titre de roi d'Espagne, qu'il porta de 1808 à 1813.

2. Le marquis de Léganès veut que l'ennemi épargne au moins un fils pour qu'il puisse assurer la descendance de sa famille après l'exécution de tous ses autres membres.

3. L'avant-veille.

mouvement de curiosité anima les visages quand Victor parut. Il donna l'ordre de délier les condamnés et alla lui-même détacher les cordes qui retenaient Clara prisonnière sur sa chaise. Elle sourit tristement. L'officier ne put s'empêcher d'effleurer les bras de la jeune fille, en admirant sa chevelure noire, sa taille souple. C'était une véritable Espagnole : elle avait le teint espagnol, les yeux espagnols, de longs cils recourbés et une prunelle plus noire que ne l'est l'aile d'un corbeau[1].

« Avez-vous réussi ? » dit-elle en lui adressant un de ces sourires funèbres où il y a encore de la jeune fille.

Victor ne put s'empêcher de gémir. Il regarda tour à tour les trois frères et Clara. L'un, et c'était l'aîné, avait trente ans. Petit, assez mal fait, l'air fier et dédaigneux, il ne manquait pas d'une certaine noblesse dans les manières et ne paraissait pas étranger à cette délicatesse de sentiment qui rendit autrefois la galanterie espagnole si célèbre. Il se nommait Juanito. Le second, Philippe, était âgé de vingt ans environ. Il ressemblait à Clara. Le dernier avait huit ans. Un peintre aurait trouvé dans les traits de Manuel un peu de cette constance romaine que David[2] a prêtée aux enfants dans ses pages républicaines. Le vieux marquis avait une tête couverte de cheveux blancs qui semblait échappée d'un tableau de Murillo[3]. À cet

1. Ce portrait stéréotypé renvoie aux clichés de la mode espagnole, alors très répandue dans les arts et la littérature. Voir, dans « Les thèmes clés », « L'exotisme », p. 212.

2. Le peintre français Jacques-Louis David (1748-1825) était célèbre pour ses tableaux inspirés de l'Antiquité classique où il représentait de grandes scènes exaltant l'héroïsme patriotique (*Le Serment des Horaces*, *Les licteurs rapportant à Brutus le corps de son fils mort*, *La Douleur d'Andromaque*, entre autres).

3. Le peintre espagnol Bartolomé Esteban Murillo (1618-

aspect, le jeune officier hocha la tête, en désespérant de voir accepter par un de ces quatre personnages le marché du général ; néanmoins il osa le confier à Clara. L'Espagnole frissonna d'abord, mais elle reprit tout à coup un air calme et alla s'agenouiller devant son père.

« Oh ! lui dit-elle, faites jurer à Juanito qu'il obéira fidèlement aux ordres que vous lui donnerez et nous serons contents. »

La marquise tressaillit d'espérance ; mais quand, se penchant vers son mari, elle eut entendu l'horrible confidence de Clara, cette mère s'évanouit. Juanito comprit tout, il bondit comme un lion en cage. Victor prit sur lui de renvoyer les soldats, après avoir obtenu du marquis l'assurance d'une soumission parfaite. Les domestiques furent emmenés et livrés au bourreau, qui les pendit. Quand la famille n'eut plus que Victor pour surveillant, le vieux père se leva.

« Juanito ! » dit-il.

Juanito ne répondit que par une inclinaison de tête qui équivalait à un refus, retomba sur sa chaise et regarda ses parents d'un œil sec et terrible. Clara vint s'asseoir sur ses genoux, et, d'un air gai : « Mon cher Juanito, dit-elle en lui passant le bras autour du cou et l'embrassant sur les paupières, si tu savais combien, donnée par toi, la mort me sera douce. Je n'aurai pas à subir l'odieux contact des mains d'un bourreau. Tu me guériras des maux qui m'attendaient, et... mon bon Juanito, tu ne me voulais voir à personne, eh bien ? »

Ses yeux veloutés jetèrent un regard de feu sur Vic-

1682) était célèbre pour ses tableaux d'inspiration religieuse (*Le Retour du Fils prodigue*, où un vieillard chenu se penche pour prendre dans ses bras son fils agenouillé devant lui), mais aussi réaliste (*Le Jeune Mendiant*).

tor, comme pour réveiller dans le cœur de Juanito son horreur des Français.

« Aie du courage, lui dit son frère Philippe, autrement notre race presque royale est éteinte. »

Tout à coup Clara se leva, le groupe qui s'était formé autour de Juanito se sépara et cet enfant, rebelle à bon droit, vit devant lui, debout, son vieux père, qui d'un ton solennel s'écria : « Juanito, je te l'ordonne. »

Le jeune comte restant immobile, son père tomba à ses genoux. Involontairement, Clara, Manuel et Philippe l'imitèrent. Tous tendirent les mains vers celui qui devait sauver la famille de l'oubli et semblèrent répéter ces paroles paternelles : « Mon fils, manquerais-tu d'énergie espagnole et de vraie sensibilité ? Veux-tu me laisser longtemps à genoux, et dois-tu considérer ta vie et tes souffrances ? Est-ce mon fils, madame ? » ajouta le vieillard en se retournant vers la marquise.

« Il y consent ! » s'écria la mère avec désespoir en voyant Juanito faire un mouvement des sourcils dont la signification n'était connue que d'elle.

Mariquita[1], la seconde fille, se tenait à genoux en serrant sa mère dans ses faibles bras ; et comme elle pleurait à chaudes larmes, son petit frère Manuel vint la gronder. En ce moment l'aumônier du château entra, il fut aussitôt entouré de toute la famille, on l'amena à Juanito. Victor, ne pouvant supporter plus longtemps cette scène, fit un signe à Clara et se hâta d'aller tenter un dernier effort auprès du général. Il le trouva en belle humeur, au milieu du festin, et buvant

1. Diminutif de Maria, que Balzac réutilisera pour la marquise de San Réal dans *La Fille aux yeux d'or* (in *Histoire des Treize*, 1835). On note qu'un personnage de Prosper Mérimée porte déjà ce prénom dans *Le Théâtre de Clara Gazul* (1825) ; voir p. 222.

avec ses officiers, qui commençaient à tenir de joyeux propos.

Une heure après, cent des plus notables habitants de Menda vinrent sur la terrasse pour être, suivant les ordres du général, témoins de l'exécution de la famille Léganès. Un détachement de soldats fut placé pour contenir les Espagnols, que l'on rangea sous les potences auxquelles les domestiques du marquis avaient été pendus. Les têtes de ces bourgeois touchaient presque les pieds de ces martyrs. À trente pas d'eux, s'élevait un billot et brillait un cimeterre [1]. Le bourreau était là en cas de refus de la part de Juanito. Bientôt les Espagnols entendirent, au milieu du plus profond silence, les pas de plusieurs personnes, le son mesuré de la marche d'un piquet [2] de soldats et le léger retentissement de leurs fusils. Ces différents bruits étaient mêlés aux accents joyeux du festin des officiers, comme naguère les danses d'un bal avaient déguisé les apprêts de la sanglante trahison. Tous les regards se tournèrent vers le château et l'on vit la noble famille qui s'avançait avec une incroyable assurance. Tous les fronts étaient calmes et sereins. Un seul homme, pâle et défait, s'appuyait sur le prêtre, qui prodiguait toutes les consolations de la religion à cet homme, le seul qui dût vivre. Le bourreau comprit, comme tout le monde, que Juanito avait accepté sa place pour un jour. Le vieux marquis et sa femme, Clara, Mariquita et leurs deux frères vinrent s'agenouiller à quelques

1. En remplaçant la hache par un cimeterre (sabre oriental à lame large et recourbée), qui fait référence à l'influence sarrasine mais qui n'est plus utilisé en Espagne depuis la fin du Moyen Âge, Balzac a sans doute voulu faire de la « couleur locale ». On note qu'Alexandre Dumas met aussi un cimeterre dans les mains de son bourreau pour l'exécution de Milady (voir p. 230).

2. Détachement de soldats désignés pour un service de garde.

Voir *Au fil du texte,* p. 193.

pas du lieu fatal. Juanito fut conduit par le prêtre. Quand il arriva au billot, l'exécuteur [1], le tirant par la manche, le prit à part et lui donna probablement quelques instructions. Le confesseur plaça les victimes de manière à ce qu'elles ne vissent pas le supplice. Mais c'étaient de vrais Espagnols qui se tinrent debout et sans faiblesse.

Clara s'élança la première vers son frère. « Juanito, lui dit-elle, aie pitié de mon peu de courage ! commence par moi ! »

En ce moment, les pas précipités d'un homme retentirent. Victor arriva sur le lieu de cette scène. Clara était agenouillée déjà, déjà son cou blanc appelait le cimeterre. L'officier pâlit, mais il trouva la force d'accourir.

« Le général t'accorde la vie si tu veux m'épouser », lui dit-il à voix basse.

L'Espagnole lança sur l'officier un regard de mépris et de fierté.

« Allons, Juanito ! » dit-elle d'un son de voix profond.

Sa tête roula aux pieds de Victor. La marquise de Léganès laissa échapper un mouvement convulsif en entendant le bruit ; ce fut la seule marque de sa douleur.

« Suis-je bien comme ça, mon bon Juanito ? » fut la demande que fit le petit Manuel à son frère.

« Ah ! tu pleures, Mariquita ! dit Juanito à sa sœur.

— Oh ! oui, répliqua la jeune fille. Je pense à toi, mon pauvre Juanito, tu seras bien malheureux sans nous. »

1. « C'est le bourreau, répondit monsieur Ragon en nommant l'exécuteur des hautes œuvres par son nom monarchique » (Balzac, *Un épisode sous la Terreur*, 1830). Voir, dans « Lectures croisées », « Bourreaux et têtes coupées », p. 231.

Bientôt la grande figure du marquis apparut. Il regarda le sang de ses enfants, se tourna vers les spectateurs muets et immobiles, étendit les mains vers Juanito, et dit d'une voix forte : « Espagnols, je donne à mon fils ma bénédiction paternelle ! Maintenant, marquis, frappe sans peur, tu es sans reproche[1]. »

Mais quand Juanito vit approcher sa mère, soutenue par le confesseur : « Elle m'a nourri », s'écria-t-il.

Sa voix arracha un cri d'horreur à l'assemblée. Le bruit du festin et les rires joyeux des officiers s'apaisèrent à cette terrible clameur. La marquise comprit que le courage de Juanito était épuisé, elle s'élança d'un bond par-dessus la balustrade, et alla se fendre la tête sur les rochers. Un cri d'admiration s'éleva. Juanito était tombé évanoui.

« Mon général, dit un officier à moitié ivre, Marchand vient de me raconter quelque chose de cette exécution, je parie que vous ne l'avez pas ordonnée...

— Oubliez-vous, messieurs, s'écria le général G..t..r, que, dans un mois, cinq cents familles françaises seront en larmes[2] et que nous sommes en Espagne ? Voulez-vous laisser nos os ici ? »

Après cette allocution, il ne se trouva personne, pas même un sous-lieutenant, qui osât vider son verre.

Malgré les respects dont il est entouré, malgré le titre d'*El Verdugo* (le Bourreau) que le roi d'Espagne a donné comme titre de noblesse au marquis de Léganès, il est dévoré par le chagrin, il vit solitaire et se montre rarement. Accablé sous le fardeau de son admirable forfait, il semble attendre avec impatience

1. On connaît le courage légendaire de Bayard, chevalier français « sans peur et sans reproche », qui s'illustra à la bataille de Marignan (1515).

2. Sous-entendu : s'il n'y a pas de représailles et que les Espagnols en profitent pour se soulever contre les Français.

que la naissance d'un second fils lui donne le droit de rejoindre les ombres qui l'accompagnent incessamment.

Paris, octobre 1829

L'ÉLIXIR DE LONGUE VIE[1]

Au lecteur

Au début de la vie littéraire de l'auteur, un ami, mort depuis longtemps, lui donna le sujet de cette Étude, que plus tard il trouva dans un recueil publié vers le commencement de ce siècle ; et, selon ses conjectures, c'est une fantaisie due à Hoffmann[2] de Berlin, publiée dans quelque almanach d'Allemagne, et oubliée dans ses œuvres par les éditeurs. *La Comédie humaine* est assez riche en inventions pour que l'auteur avoue un innocent emprunt ; comme le bon La Fontaine, il aura traité d'ailleurs à sa manière, et sans le savoir, un fait déjà conté. Ceci ne fut pas une de ces plaisanteries à la mode en 1830, époque à laquelle tout auteur *faisait de l'atroce* pour le plaisir des jeunes filles. Quand vous serez arrivé à l'élégant parricide de don Juan, essayez de deviner la conduite que tiendraient, en des conjonctures à peu près semblables, les honnêtes gens qui, au dix-neuvième siècle, prennent de l'argent à rentes viagères, sur la foi d'un

1. Nous donnons ici le texte tel qu'il a été publié dans l'édition Furne en 1846 (voir p. 248).

2. Hoffmann (1776-1822) : écrivain allemand célèbre pour ses contes fantastiques.

catarrhe[1], ou ceux qui louent une maison à une vieille femme pour le reste de ses jours ? Ressusciteraient-ils leurs rentiers ? Je désirerais que des peseurs jurés de conscience examinassent quel degré de similitude il peut exister entre don Juan et les pères qui marient leurs enfants à cause des *espérances* ? La société humaine, qui marche, à entendre quelques philosophes, dans une voie de progrès, considère-t-elle comme un pas vers le bien, l'art d'attendre les trépas ? Cette science a créé des métiers honorables, au moyen desquels on vit de la mort. Certaines personnes ont pour état d'espérer un décès, elles le couvent, elles s'accroupissent chaque matin sur un cadavre, et s'en font un oreiller le soir : c'est les coadjuteurs[2], les cardinaux, les surnuméraires[3], les tontiniers[4], etc. Ajoutez-y beaucoup de gens délicats, empressés d'acheter une propriété dont le prix dépasse leurs moyens, mais qui établissent logiquement et à froid les chances de vie qui restent à leurs pères ou à leurs belles-mères, octogénaires ou septuagénaires, en disant : « Avant trois ans, j'hériterai nécessairement, et alors... » Un meurtrier nous dégoûte moins qu'un espion. Le meurtrier a cédé peut-être à un mouvement de folie, il peut se repentir, s'ennoblir. Mais l'espion est toujours espion ; il est espion au lit, à table, en marchant, la nuit, le jour ; il est vil à toute minute. Que serait-ce donc d'être meurtrier comme un espion est vil ? Hé ! bien, ne venez-vous pas de reconnaître au sein de la société une foule d'êtres amenés par nos lois, par nos

1. Bronchite.
2. Ecclésiastique nommé comme adjoint d'un prélat.
3. Employé en surnombre, non titulaire.
4. Vient de « tontine », association de personnes qui réunissent leur capital pour bénéficier d'une rente viagère qui revient, en cas de décès, aux contractants survivants.

mœurs, par les usages, à penser sans cesse à la mort des leurs, à la convoiter ? Ils pèsent ce que vaut un cercueil en marchandant des cachemires pour leurs femmes, en gravissant l'escalier d'un théâtre, en désirant aller aux Bouffons, en souhaitant une voiture. Ils assassinent au moment où de chères créatures, ravissantes d'innocence, leur apportent, le soir, des fronts enfantins à baiser en disant : « *Bonsoir, père !* » Ils voient à toute heure des yeux qu'ils voudraient fermer, et qui se rouvrent chaque matin à la lumière, comme celui de Belvidéro dans cette étude. Dieu seul sait le nombre des parricides qui se commettent par la pensée ! Figurez-vous un homme ayant à servir mille écus de rentes viagères à une vieille femme, et qui, tous deux, vivent à la campagne, séparés par un ruisseau, mais assez étrangers l'un à l'autre pour pouvoir se haïr cordialement sans manquer à ces convenances humaines qui mettent un masque sur le visage de deux frères dont l'un aura le majorat[1], et l'autre une légitime[2]. Toute la civilisation européenne repose sur L'HÉRÉDITÉ comme sur un pivot, ce serait folie que de le supprimer ; mais ne pourrait-on, comme dans les machines qui font l'orgueil de notre Âge, perfectionner ce rouage essentiel ?

Si l'auteur a conservé cette vieille formule AU LECTEUR dans un ouvrage où il tâche de représenter toutes les formes littéraires, c'est pour placer une remarque relative à quelques Études, et surtout à celle-ci. Chacune de ses compositions est basée sur des idées plus ou moins neuves, dont l'expression lui semble utile, il peut tenir à la priorité de certaines formes, de certaines pensées qui, depuis, ont passé dans le domaine littéraire, et s'y sont parfois vulgarisées. Les

1. Part inaliénable de l'aîné dans un héritage.
2. Part minimale d'héritage prévue pour le cadet.

dates de la publication primitive de chaque Étude ne doivent donc pas être indifférentes à ceux des lecteurs qui voudront lui rendre justice.

La lecture nous donne des amis inconnus, et quel ami qu'un lecteur ! nous avons des amis connus qui ne lisent rien de nous ! l'auteur espère avoir payé sa dette en dédiant cette œuvre DIIS IGNOTIS [1].

Dans un somptueux palais de Ferrare [2], par une soirée d'hiver, don Juan Belvidéro régalait un prince de la maison d'Este [3]. À cette époque, une fête était un merveilleux spectacle que de royales richesses ou la puissance d'un seigneur pouvaient seules ordonner.

Assises autour d'une table éclairée par des bougies parfumées, sept joyeuses femmes échangeaient de doux propos, parmi d'admirables chefs-d'œuvre dont les marbres blancs se détachaient sur des parois en stuc rouge et contrastaient avec de riches tapis de Turquie. Vêtues de satin, étincelantes d'or et chargées de pierreries qui brillaient moins que leurs yeux, toutes racontaient des passions énergiques, mais diverses comme l'étaient leurs beautés. Elles ne différaient ni par les mots ni par les idées ; l'air, un regard, quelques gestes ou l'accent servaient à leurs paroles de commentaires libertins, lascifs, mélancoliques ou goguenards.

L'une semblait dire : « Ma beauté sait réchauffer le cœur glacé des vieillards. »

1. « Aux dieux inconnus ». Balzac fait allusion au discours de saint Paul devant l'Aréopage à Athènes : « J'ai trouvé un autel avec l'inscription : Au Dieu inconnu » (Actes des Apôtres, chapitre XVII, versets 23-24).
2. Ville d'Émilie (Italie du Nord).
3. Famille princière qui régna sur Ferrare de 1240 à 1597.

L'autre : « J'aime à rester couchée sur des coussins, pour penser avec ivresse à ceux qui m'adorent. »

Une troisième, novice de ces fêtes, voulait rougir : « Au fond du cœur je sens un remords ! disait-elle. Je suis catholique, et j'ai peur de l'enfer. Mais je vous aime tant, oh ! tant et tant, que je puis vous sacrifier l'éternité. »

La quatrième, vidant une coupe de vin de Chio[1], s'écriait : « Vive la gaieté ! Je prends une existence nouvelle à chaque aurore ! Oublieuse du passé, ivre encore des assauts de la veille, tous les soirs j'épuise une vie de bonheur, une vie pleine d'amour ! »

La femme assise auprès de Belvidéro le regardait d'un œil enflammé. Elle était silencieuse. « Je ne m'en remettrais pas à des *bravi*[2] pour tuer mon amant, s'il m'abandonnait ! » Puis elle avait ri ; mais sa main convulsive brisait un drageoir[3] d'or miraculeusement sculpté.

« Quand seras-tu grand-duc ? » demanda la sixième au prince avec une expression de joie meurtrière dans les dents, et du délire bachique dans les yeux.

« Et toi, quand ton père mourra-t-il ? » dit la septième en riant, en jetant son bouquet à don Juan par un geste enivrant de folâtrerie. C'était une innocente jeune fille accoutumée à jouer avec toutes les choses sacrées.

— Ah ! ne m'en parlez pas, s'écria le jeune et beau don Juan Belvidéro, il n'y a qu'un père éternel dans le monde, et le malheur veut que je l'aie !

Les sept courtisanes de Ferrare, les amis de don Juan et le prince lui-même jetèrent un cri d'horreur.

1. Ile grecque à l'est de l'Égée.
2. Pluriel de l'italien *bravo*, tueur à gages.
3. Coupe où l'on plaçait des dragées ou autres friandises.

Voir *Au fil du texte,* p. 196.

Deux cents ans après et sous Louis XV, les gens de bon goût eussent ri de cette saillie. Mais peut-être aussi, dans le commencement d'une orgie, les âmes avaient-elles encore trop de lucidité ? Malgré le feu des bougies, le cri des passions, l'aspect des vases d'or et d'argent, la fumée des vins, malgré la contemplation des femmes les plus ravissantes, peut-être y avait-il encore, au fond des cœurs, un peu de cette vergogne pour les choses humaines et divines qui lutte jusqu'à ce que l'orgie l'ait noyée dans les derniers flots d'un vin pétillant ? Déjà néanmoins les fleurs avaient été froissées, les yeux s'hébétaient, et l'ivresse gagnait, selon l'expression de Rabelais, jusqu'aux sandales[1]. En ce moment de silence, une porte s'ouvrit ; et, comme au festin de Balthazar[2], Dieu se fit reconnaître, il apparut sous les traits d'un vieux domestique en cheveux blancs, à la démarche tremblante, aux sourcils contractés ; il entra d'un air triste, flétrit d'un regard les couronnes, les coupes de vermeil, les pyramides de fruits, l'éclat de la fête, la pourpre des visages étonnés et les couleurs des coussins foulés par le bras blanc des femmes ; enfin, il mit un crêpe à cette folie en disant ces sombres paroles d'une voix creuse : — Monsieur, votre père se meurt.

Don Juan se leva en faisant à ses hôtes un geste qui peut se traduire par : « Excusez-moi, ceci n'arrive pas tous les jours. »

1. Rabelais (1494-1553), *Gargantua*, chapitre XXI : « Car il disait que les limites et les bornes du boire apparaissaient quand le liège des pantoufles du buveur s'enflait d'un demi-pied en hauteur. »

2. Lors d'un festin, Balthazar, roi de Babylone, se fit porter des vases sacrés pillés dans le Temple de Jérusalem. Une inscription mystérieuse, apparue sur le mur du palais et décryptée par Daniel, lui annonça sa mort (Ancien Testament, livre de Daniel, chapitre IV, versets 1-30).

La mort d'un père ne surprend-elle pas souvent les jeunes gens au milieu des splendeurs de la vie, au sein des folles idées d'une orgie ? La mort est aussi soudaine dans ses caprices qu'une courtisane l'est dans ses dédains ; mais plus fidèle, elle n'a jamais trompé personne.

Quand don Juan eut fermé la porte de la salle et qu'il marcha dans une longue galerie froide autant qu'obscure, il s'efforça de prendre une contenance de théâtre ; car, en songeant à son rôle de fils, il avait jeté sa joie avec sa serviette. La nuit était noire. Le silencieux serviteur qui conduisait le jeune homme vers une chambre mortuaire éclairait assez mal son maître, en sorte que la MORT, aidée par le froid, le silence, l'obscurité, par une réaction d'ivresse, peut-être, put glisser quelques réflexions dans l'âme de ce dissipateur, il interrogea sa vie et devint pensif comme un homme en procès qui s'achemine au tribunal.

Bartholoméo Belvidéro, père de don Juan, était un vieillard nonagénaire qui avait passé la majeure partie de sa vie dans les combinaisons du commerce. Ayant traversé souvent les talismaniques[1] contrées de l'Orient, il y avait acquis d'immenses richesses et des connaissances plus précieuses, disait-il, que l'or et les diamants, desquels alors il ne se souciait plus guère. — Je préfère une dent à un rubis, et le pouvoir au savoir, s'écriait-il parfois en souriant. Ce bon père aimait à entendre don Juan lui raconter une étourderie de jeunesse, et disait d'un air goguenard, en lui prodiguant l'or : — Mon cher enfant, ne fais que les sottises qui t'amuseront. C'était le seul vieillard qui éprouvât du plaisir à voir un jeune homme, l'amour paternel trompait sa caducité[2] par la contemplation

1. Mystérieuses.
2. Vieillesse.

d'une si brillante vie. À l'âge de soixante ans, Belvidéro s'était épris d'un ange de paix et de beauté. Don Juan avait été le seul fruit de cette tardive et passagère amour. Depuis quinze années, le bonhomme déplorait la perte de sa chère Juana. Ses nombreux serviteurs et son fils attribuaient à cette douleur de vieillard les habitudes singulières qu'il avait contractées. Réfugié dans l'aile la plus incommode de son palais, Bartholoméo n'en sortait que très rarement, et don Juan lui-même ne pouvait pénétrer dans l'appartement de son père sans en avoir obtenu la permission. Si ce volontaire anachorète [1] allait et venait dans le palais ou par les rues de Ferrare, il semblait chercher une chose qui lui manquait ; il marchait tout rêveur, indécis, préoccupé comme un homme en guerre avec une idée ou avec un souvenir. Pendant que le jeune homme donnait des fêtes somptueuses et que le palais retentissait des éclats de sa joie, que les chevaux piaffaient dans les cours, que les pages se disputaient en jouant aux dés sur les degrés, Bartholoméo mangeait sept onces [2] de pain par jour et buvait de l'eau. S'il lui fallait un peu de volaille, c'était pour en donner les os à un barbet [3] noir, son compagnon fidèle. Il ne se plaignait jamais du bruit. Durant sa maladie, si le son du cor et les aboiements des chiens le surprenaient dans son sommeil, il se contentait de dire : — Ah ! c'est don Juan qui rentre ! Jamais sur cette terre un père si commode et si indulgent ne s'était rencontré ; aussi le jeune Belvidéro, accoutumé à le traiter sans cérémonie, avait-il tous les défauts des enfants gâtés ; il vivait avec Bartholoméo comme vit une capricieuse courtisane avec un vieil amant, faisant excuser une imper-

1. Ermite vivant dans le désert.
2. Environ deux cents grammes.
3. Variété d'épagneul.

tinence par un sourire, vendant sa belle humeur, et se laissant aimer. En reconstruisant, par une pensée, le tableau de ses jeunes années, don Juan s'aperçut qu'il lui serait difficile de trouver la bonté de son père en faute. En entendant, au fond de son cœur, naître un remords, au moment où il traversait la galerie, il se sentit près de pardonner à Belvidéro d'avoir si longtemps vécu. Il revenait à des sentiments de piété filiale, comme un voleur devient honnête homme par la jouissance possible d'un million, bien dérobé. Bientôt le jeune homme franchit les hautes et froides salles qui composaient l'appartement de son père. Après avoir éprouvé les effets d'une atmosphère humide, respiré l'air épais, l'odeur rance qui s'exhalaient de vieilles tapisseries et d'armoires couvertes de poussière, il se trouva dans la chambre antique du vieillard, devant un lit nauséabond, auprès d'un foyer presque éteint. Une lampe, posée sur une table de forme gothique, jetait, par intervalles inégaux, des nappes de lumière plus ou moins forte sur le lit, et montrait ainsi la figure du vieillard sous des aspects toujours différents. Le froid sifflait à travers les fenêtres mal fermées ; et la neige, en fouettant sur les vitraux, produisait un bruit sourd. Cette scène formait un contraste si heurté avec la scène que don Juan venait d'abandonner, qu'il ne put s'empêcher de tressaillir. Puis il eut froid quand, en approchant du lit, une assez violente rafale de lueur, poussée par une bouffée de vent, illumina la tête de son père : les traits en étaient décomposés, la peau collée fortement sur les os avait des teintes verdâtres que la blancheur de l'oreiller, sur lequel le vieillard reposait, rendait encore plus horribles ; contractée par la douleur, la bouche entrouverte et dénuée de dents laissait passer quelques soupirs dont l'énergie lugubre était soutenue par les hurlements de la tempête. Malgré ces signes de destruction, il éclatait sur cette tête un caractère incroyable de puissance. Un esprit supérieur y combattait la mort. Les yeux, creusés par la maladie, gardaient une fixité singulière. Il semblait que Bartholoméo cherchât à tuer, par son regard de mourant, un ennemi assis au pied de son lit. Ce regard, fixe et froid, était d'autant plus effrayant, que la tête restait dans une immobilité semblable à celle des crânes posés sur une table chez les médecins. Le corps entièrement dessiné par les draps du lit annonçait que les membres du vieillard gardaient la même roideur. Tout était mort, moins les yeux. Les sons qui sortaient de la bouche avaient enfin quelque chose de mécanique. Don Juan éprouva une certaine honte d'arriver auprès du lit de son père mourant en gardant un bouquet de courtisane dans son sein, en y apportant les parfums d'une fête et les senteurs du vin.

— Tu t'amusais ! s'écria le vieillard en apercevant son fils.

Au même moment, la voix pure et légère d'une cantatrice qui enchantait les convives, fortifiée par les accords de la viole [1] sur laquelle elle s'accompagnait, domina le râle de l'ouragan, et retentit jusque dans cette chambre funèbre. Don Juan voulut ne rien entendre de cette sauvage affirmation donnée à son père.

Bartholoméo dit : — Je ne t'en veux pas, mon enfant.

Ce mot plein de douceur fit mal à don Juan, qui ne pardonna pas à son père cette poignante bonté.

— Quel remords pour moi, mon père ! lui dit-il hypocritement.

— Pauvre Juanino, reprit le mourant d'une voix sourde, j'ai toujours été si doux pour toi, que tu ne saurais désirer ma mort ?

1. Instrument de musique à cordes.

— Oh ! s'écria don Juan, s'il était possible de vous rendre la vie en donnant une partie de la mienne ! (Ces choses-là peuvent toujours se dire, pensait le dissipateur, c'est comme si j'offrais le monde à ma maîtresse !) À peine sa pensée était-elle achevée, que le vieux barbet aboya. Cette voix intelligente fit frémir don Juan, il crut avoir été compris par le chien.

— Je savais bien, mon fils, que je pouvais compter sur toi, s'écria le moribond. Je vivrai. Va, tu seras content. Je vivrai, mais sans enlever un seul des jours qui t'appartiennent.

— Il a le délire, se dit don Juan. Puis il ajouta tout haut : — Oui, mon père chéri, vous vivrez, certes, autant que moi, car votre image sera sans cesse dans mon cœur.

— Il ne s'agit pas de cette vie-là, dit le vieux seigneur en rassemblant ses forces pour se dresser sur son séant, car il fut ému par un de ces soupçons qui ne naissent que sous le chevet[1] des mourants. — Écoute, mon fils, reprit-il d'une voix affaiblie par ce dernier effort, je n'ai pas plus envie de mourir, que tu ne veux te passer de maîtresses, de vin, de chevaux, de faucons, de chiens et d'or.

— Je le crois bien, pensa encore le fils en s'agenouillant au chevet du lit et en baisant une des mains cadavéreuses de Bartholoméo. — Mais, reprit-il à haute voix, mon père, mon cher père, il faut se soumettre à la volonté de Dieu.

— Dieu, c'est moi, répliqua le vieillard en grommelant.

— Ne blasphémez pas, s'écria le jeune homme en voyant l'air menaçant que prirent les traits de son père. Gardez-vous-en bien, vous avez reçu l'extrême-

1. Ici, l'oreiller.

onction[1], et je ne me consolerais pas de vous voir mourir en état de péché.

— Veux-tu m'écouter ! s'écria le mourant dont la bouche grinça.

Don Juan se tut. Un horrible silence régna. À travers les sifflements lourds de la neige, les accords de la viole et la voix délicieuse arrivèrent encore, faibles comme un jour naissant. Le moribond sourit.

— Je te remercie d'avoir invité des cantatrices, d'avoir amené de la musique ! Une fête, des femmes jeunes et belles, blanches, à cheveux noirs ! tous les plaisirs de la vie, fais-les rester, je vais renaître.

— Le délire est à son comble, dit don Juan.

— J'ai découvert un moyen de ressusciter. Tiens ! Cherche dans le tiroir de la table, tu l'ouvriras en pressant un ressort caché par le griffon[2].

— J'y suis, mon père.

— Là, bien, prends un petit flacon de cristal de roche.

— Le voici.

— J'ai employé vingt ans à... En ce moment, le vieillard sentit approcher sa fin, et rassembla toute son énergie pour dire : — Aussitôt que j'aurai rendu le dernier soupir, tu me frotteras tout entier de cette eau, je renaîtrai.

— Il y en a bien peu, répliqua le jeune homme.

Si Bartholoméo ne pouvait plus parler, il avait encore la faculté d'entendre et de voir : sur ce mot, sa tête se tourna vers don Juan par un mouvement d'une effrayante brusquerie, son cou resta tordu comme celui d'une statue de marbre que la pensée du sculpteur a condamnée à regarder de côté, ses yeux agran-

1. Onction d'huiles saintes et prières destinées aux mourants.
2. Poignée du tiroir en forme de tête de griffon, animal mythologique.

dis contractèrent une hideuse immobilité. Il était mort, mort en perdant sa seule, sa dernière illusion. En cherchant un asile dans le cœur de son fils, il y trouvait une tombe plus creuse que les hommes ne la font d'habitude à leurs morts. Aussi ses cheveux furent-ils éparpillés par l'horreur, et son regard convulsé parlait-il encore. C'était un père se levant avec rage de son sépulcre pour demander vengeance à Dieu !

— Tiens ! le bonhomme est fini, s'écria don Juan.

Empressé de présenter le mystérieux cristal à la lueur de la lampe, comme un buveur consulte sa bouteille à la fin d'un repas, il n'avait pas vu blanchir l'œil de son père. Le chien béant contemplait alternativement son maître mort et l'élixir, de même que don Juan regardait tour à tour son père et la fiole. La lampe jetait des flammes ondoyantes. Le silence était profond, la viole muette. Belvidéro tressaillit en croyant voir son père se remuer. Intimidé par l'expression roide de ses yeux accusateurs, il les ferma, comme il aurait poussé une persienne battue par le vent pendant une nuit d'automne. Il se tint debout, immobile, perdu dans un monde de pensées. Tout à coup un bruit aigre, semblable au cri d'un ressort rouillé, rompit ce silence. Don Juan, surpris, faillit laisser tomber le flacon. Une sueur, plus froide que ne l'est l'acier d'un poignard, sortit de ses pores. Un coq de bois peint surgit au-dessus d'une horloge et chanta trois fois. C'était une de ces ingénieuses machines à l'aide desquelles les savants de cette époque se faisaient éveiller à l'heure fixée pour leurs travaux. L'aube rougissait déjà les croisées. Don Juan avait passé dix heures à réfléchir. La vieille horloge était plus fidèle à son service qu'il ne l'était dans l'accomplissement de ses devoirs envers Bartholoméo. Ce mécanisme se composait de bois, de poulies, de cordes, de rouages, tandis que lui avait ce mécanisme particulier à l'homme, et nommé un cœur. Pour ne plus s'exposer à perdre la mystérieuse liqueur, le sceptique don Juan la replaça dans le tiroir de la petite table gothique. En ce moment solennel, il entendit dans les galeries un tumulte sourd : c'était des voix confuses, des rires étouffés, des pas légers, les froissements de la soie, enfin le bruit d'une troupe joyeuse qui tâche de se recueillir. La porte s'ouvrit, et le prince, les amis de don Juan, les sept courtisanes, les cantatrices apparurent dans le désordre bizarre où se trouvent des danseuses surprises par les lueurs du matin, quand le soleil lutte avec les feux pâlissants des bougies. Ils arrivaient tous pour donner au jeune héritier les consolations d'usage.

— Oh ! oh ! le pauvre don Juan aurait-il donc pris cette mort au sérieux, dit le prince à l'oreille de la Brambilla.

— Mais son père était un bien bon homme, répondit-elle.

Cependant les méditations nocturnes de don Juan avaient imprimé à ses traits une expression si frappante, qu'elle imposa silence à ce groupe. Les hommes restèrent immobiles. Les femmes, dont les lèvres étaient séchées par le vin, dont les joues avaient été marbrées par des baisers, s'agenouillèrent et se mirent à prier. Don Juan ne put s'empêcher de tressaillir en voyant les splendeurs, les joies, les rires, les chants, la jeunesse, la beauté, le pouvoir, toute la vie personnifiée se prosternant ainsi devant la mort. Mais, dans cette adorable Italie, la débauche et la religion s'accouplaient alors si bien, que la religion y était une débauche et la débauche une religion ! Le prince serra affectueusement la main de don Juan ; puis, toutes les figures ayant formulé simultanément une même grimace mi-partie de tristesse et d'indifférence, cette fantasmagorie disparut, laissant la salle vide. C'était bien une image de la vie ! En descendant les escaliers, le prince dit à la Rivabarella : — Hein ! qui aurait cru don Juan un fanfaron d'impiété ? Il aime son père !

— Avez-vous remarqué le chien noir ? demanda la Brambilla.

— Le voilà immensément riche, repartit en soupirant la Bianca Cavatolino.

— Que m'importe ! s'écria la fière Varonèse, celle qui avait brisé le drageoir.

— Comment, que t'importe ? s'écria le duc. Avec ses écus il est aussi prince que moi.

D'abord don Juan, balancé par mille pensées, flotta entre plusieurs partis. Après avoir pris conseil du trésor amassé par son père, il revint, sur le soir, dans la chambre mortuaire, l'âme grosse d'un effroyable égoïsme. Il trouva dans l'appartement tous les gens de sa maison occupés à rassembler les ornements du lit de parade sur lequel feu monseigneur allait être exposé le lendemain, au milieu d'une superbe chambre ardente [1], curieux spectacle que tout Ferrare devait venir admirer. Don Juan fit un signe, et ses gens s'arrêtèrent tous, interdits, tremblants.

— Laissez-moi seul ici, dit-il d'une voix altérée, vous n'y rentrerez qu'au moment où j'en sortirai.

Quand les pas du vieux serviteur qui s'en allait le dernier ne retentirent plus que faiblement sur les dalles, don Juan ferma précipitamment la porte, et, sûr d'être seul, il s'écria : — Essayons !

Le corps de Bartholoméo était couché sur une longue table. Pour dérober à tous les yeux le hideux spectacle d'un cadavre qu'une extrême décrépitude et la maigreur rendaient semblable à un squelette, les embaumeurs avaient posé sur le corps un drap qui l'enveloppait, moins la tête. Cette espèce de momie

1. Espace aménagé pour exposer les morts, éclairé par de nombreuses bougies.

gisait au milieu de la chambre ; et le drap, naturellement souple, en dessinait vaguement les formes, mais aiguës, roides et grêles. Le visage était déjà marqué de larges taches violettes qui indiquaient la nécessité d'achever l'embaumement. Malgré le scepticisme dont il était armé, don Juan trembla en débouchant la magique fiole de cristal. Quand il arriva près de la tête, il fut même contraint d'attendre un moment, tant il frissonnait. Mais ce jeune homme avait été, de bonne heure, savamment corrompu par les mœurs d'une cour dissolue ; une réflexion digne du duc d'Urbin vint donc lui donner un courage qu'aiguillonnait un vif sentiment de curiosité, il semblait même que le démon lui eût soufflé ces mots qui résonnèrent dans son cœur : — Imbibe un œil ! Il prit un linge, et, après l'avoir parcimonieusement mouillé dans la précieuse liqueur, il le passa légèrement sur la paupière droite du cadavre. L'œil s'ouvrit.

— Ah ! ah ! dit don Juan en pressant le flacon dans sa main comme nous serrons en rêvant la branche à laquelle nous sommes suspendus au-dessus d'un précipice.

Il voyait un œil plein de vie, un œil d'enfant dans une tête de mort, la lumière y tremblait au milieu d'un jeune fluide ; et, protégée par de beaux cils noirs, elle scintillait pareille à ces lueurs uniques que le voyageur aperçoit dans une campagne déserte, par les soirs d'hiver. Cet œil flamboyant paraissait vouloir s'élancer sur don Juan, et il pensait, accusait, condamnait, menaçait, jugeait, parlait, il criait, il mordait. Toutes les passions humaines s'y agitaient. C'était les supplications les plus tendres ; une colère de roi, puis l'amour d'une jeune fille demandant grâce à ses bourreaux ; enfin le regard profond que jette un homme sur les hommes en gravissant la dernière marche de

Voir *Au fil du texte,* p. 197.

l'échafaud. Il éclatait tant de vie dans ce fragment de vie, que don Juan épouvanté recula, il se promena par la chambre, sans oser regarder cet œil, qu'il revoyait sur les planchers, sur les tapisseries. La chambre était parsemée de pointes pleines de feu, de vie, d'intelligence. Partout brillaient des yeux qui aboyaient après lui !

— Il aurait bien revécu cent ans, s'écria-t-il involontairement au moment où, ramené devant son père par une influence diabolique, il contemplait cette étincelle lumineuse.

Tout à coup la paupière intelligente se ferma et se rouvrit brusquement, comme celle d'une femme qui consent. Une voix eût crié : « Oui ! » don Juan n'aurait pas été plus effrayé.

— Que faire ? pensa-t-il. Il eut le courage d'essayer de clore cette paupière blanche. Ses efforts furent inutiles.

— Le crever ? Ce sera peut-être un parricide ? se demanda-t-il.

— Oui, dit l'œil par un clignotement d'une étonnante ironie.

— Ha ! ha ! s'écria don Juan, il y a de la sorcellerie là-dedans.

Et il s'approcha de l'œil pour l'écraser. Une grosse larme roula sur les joues creuses du cadavre, et tomba sur la main de Belvidéro.

— Elle est brûlante, s'écria-t-il en s'asseyant.

Cette lutte l'avait fatigué comme s'il avait combattu, à l'exemple de Jacob[1], contre un ange.

Enfin il se leva en se disant : — Pourvu qu'il n'y ait pas de sang ! Puis, rassemblant tout ce qu'il faut de courage pour être lâche, il écrasa l'œil, en le fou-

1. Référence au combat de Jacob et de l'Ange (Genèse, chapitre XXXII, versets 23-31).

lant avec un linge, mais sans le regarder. Un gémissement inattendu, mais terrible, se fit entendre. Le pauvre barbet expirait en hurlant.

— Serait-il dans le secret ? se demanda don Juan en regardant le fidèle animal.

Don Juan Belvidéro passa pour un fils pieux. Il éleva un monument de marbre blanc sur la tombe de son père, et en confia l'exécution des figures aux plus célèbres artistes du temps. Il ne fut parfaitement tranquille que le jour où la statue paternelle, agenouillée devant la Religion, imposa son poids énorme sur cette fosse, au fond de laquelle il enterra le seul remords qui ait effleuré son cœur dans les moments de lassitude physique. En inventoriant les immenses richesses amassées par le vieil orientaliste [1], don Juan devint avare, n'avait-il pas deux vies humaines à pourvoir d'argent ? Son regard profondément scrutateur pénétra dans le principe de la vie sociale, et embrassa d'autant mieux le monde qu'il le voyait à travers un tombeau. Il analysa les hommes et les choses pour en finir d'une seule fois avec le Passé, représenté par l'Histoire ; avec le Présent, configuré par la Loi ; avec l'Avenir, dévoilé par les Religions. Il prit l'âme et la matière, les jeta dans un creuset, n'y trouva rien, et dès lors il devint DON JUAN !

Maître des illusions de la vie, il s'élança, jeune et beau, dans la vie, méprisant le monde, mais s'emparant du monde. Son bonheur ne pouvait pas être cette félicité bourgeoise qui se repaît d'un bouilli [2] périodique, d'une douce bassinoire [3] en hiver, d'une lampe pour la nuit et de pantoufles neuves à chaque trimes-

1. Amateur éclairé de l'Orient.
2. Pot-au-feu.
3. Bassin contenant des braises que l'on passe à l'intérieur du lit pour le réchauffer.

tre. Non, il se saisit de l'existence comme un singe qui attrape une noix, et sans s'amuser longtemps il dépouilla savamment les vulgaires enveloppes du fruit pour en discuter la pulpe savoureuse. La poésie et les sublimes transports de la passion humaine ne lui allèrent plus au cou-de-pied. Il ne commit point la faute de ces hommes puissants qui, s'imaginant parfois que les petites âmes croient aux grandes, s'avisent d'échanger les hautes pensées de l'avenir contre la petite monnaie de nos idées viagères[1]. Il pouvait bien, comme eux, marcher les pieds sur terre et la tête dans les cieux ; mais il aimait mieux s'asseoir, et sécher, sous ses baisers, plus d'une lèvre de femme tendre, fraîche et parfumée ; car, semblable à la Mort, là où il passait, il dévorait tout sans pudeur, voulant un amour de possession, un amour oriental, aux plaisirs longs et faciles. N'aimant que la femme dans les femmes, il se fit de l'ironie une allure naturelle à son âme. Quand ses maîtresses se servaient d'un lit pour monter aux cieux où elles allaient se perdre au sein d'une extase enivrante, don Juan les y suivait, grave, expansif, sincère autant que sait l'être un étudiant allemand. Mais il disait JE, quand sa maîtresse, folle, éperdue, disait NOUS ! Il savait admirablement bien se laisser entraîner par une femme. Il était toujours assez fort pour lui faire croire qu'il tremblait comme un jeune lycéen qui dit à sa première danseuse, dans un bal : « Vous aimez la danse ? » Mais il savait aussi rugir à propos, tirer son épée puissante et briser les commandeurs[2]. Il y avait de la raillerie dans sa simplicité et du rire dans ses larmes, car il sut toujours pleurer autant qu'une femme, quand elle dit à son mari : « Donne-moi un

1. Idées dont on hérite, banales, ordinaires.

2. Allusion au Commandeur, chez Molière et Mozart, qui appelle en vain don Juan au repentir.

équipage, ou je meurs de la poitrine. » Pour les négociants, le monde est un ballot ou une masse de billets en circulation ; pour la plupart des jeunes gens, c'est une femme ; pour quelques femmes, c'est un homme ; pour certains esprits, c'est un salon, une coterie, un quartier, une ville ; pour don Juan, l'univers était lui ! Modèle de grâce et de noblesse, d'un esprit séduisant, il attacha sa barque à tous les rivages ; mais en se faisant conduire, il n'allait que jusqu'où il voulait être mené. Plus il vit, plus il douta. En examinant les hommes, il devina souvent que le courage était de la témérité ; la prudence, une poltronnerie ; la générosité, finesse ; la justice, un crime ; la délicatesse, une niaiserie ; la probité, une organisation[1] ; et, par une singulière fatalité, il s'aperçut que les gens vraiment probes, délicats, justes, généreux, prudents et courageux, n'obtenaient aucune considération parmi les hommes. — Quelle froide plaisanterie ! se dit-il. Elle ne vient pas d'un dieu. Et alors, renonçant à un monde meilleur, il ne se découvrit jamais en entendant prononcer un nom, et considéra les saints de pierre dans les églises comme des œuvres d'art. Aussi, comprenant le mécanisme des sociétés humaines, ne heurtait-il jamais trop les préjugés, parce qu'il n'était pas aussi puissant que le bourreau ; mais il tournait les lois sociales avec cette grâce et cet esprit si bien rendus dans sa scène avec monsieur Dimanche[2]. Il fut en effet le type du *Don Juan* de Molière, du *Faust* de Goethe[3], du *Manfred* de Byron[4] et du *Melmoth* de

1. Au sens de « calcul », « stratégie ».

2. *Dom Juan*, Molière, acte IV, scène 3.

3. Goethe (1749-1832), *Faust*, traduit par Gérard de Nerval en 1827.

4. Byron (1788-1824), *Manfred*, poème dramatique inspiré par le *Faust* de Goethe.

Maturin [1]. Grandes images tracées par les plus grands génies de l'Europe, et auxquelles les accords de Mozart ne manqueront pas plus que la lyre de Rossini [2] peut-être ! Images terribles que le principe du mal, existant chez l'homme, éternise, et dont quelques copies se retrouvent de siècle en siècle : soit que ce type entre en pourparler avec les hommes en s'incarnant dans Mirabeau [3] ; soit qu'il se contente d'agir en silence, comme Bonaparte ; ou de presser l'univers dans une ironie, comme le divin Rabelais ; ou bien encore qu'il se rie des êtres, au lieu d'insulter aux choses, comme le maréchal de Richelieu [4] ; et mieux peut-être, soit qu'il se moque à la fois des hommes et des choses, comme le plus célèbre de nos ambassadeurs [5]. Mais le génie profond de don Juan Belvidéro résuma, par avance, tous ces génies. Il se joua de tout. Sa vie était une moquerie qui embrassait hommes, choses, institutions, idées. Quant à l'éternité, il avait causé familièrement une demi-heure avec le pape Jules II [6], et à la fin de la conversation, il lui dit en riant : — S'il faut absolument choisir, j'aime mieux croire en Dieu qu'au diable ; la puissance unie à la bonté offre toujours plus de ressource que n'en a le Génie du Mal.

1. Maturin (1782-1824), *Melmoth, ou l'Homme errant*. Ce roman traduit de l'anglais en 1821 inspirera à Balzac *Melmoth réconcilié* (1835).

2. Rossini (1792-1868) : compositeur italien.

3. Mirabeau (1749-1791) : orateur révolutionnaire fameux, soupçonné de travailler pour la royauté.

4. Maréchal de Richelieu (1696-1788) : type du grand seigneur libertin.

5. Périphrase désignant Talleyrand (1754-1838), connu pour ses multiples ralliements politiques. Louis-Philippe l'avait nommé ambassadeur à Londres en septembre 1830.

6. Giuliano Della Rovere (1443-1513), pape sous le nom de Jules II.

— Oui, mais Dieu veut qu'on fasse pénitence dans ce monde...

— Vous pensez donc toujours à vos indulgences[1] ? répondit Belvidéro. Eh ! bien, j'ai, pour me repentir des fautes de ma première vie, toute une existence en réserve.

— Ah ! si tu comprends ainsi la vieillesse, s'écria le pape, tu risques d'être canonisé.

— Après votre élévation à la papauté, l'on peut tout croire.

Et ils allèrent voir les ouvriers occupés à bâtir l'immense basilique consacrée à saint Pierre.

— Saint Pierre est l'homme de génie qui nous a constitué notre double pouvoir, dit le pape à don Juan, il mérite ce monument. Mais parfois, la nuit, je pense qu'un déluge passera l'éponge sur cela, et ce sera à recommencer...

Don Juan et le pape se prirent à rire, ils s'étaient entendus. Un sot serait allé, le lendemain, s'amuser avec Jules II chez Raphaël[2] ou dans la délicieuse Villa-Madama[3] ; mais Belvidéro alla le voir officier pontificalement, afin de se convaincre de ses doutes. Dans une débauche, La Rovère[4] aurait pu se démentir et commenter l'Apocalypse[5].

Toutefois cette légende n'est pas entreprise pour fournir des matériaux à ceux qui voudront écrire des mémoires sur la vie de don Juan, elle est destinée à prouver aux honnêtes gens que Belvidéro n'est pas mort dans son duel avec une pierre, comme veulent

1. Les pécheurs pouvaient se voir accorder le pardon de leurs fautes par l'Église contre quelques prières ou bonnes actions.
2. Raphaël (1483-1520) : peintre italien.
3. Villa romaine dessinée par Raphaël.
4. Graphie française de Della Rovere (Jules II).
5. Texte de saint Jean évoquant la fin du monde.

le faire croire quelques lithographes[1]. Lorsque don Juan Belvidéro atteignit l'âge de soixante ans, il vint se fixer en Espagne. Là, sur ses vieux jours, il épousa une jeune et ravissante Andalouse. Mais, par calcul, il ne fut ni bon père ni bon époux. Il avait observé que nous ne sommes jamais si tendrement aimés que par les femmes auxquelles nous ne songeons guère. Dona Elvire, saintement élevée par une vieille tante au fond de l'Andalousie, dans un château, à quelques lieues de San Lucar, était tout dévouement et toute grâce. Don Juan devina que cette jeune fille serait femme à longtemps combattre une passion avant d'y céder, il espéra donc pouvoir la conserver vertueuse jusqu'à sa mort. Ce fut une plaisanterie sérieuse, une partie d'échecs qu'il voulut se réserver de jouer pendant ses vieux jours. Fort de toutes les fautes commises par son père Bartholoméo, don Juan résolut de faire servir les moindres actions de sa vieillesse à la réussite du drame qui devait s'accomplir sur son lit de mort. Ainsi la plus grande partie de ses richesses resta enfouie dans les caves de son palais à Ferrare, où il allait rarement. Quant à l'autre moitié de sa fortune, elle fut placée en viager afin d'intéresser à la durée de sa vie et sa femme et ses enfants, espèce de rouerie que son père aurait dû pratiquer ; mais cette spéculation de machiavélisme ne lui fut pas très nécessaire. Le jeune Philippe Belvidéro, son fils, devint un Espagnol aussi consciencieusement religieux que son père était impie, en vertu peut-être du proverbe : à père avare, enfant prodigue. L'abbé de San Lucar fut choisi par don Juan pour diriger les consciences de la duchesse de Belvidéro et de Philippe. Cet ecclésias-

1. Jeu de mots de Balzac renvoyant à la statue de pierre du Commandeur qui précipite don Juan aux enfers dans la tradition ; le terme « lithographe » signifie « graveur sur pierre ».

tique était un saint homme, de belle taille, admirablement bien proportionné, ayant de beaux yeux noirs, une tête à la Tibère[1], fatiguée par les jeûnes, blanche de macérations[2], et journellement tenté comme le sont tous les solitaires. Le vieux seigneur espérait peut-être pouvoir encore tuer un moine avant de finir son premier bail de vie. Mais, soit que l'abbé fût aussi fort que don Juan pouvait l'être lui-même, soit que dona Elvire eût plus de prudence ou de vertu que l'Espagne n'en accorde aux femmes, don Juan fut contraint de passer ses derniers jours comme un vieux curé de campagne, sans scandale chez lui. Parfois il prenait plaisir à trouver son fils ou sa femme en faute sur leurs devoirs de religion, et voulait impérieusement qu'ils exécutassent toutes les obligations imposées aux fidèles par la cour de Rome. Enfin il n'était jamais si heureux qu'en entendant le galant abbé de San Lucar, dona Elvire et Philippe occupés à discuter un cas de conscience. Cependant, malgré les soins prodigieux que le seigneur don Juan Belvidéro donnait à sa personne, les jours de la décrépitude arrivèrent ; avec cet âge de douleur, vinrent les cris de l'impuissance, cris d'autant plus déchirants, que plus riches étaient les souvenirs de sa bouillante jeunesse et de sa voluptueuse maturité. Cet homme, en qui le dernier degré de la raillerie était d'engager les autres à croire aux lois et aux principes dont il se moquait, s'endormait le soir sur un *peut-être* ! Ce modèle du bon ton, ce duc, vigoureux dans une orgie, superbe dans les cours, gracieux auprès des femmes dont les cœurs avaient été tordus par lui comme un paysan tord un lien

1. Tibère : empereur romain fameux pour sa misanthropie et son art de la dissimulation.

2. Mortifications que le pécheur s'inflige pour obtenir le pardon de ses fautes.

d'osier, cet homme de génie avait une pituite opiniâtre, une sciatique importune, une goutte brutale. Il voyait ses dents le quittant comme à la fin d'une soirée, les dames les plus blanches, les mieux parées, s'en vont, une à une, laissant le salon désert et démeublé. Enfin ses mains hardies tremblèrent, ses jambes sveltes chancelèrent, et un soir l'apoplexie lui pressa le cou de ses mains crochues et glaciales. Depuis ce jour fatal, il devint morose et dur. Il accusait le dévouement de son fils et de sa femme, en prétendant parfois que leurs soins touchants et délicats ne lui étaient si tendrement prodigués que parce qu'il avait placé toute sa fortune en rentes viagères. Elvire et Philippe versaient alors des larmes amères et redoublaient de caresses auprès du malicieux vieillard, dont la voix cassée devenait affectueuse pour leur dire : — « Mes amis, ma chère femme, vous me pardonnez, n'est-ce pas ? Je vous tourmente un peu. Hélas ! grand Dieu ! comment te sers-tu de moi pour éprouver ces deux célestes créatures ? Moi, qui devrais être leur joie, je suis leur fléau. » Ce fut ainsi qu'il les enchaîna au chevet de son lit, leur faisant oublier des mois entiers d'impatience et de cruauté par une heure où, pour eux, il déployait les trésors toujours nouveaux de sa grâce et d'une fausse tendresse. Système paternel qui lui réussit infiniment mieux que celui dont avait usé jadis son père envers lui. Enfin, il parvint à un tel degré de maladie que, pour le mettre au lit, il fallait le manœuvrer comme une felouque[1] entrant dans un chenal dangereux. Puis le jour de la mort arriva. Ce brillant et sceptique personnage, dont l'entendement survivait seul à la plus affreuse de toutes les destructions, se vit entre un médecin et un confesseur, ses deux antipathies. Mais il fut jovial

1. Petit navire méditerranéen effilé.

avec eux. N'y avait-il pas, pour lui, une lumière scintillante derrière le voile de l'avenir ? Sur cette toile, de plomb pour les autres et diaphane pour lui, les légères, les ravissantes délices de la jeunesse se jouaient comme des ombres.

Ce fut par une belle soirée d'été que don Juan sentit les approches de la mort. Le ciel de l'Espagne était d'une admirable pureté, les orangers parfumaient l'air, les étoiles distillaient de vives et fraîches lumières, la nature semblait lui donner des gages certains de sa résurrection, un fils pieux et obéissant le contemplait avec amour et respect. Vers onze heures, il voulut rester seul avec cet être candide.

— Philippe, lui dit-il d'une voix si tendre et si affectueuse que le jeune homme tressaillit et pleura de bonheur. Jamais ce père inflexible n'avait prononcé ainsi : Philippe ! — Écoute-moi, mon fils, reprit le moribond. Je suis un grand pécheur. Aussi ai-je pensé, pendant toute ma vie, à ma mort. Jadis je fus l'ami du grand pape Jules II. Cet illustre pontife craignit que l'excessive irritation de mes sens ne me fît commettre quelque péché mortel entre le moment où j'expirerais et celui où j'aurais reçu les saintes huiles ; il me fit présent d'une fiole dans laquelle existe l'eau sainte jaillie autrefois des rochers, dans le désert. J'ai gardé le secret sur cette dilapidation du trésor de l'Église, mais je suis autorisé à révéler ce mystère à mon fils, *in articulo mortis* [1]. Vous trouverez cette fiole dans le tiroir de cette table gothique qui n'a jamais quitté le chevet de mon lit... Le précieux cristal pourra vous servir encore, mon bien-aimé Philippe. Jurez-moi, par votre salut éternel, d'exécuter ponctuellement mes ordres ?

1. « Au moment de mourir ».

Philippe regarda son père. Don Juan se connaissait trop à l'expression des sentiments humains pour ne pas mourir en paix sur la foi d'un tel regard, comme son père était mort au désespoir sur la foi du sien.

— Tu méritais un autre père, reprit don Juan. J'ose t'avouer, mon enfant, qu'au moment où le respectable abbé de San Lucar m'administrait le viatique [1], je pensais à l'incompatibilité de deux puissances aussi étendues que celles du diable et de Dieu...

— Oh ! mon père !

— Et je me disais que, quand Satan fera sa paix, il devra, sous peine d'être un grand misérable, stipuler le pardon de ses adhérents. Cette pensée me poursuit. J'irais donc en enfer, mon fils, si tu n'accomplissais pas mes volontés.

— Oh ! dites-les-moi promptement, mon père !

— Aussitôt que j'aurai fermé les yeux, reprit don Juan, dans quelques minutes peut-être, tu prendras mon corps, tout chaud même, et tu l'étendras sur une table au milieu de cette chambre. Puis tu éteindras cette lampe ; la lueur des étoiles doit te suffire. Tu me dépouilleras de mes vêtements ; et pendant que tu réciteras des Pater et des Ave en élevant ton âme à Dieu, tu auras soin d'humecter, avec cette eau sainte, mes yeux, mes lèvres, toute la tête d'abord, puis successivement les membres et le corps ; mais, mon cher fils, la puissance de Dieu est si grande, qu'il ne faudra t'étonner de rien !

Ici, don Juan, qui sentit la mort venir, ajouta d'une voix terrible :

— Tiens bien le flacon. Puis il expira doucement dans les bras d'un fils dont les larmes abondantes coulèrent sur sa face ironique et blême.

Il était environ minuit quand don Philippe Belvi-

1. Communion donnée aux mourants.

déro plaça le cadavre de son père sur la table. Après en avoir baisé le front menaçant et les cheveux gris, il éteignit la lampe. La lueur douce, produite par la clarté de la lune, dont les reflets bizarres illuminaient la campagne, permit au pieux Philippe d'entrevoir indistinctement le corps de son père, comme quelque chose de blanc au milieu de l'ombre. Le jeune homme imbiba un linge dans la liqueur, et, plongé dans la prière, il oignit fidèlement cette tête sacrée au milieu d'un profond silence. Il entendait bien des frémissements indescriptibles, mais il les attribuait aux jeux de la brise dans les cimes des arbres. Quand il eut mouillé le bras droit, il se sentit fortement étreindre le cou par un bras jeune et vigoureux, le bras de son père ! Il jeta un cri déchirant, et laissa tomber la fiole, qui se cassa. La liqueur s'évapora. Les gens du château accoururent, armés de flambeaux. Ce cri les avait épouvantés et surpris, comme si la trompette du Jugement dernier eût ébranlé l'univers.

En un moment, la chambre fut pleine de monde. La foule tremblante aperçut don Philippe évanoui, mais retenu par le bras puissant de son père, qui lui serrait le cou. Puis, chose surnaturelle, l'assistance vit la tête de don Juan, aussi jeune, aussi belle que celle de l'Antinoüs [1] ; une tête aux cheveux noirs, aux yeux brillants, à la bouche vermeille et qui s'agitait effroyablement sans pouvoir remuer le squelette auquel elle appartenait. Un vieux serviteur cria : — Miracle ! et tous ces Espagnols répétèrent : — Miracle ! Trop pieuse pour admettre les mystères de la magie, dona Elvire envoya chercher l'abbé de San Lucar. Lorsque le prieur contempla de ses yeux le miracle, il résolut d'en profiter en homme d'esprit et en abbé qui ne demandait pas mieux que d'augmenter ses revenus.

1. Jeune amant grec de l'empereur romain Hadrien.

Déclarant aussitôt que le seigneur don Juan serait infailliblement canonisé, il indiqua la cérémonie de l'apothéose dans son couvent, qui désormais s'appellerait, dit-il, San Juan de Lucar. À ces mots, la tête fit une grimace assez facétieuse.

Le goût des Espagnols pour ces sortes de solennités est si connu, qu'il ne doit pas être difficile de croire aux féeries religieuses par lesquelles l'abbaye de San Lucar célébra la translation [1] du bienheureux don Juan Belvidéro dans son église. Quelques jours après la mort de cet illustre seigneur, le miracle de son imparfaite résurrection s'était si drument conté de village en village, dans un rayon de plus de cinquante lieues [2] autour de San Lucar, que ce fut déjà une comédie que de voir les curieux par les chemins ; ils vinrent de tous côtés, affriandés [3] par un *Te Deum* [4] chanté aux flambeaux. L'antique mosquée du couvent de San Lucar, merveilleux édifice bâti par les Maures, et dont les voûtes entendaient depuis trois siècles le nom de Jésus-Christ substitué à celui d'Allah, ne put contenir la foule accourue pour voir la cérémonie. Pressés comme des fourmis, des hidalgos [5] en manteaux de velours, et armés de leurs bonnes épées, se tenaient debout autour des piliers, sans trouver de place pour plier leurs genoux qui ne se pliaient que là. De ravissantes paysannes, dont les basquines [6] dessinaient les formes amoureuses, donnaient le bras à des vieillards en cheveux blancs. Des jeunes gens aux yeux de feu se trouvaient à côté de vieilles femmes parées. Puis

1. Transfert.
2. Environ 200 kilomètres.
3. Alléchés.
4. « *Te Deum laudamus* » : « Nous te louons, Seigneur », cantique de remerciement à Dieu.
5. Nobles espagnols.
6. Jupes.

c'était des couples frémissant d'aise, fiancées curieuses amenées par leurs bien-aimés ; des mariés de la veille ; des enfants se tenant craintifs par la main. Ce monde était là riche de couleurs, brillant de contrastes, chargé de fleurs, émaillé, faisant un doux tumulte dans le silence de la nuit. Les larges portes de l'église s'ouvrirent. Ceux qui, venus trop tard, restèrent en dehors, voyaient de loin, par les trois portails ouverts, une scène dont les décorations vaporeuses de nos opéras modernes ne sauraient donner qu'une faible idée. Des dévotes et des pécheurs, pressés de gagner les bonnes grâces d'un nouveau saint, allumèrent en son honneur des milliers de cierges dans cette vaste église, lueurs intéressées qui donnèrent de magiques aspects au monument. Les noires arcades, les colonnes et leurs chapiteaux, les chapelles profondes et brillantes d'or et d'argent, les galeries, les découpures sarrasines [1], les traits les plus délicats de cette sculpture délicate, se dessinaient dans cette lumière surabondante, comme des figures capricieuses qui se forment dans un brasier rouge. C'était un océan de feux, dominé, au fond de l'église, par le chœur doré où s'élevait le maître-autel, dont la gloire eût rivalisé avec celle d'un soleil levant. En effet, la splendeur des lampes d'or, des candélabres d'argent, des bannières, des glands [2], des saints et des ex-voto [3], pâlissait devant la châsse [4] où se trouvait don Juan. Le corps de l'impie étincelait de pierreries, de fleurs, de cristaux, de diamants, d'or, de plumes aussi blanches que les ailes d'un séraphin [5], et

1. De style arabo-andalou.

2. Ornement tressé ou brodé en forme de gland.

3. Objets de différentes sortes placés dans une église pour solliciter l'accomplissement d'un vœu, ou en remerciement de sa réalisation.

4. Coffre où sont conservés les restes des saints.

5. Ange à 3 paires d'ailes.

remplaçait sur l'autel un tableau du Christ. Autour de lui brillaient des cierges nombreux qui élançaient dans les airs de flamboyantes ondes. Le bon abbé de San Lucar, paré des habits pontificaux, ayant sa mitre enrichie de pierres précieuses, son rochet[1], sa crosse d'or, siégeait, roi du chœur, sur un fauteuil d'un luxe impérial, au milieu de tout son clergé, composé d'impassibles vieillards en cheveux argentés, revêtus d'aubes fines, et qui l'entouraient, semblables aux saints confesseurs que les peintres groupent autour de l'Éternel. Le grand chantre[2] et les dignitaires du chapitre[3], décorés des brillants insignes de leurs vanités ecclésiastiques, allaient et venaient au sein des nuages formés par l'encens, pareils aux astres qui roulent sur le firmament. Quand l'heure du triomphe fut venue, les cloches réveillèrent les échos de la campagne, et cette immense assemblée jeta vers Dieu le premier cri de louanges par lequel commence le *Te Deum*. Cri sublime ! C'était des voix pures et légères, des voix de femmes en extase, mêlées aux voix graves et fortes des hommes, des milliers de voix si puissantes, que l'orgue n'en domina pas l'ensemble, malgré le mugissement de ses tuyaux. Seulement les notes perçantes de la jeune voix des enfants de chœur et les larges accents de quelques basses-tailles[4], suscitèrent des idées gracieuses, peignirent l'enfance et la force, dans ce ravissant concert de voix humaines confondues en sentiment d'amour.

— *Te Deum laudamus !*

Du sein de cette cathédrale noire de femmes et d'hommes agenouillés, ce chant partit semblable à une

1. Tunique à manches étroites.
2. Maître de chœur.
3. Ensemble des chanoines.
4. Voix de basse.

lumière qui scintille tout à coup dans la nuit, et le silence fut rompu comme par un coup de tonnerre. Les voix montèrent avec les nuages d'encens qui jetaient alors des voiles diaphanes et bleuâtres sur les fantastiques merveilles de l'architecture. Tout était richesse, parfum, lumière et mélodie. Au moment où cette musique d'amour et de reconnaissance s'élança vers l'autel, don Juan, trop poli pour ne pas remercier, trop spirituel pour ne pas entendre raillerie, répondit par un rire effrayant, et se prélassa dans sa châsse. Mais le diable l'ayant fait penser à la chance qu'il courait d'être pris pour un homme ordinaire, pour un saint, un Boniface[1], un Pantaléon[2], il troubla cette mélodie d'amour par un hurlement auquel se joignirent les mille voix de l'enfer. La terre bénissait, le ciel maudissait. L'église en trembla sur ses fondements antiques.

— *Te Deum laudamus !* disait l'assemblée.

— Allez à tous les diables, bêtes brutes que vous êtes ! Dieu, Dieu ! *Carajos demonios*[3], animaux, êtes-vous stupides avec votre Dieu-vieillard !

Et un torrent d'imprécations se déroula comme un ruisseau de laves brûlantes par une irruption[4] du Vésuve.

— *Deus sabaoth, sabaoth*[5] ! crièrent les chrétiens.

— Vous insultez la majesté de l'enfer ! répondit don Juan dont la bouche grinçait des dents.

Bientôt le bras vivant put passer par-dessus la

1. Boniface, nom de saint. L'expression « c'est un boniface » signifie aussi « c'est un niais, un homme crédule ».

2. Pantaléon, nom de saint. Le nom évoque également Pantalon, personnage de la *commedia dell'arte*, qui incarne le vieillard toujours bafoué.

3. « Foutus démons », en espagnol.

4. Balzac écrit « irruption » pour « éruption ».

5. « Dieu des armées ».

châsse, et menaça l'assemblée par des gestes empreints de désespoir et d'ironie.

— Le saint nous bénit, dirent les vieilles femmes, les enfants et les fiancés, gens crédules.

Voilà comment nous sommes souvent trompés dans nos adorations. L'homme supérieur se moque de ceux qui le complimentent, et complimente quelquefois ceux dont il se moque au fond du cœur.

Au moment où l'abbé, prosterné devant l'autel, chantait : — *Sancte Johannes, ora pro nobis !*[1] Il entendit assez distinctement : — *O coglione*[2].

— Que se passe-t-il donc là-haut ? s'écria le sous-prieur en voyant la châsse remuer.

— Le saint fait le diable, répondit l'abbé.

Alors cette têtc vivante se détacha violemment du corps qui ne vivait plus et tomba sur le crâne jaune de l'officiant.

— Souviens-toi de dona Elvire, cria la tête en dévorant celle de l'abbé.

Ce dernier jeta un cri affreux qui troubla la cérémonie. Tous les prêtres accoururent et entourèrent leur souverain.

— Imbécile, dis donc qu'il y a un Dieu ? cria la voix au moment où l'abbé, mordu dans sa cervelle, allait expirer.

1. « Saint Jean, prie pour nous. »
2. « Couillon », en italien.

UNE PASSION DANS LE DÉSERT[1]

« Ce spectacle est effrayant ! » s'écria-t-elle en sortant de la ménagerie de M. Martin[2].

Elle venait de contempler ce hardi spéculateur *travaillant* avec sa hyène, pour parler en style d'affiche.

« Par quels moyens, dit-elle en continuant, peut-il avoir apprivoisé ses animaux au point d'être assez certain de leur affection pour... ?

— Ce fait, qui vous semble un problème, répondis-je en l'interrompant, est cependant une chose naturelle.

— Oh ! s'écria-t-elle en laissant errer sur ses lèvres un sourire d'incrédulité.

1. Nous donnons ici le texte tel qu'il a été publié dans l'édition Furne en 1845 (voir p. 248).

2. La Ménagerie du Jardin des plantes fut mise en chantier par la Révolution française afin de se substituer à la « Ménagerie royale de Versailles construite pour le faste et l'orgueil des tyrans ». Inaugurée le 11 décembre 1794, elle se développa grâce à Napoléon qui la dota de ses grands bâtiments. La première fauverie date de 1821. Balzac emprunte donc à l'actualité – ce qui reste un cas rare – en évoquant le succès public de la ménagerie Martin. On note sous ce nom de Martin la parution d'un ouvrage qui atteste le goût du public pour l'exotisme zoologique : *Description et vente curieuse des animaux féroces mâles et femelles de la ménagerie du cabinet d'histoire naturelle des ci-devant Jacobins, avec les cris et les hurlements de chaque bête, et leur utilité* (1794).

— Vous croyez donc les bêtes entièrement dépourvues de passions ? lui demandai-je ; apprenez que nous pouvons leur donner tous les vices dus à notre état de civilisation. »

Elle me regarda d'un air étonné.

« Mais, repris-je, en voyant M. Martin pour la première fois, j'avoue qu'il m'est échappé, comme à vous, une exclamation de surprise. Je me trouvais alors près d'un ancien militaire amputé de la jambe droite, entré avec moi. Cette figure m'avait frappé. C'était une de ces têtes intrépides, marquées du sceau de la guerre et sur lesquelles sont écrites les batailles de Napoléon. Ce vieux soldat avait surtout un air de franchise et de gaieté qui me prévient toujours favorablement. C'était sans doute un de ces troupiers que rien ne surprend, qui trouvent matière à rire dans la dernière grimace d'un camarade, l'ensevelissent ou le dépouillent gaiement, interpellent les boulets avec autorité, dont enfin les délibérations sont courtes, et qui fraterniseraient avec le diable. Après avoir regardé fort attentivement le propriétaire de la ménagerie au moment où il sortait de la loge, mon compagnon plissa ses lèvres de manière à formuler un dédain moqueur par cette espèce de moue significative que se permettent les hommes supérieurs pour se faire distinguer des dupes. Aussi, quand je me récriai sur le courage de M. Martin, sourit-il et me dit-il d'un air capable, en hochant la tête : “Connu ! — Comment, connu ? lui répondis-je. Si vous voulez m'expliquer ce mystère, je vous serai très obligé.”

Après quelques instants, pendant lesquels nous fîmes connaissance, nous allâmes dîner dans le premier restaurant qui s'offrit à nos regards. Au dessert, une bouteille de vin de Champagne rendit aux souvenirs de ce curieux soldat toute leur clarté. Il me raconta son histoire, et je vis qu'il avait eu raison de s'écrier : *Connu !* »

Rentrée chez elle, elle me fit tant d'agaceries, tant de promesses, que je consentis à lui rédiger la confidence du soldat. Le lendemain, elle reçut donc cet épisode d'une épopée qu'on pourrait intituler *Les Français en Égypte*[1].

Lors de l'expédition entreprise dans la haute Égypte[2] par le général Desaix[3], un soldat provençal, étant tombé au pouvoir des Maugrabins[4], fut emmené par ces Arabes dans les déserts situés au-delà des cataractes du Nil[5]. Afin de mettre entre eux et l'armée française un espace suffisant pour leur tranquillité, les Maugrabins firent une marche forcée, et ne s'arrêtè-

1. Balzac avait l'intention de donner ce titre à un groupement de trois nouvelles, dont *Une passion dans le désert* constituait la première. Ce fut en fin de compte la seule qu'il écrivit (voir « La parution des titres », p. 172).

2. En 1798, Napoléon Bonaparte a pris la tête de l'expédition d'Égypte, qui a pour objectif de contrarier la présence anglaise en Méditerranée orientale. Il a amené 170 savants (archéologues, astronomes, linguistes, historiens et botanistes) pour se donner une caution intellectuelle. La victoire des Pyramides (21 juillet 1798) lui ouvre la route du Caire, mais la flotte française est détruite à Aboukir (1er-2 août). Finalement Bonaparte devra abandonner ses troupes ; il rentre à Paris en 1799. Cette mission marque le début d'une importante période d'égyptomanie en France.

3. Le général Louis Charles Antoine des Aix, dit Desaix (1768-1800), se distingua à l'armée du Rhin (1796) et en Égypte où son sens de l'équité lui valut le surnom de « Sultan juste ».

4. *Maugrabin* ou *maugrebin* désigne au XVIIIe siècle un « soldat barbaresque ». C'est l'ancienne orthographe de *maghrébin* (issu de l'arabe *Maghrib* signifiant « (le pays du) Couchant » ; aujourd'hui le nom Maghreb désigne l'Afrique du Nord occidentale). Le mot est souvent utilisé pour sa couleur exotique en littérature : « Sa mère était la vieille maugrabine / D'Antequera » (Victor Hugo, « Guitare », XXII, *Les Rayons et les Ombres*, 1837).

5. On peut lire dans l'article « Égypte » du *Dictionnaire géo-*

rent qu'à la nuit. Ils campèrent autour d'un puits masqué par des palmiers, auprès desquels ils avaient précédemment enterré quelques provisions. Ne supposant pas que l'idée de fuir pût venir à leur prisonnier, ils se contentèrent de lui attacher les mains, et s'endormirent tous, après avoir mangé quelques dattes et donné de l'orge à leurs chevaux. Quand le hardi Provençal vit ses ennemis hors d'état de le surveiller, il se servit de ses dents pour s'emparer d'un cimeterre ; puis, s'aidant de ses genoux pour en fixer la lame, il trancha les cordes qui lui ôtaient l'usage de ses mains et se trouva libre. Aussitôt, il se saisit d'une carabine et d'un poignard, se précautionna [1] d'une provision de dattes sèches, d'un petit sac d'orge, de poudre et de balles ; ceignit un cimeterre, monta sur un cheval et piqua vivement dans la direction où il supposa que devait être l'armée française. Impatient de revoir un bivouac, il pressa tellement le coursier, déjà fatigué, que le pauvre animal expira, les flancs déchirés, laissant le Français au milieu du désert.

➻ Après avoir marché pendant quelque temps dans le sable avec tout le courage d'un forçat qui s'évade, le soldat fut obligé de s'arrêter, le jour finissait. Malgré la beauté du ciel pendant les nuits en Orient, il ne se sentit pas la force de continuer son chemin. Il avait heureusement pu gagner une éminence sur le haut de laquelle s'élançaient quelques palmiers, dont le feuil-

graphique portatif de Vosgien (1809) : « On la [l'Égypte] divise en haute, en basse et en moyenne. La basse s'étend de la Méditerranée jusqu'au Caire, la moyenne, depuis Le Caire jusqu'à Bénésouef ; et la haute comprend l'ancienne Thébaïde. [...] Dans les pays voisins de la ligne où ce fleuve [le Nil] prend sa source, il y a des endroits où il se précipite du haut des rochers, avec un bruit épouvantable ; c'est ce qu'on appelle les *cataractes.* »

1. Eut la précaution de prendre.

➻ Voir *Au fil du texte,* p. 197.

lage, aperçu depuis longtemps, avait réveillé dans son cœur les plus douces espérances. Sa lassitude était si grande, qu'il se coucha sur une pierre de granit capricieusement taillée en lit de camp, et s'y endormit sans prendre aucune précaution pour sa défense pendant son sommeil. Il avait fait le sacrifice de sa vie. Sa dernière pensée fut même un regret. Il se repentait déjà d'avoir quitté les Maugrabins, dont la vie errante commençait à lui sourire depuis qu'il était loin d'eux et sans secours. Il fut réveillé par le soleil, dont les impitoyables rayons, tombant d'aplomb sur le granit, y produisaient une chaleur intolérable. Or, le Provençal avait eu la maladresse de se placer en sens inverse de l'ombre projetée par les têtes verdoyantes et majestueuses des palmiers... Il regarda ces arbres solitaires, et tressaillit ! ils lui rappelèrent les fûts élégants et couronnés de longues feuilles qui distinguent les colonnes sarrasines de la cathédrale d'Arles. Mais, quand, après avoir compté les palmiers, il jeta les yeux autour de lui, le plus affreux désespoir fondit sur son âme.

Il voyait un océan sans bornes. Les sables noirâtres du désert s'étendaient à perte de vue dans toutes les directions, et ils étincelaient comme une lame d'acier frappée par une vive lumière. Il ne savait pas si c'était une mer de glace ou des lacs unis comme un miroir. Emportée par lames, une vapeur de feu tourbillonnait au-dessus de cette terre mouvante. Le ciel avait un éclat oriental d'une pureté désespérante, car il ne laisse alors rien à désirer à l'imagination. Le ciel et la terre étaient en feu. Le silence effrayait par sa majesté sauvage et terrible. L'infini, l'immensité, pressaient l'âme de toutes parts : pas un nuage au ciel, pas un souffle dans l'air, pas un accident au sein du sable agité par petites vagues menues ; enfin, l'horizon finissait, comme en mer quand il fait beau, par une ligne de lumière aussi déliée que le tranchant d'un sabre. Le Provençal serra le tronc d'un des palmiers, comme si c'eût été le corps d'un ami ; puis, à l'abri de l'ombre grêle et droite que l'arbre dessinait sur le granit, il pleura, s'assit et resta là, contemplant avec une tristesse profonde la scène implacable qui s'offrait à ses regards. Il cria comme pour tenter la solitude. Sa voix, perdue dans les cavités de l'éminence, rendit au loin un son maigre qui ne réveilla point d'écho ; l'écho était dans son cœur. Le Provençal avait vingt-deux ans, il arma sa carabine... — Il sera toujours bien temps ! se dit-il en posant à terre l'arme libératrice.

Regardant tour à tour l'espace noirâtre et l'espace bleu, le soldat rêvait à la France. Il sentait avec délices les ruisseaux de Paris, il se rappelait les villes par lesquelles il avait passé, les figures de ses camarades, et les plus légères circonstances de sa vie. Enfin, son imagination méridionale lui fit bientôt entrevoir les cailloux de sa chère Provence dans les jeux de la chaleur qui ondoyait au-dessus de la nappe étendue dans le désert. Craignant tous les dangers de ce cruel mirage, il descendit le revers opposé à celui par lequel il était monté, la veille, sur la colline. Sa joie fut grande en découvrant une espèce de grotte, naturellement taillée dans les immenses fragments de granit qui formaient la base de ce monticule. Les débris d'une natte annonçaient que cet asile avait été jadis habité. Puis, à quelques pas, il aperçut des palmiers chargés de dattes. Alors, l'instinct qui nous attache à la vie se réveilla dans son cœur. Il espéra vivre assez pour attendre le passage de quelques Maugrabins, ou peut-être entendrait-il bientôt le bruit des canons ! car, en ce moment, Bonaparte parcourait l'Égypte. Ranimé par cette pensée, le Français abattit quelques régimes de fruits mûrs sous le poids desquels les dattiers semblaient fléchir, et il s'assura, en goûtant cette manne inespérée, que l'habitant de la grotte avait cultivé les palmiers : la chair savoureuse et fraîche de la datte accusait en effet les soins de son prédécesseur.

Le Provençal passa subitement d'un sombre désespoir à une joie presque folle. Il remonta sur le haut de la colline, et s'occupa pendant le reste du jour à couper un des palmiers inféconds qui, la veille, lui avaient servi de toit. Un vague souvenir lui fit penser aux animaux du désert, et, prévoyant qu'ils pourraient venir boire à la source perdue dans les sables qui apparaissait au bas des quartiers de roche, il résolut de se garantir de leurs visites en mettant une barrière à la porte de son ermitage. Malgré son ardeur, malgré les forces que lui donna la peur d'être dévoré pendant son sommeil, il lui fut impossible de couper le palmier en plusieurs morceaux dans cette journée ; mais il réussit à l'abattre. Quand, vers le soir, ce roi du désert tomba, le bruit de sa chute retentit au loin, et il y eut une sorte de gémissement poussé par la solitude ; le soldat en frémit comme s'il eût entendu quelque voix lui prédire un malheur. Mais, ainsi qu'un héritier qui ne s'apitoie pas longtemps sur la mort d'un parent, il dépouilla ce bel arbre des larges et hautes feuilles vertes qui en sont le poétique ornement, et s'en servit pour réparer la natte sur laquelle il allait se coucher. Fatigué par la chaleur et le travail, il s'endormit sous les lambris rouges de sa grotte humide.

Au milieu de la nuit, son sommeil fut troublé par un bruit extraordinaire. Il se dressa sur son séant, et le silence profond qui régnait lui permit de reconnaître l'accent alternatif d'une respiration dont la sauvage énergie ne pouvait appartenir à une créature humaine. Une profonde peur, encore augmentée par l'obscurité, par le silence et par les fantaisies du réveil, lui glaça le cœur. Il sentit même à peine la douloureuse contraction de sa chevelure quand, à force de dilater les pupilles de ses yeux, il aperçut dans l'ombre deux lueurs faibles et jaunes. D'abord, il attribua ces lumières à quelque reflet de ses prunelles ; mais bientôt, le vif éclat de la nuit l'aidant par degrés à distinguer les objets qui se trouvaient dans la grotte, il aperçut un énorme animal couché à deux pas de lui. Était-ce un lion, un tigre, ou un crocodile ?

Le Provençal n'avait pas assez d'instruction pour savoir dans quel sous-genre était classé son ennemi ; mais son effroi fut d'autant plus violent, que son ignorance lui fit supposer tous les malheurs ensemble. Il endura le cruel supplice d'écouter, de saisir les caprices de cette respiration, sans en rien perdre et sans oser se permettre le moindre mouvement. Une odeur aussi forte que l'odeur exhalée par les renards, mais plus pénétrante, plus grave, pour ainsi dire, remplissait la grotte ; et, quand le Provençal l'eut dégustée du nez, sa terreur fut au comble, car il ne pouvait plus révoquer en doute l'existence du terrible compagnon dont l'antre royal lui servait de bivouac. Bientôt, les reflets de la lune, qui se précipitait vers l'horizon, éclairant la tanière firent insensiblement resplendir la peau tachetée d'une panthère. Ce lion d'Égypte dormait, roulé comme un gros chien, paisible possesseur d'une niche somptueuse à la porte d'un hôtel ; ses yeux, ouverts pendant un moment, s'étaient refermés. Il avait la face tournée vers le Français. Mille pensées confuses passèrent dans l'âme du prisonnier de la panthère ; d'abord, il voulut la tuer d'un coup de carabine, mais il s'aperçut qu'il n'y avait pas assez d'espace entre elle et lui pour l'ajuster, le canon aurait dépassé l'animal. Et s'il l'éveillait ?... Cette hypothèse le rendit immobile. En écoutant battre son cœur au milieu du silence, il maudissait les pulsations trop fortes que l'affluence du sang y produisait, redoutant de troubler ce sommeil qui lui permettait de chercher un expédient salutaire. Il mit la main deux fois sur son cimeterre, dans le dessein de trancher la tête à son ennemie ; mais la difficulté de couper un poil ras et dur l'obligea de renoncer à ce hardi projet.

— La manquer ? ce serait mourir sûrement, pensa-t-il.

Il préféra les chances d'un combat, et résolut d'attendre le jour. Et le jour ne se fit pas longtemps désirer. Le Français put alors examiner la panthère ; elle avait le museau teint de sang.

— Elle a bien mangé !... pensa-t-il, sans s'inquiéter si le festin avait été composé de chair humaine ; elle n'aura pas faim à son réveil.

C'était une femelle. La fourrure du ventre et des cuisses étincelait de blancheur. Plusieurs petites taches, semblables à du velours, formaient de jolis bracelets autour des pattes. La queue musculeuse était également blanche, mais terminée par des anneaux noirs. Le dessus de la robe, jaune comme de l'or mat, mais bien lisse et doux, portait ces mouchetures caractéristiques, nuancées en forme de roses, qui servent à distinguer les panthères des autres espèces de *felis* [1]. Cette tranquille et redoutable hôtesse ronflait dans une pose aussi gracieuse que celle d'une chatte couchée sur le coussin d'une ottomane [2]. Ses sanglantes pattes, nerveuses et bien armées, étaient en avant de sa tête, qui reposait dessus et de laquelle partaient ces barbes [3] rares et droites, semblables à des fils d'argent. Si elle avait été ainsi dans une cage, le Provençal aurait certes admiré la grâce de cette bête et les vigoureux contras-

1. Un félin (du latin *felis*, le chat) est un carnassier du type chat. Dans la catégorie des « félidés », on trouve, outre la panthère, le lion, le tigre, le guépard, le léopard, le lynx, etc.

2. Canapé à dossier arrondi en corbeille.

3. Longs poils du museau (moustache).

tes des couleurs vives qui donnaient à sa simarre [1] un éclat impérial ; mais, en ce moment, il sentait sa vue troublée par cet aspect sinistre. La présence de la panthère, même endormie, lui faisait éprouver l'effet que les yeux magnétiques du serpent produisent, dit-on, sur le rossignol. Le courage du soldat finit par s'évanouir un instant devant ce danger, tandis qu'il se serait sans doute exalté sous la bouche des canons vomissant la mitraille. Cependant, une pensée intrépide se fit jour en son âme, et tarit dans sa source la sueur froide qui lui découlait du front. Agissant comme les hommes qui, poussés à bout par le malheur, arrivent à défier la mort et s'offrent à ses coups, il vit sans s'en rendre compte une tragédie dans cette aventure, et résolut d'y jouer son rôle avec honneur jusqu'à la dernière scène.

— Avant-hier, les Arabes m'auraient peut-être tué !... se dit-il.

Se considérant comme mort, il attendit bravement et avec une inquiète curiosité le réveil de son ennemie. Quand le soleil parut, la panthère ouvrit subitement les yeux ; puis elle étendit violemment ses pattes, comme pour les dégourdir et dissiper des crampes. Enfin elle bâilla, montrant ainsi l'épouvantable appareil de ses dents et sa langue fourchue, aussi dure qu'une râpe.

— C'est comme une petite-maîtresse !... pensa le Français en la voyant se rouler et faire les mouvements les plus doux et les plus coquets.

Elle lécha le sang qui teignait ses pattes, son museau, et se gratta la tête par des gestes réitérés pleins de gentillesse.

— Bien !... fais un petit bout de toilette..., dit en lui-même le Français, qui retrouva sa gaieté en repre-

1. Longue robe d'une riche étoffe.

nant du courage ; nous allons nous souhaiter le bonjour.

Et il saisit le petit poignard court dont il avait débarrassé les Maugrabins.

En ce moment, la panthère retourna la tête vers le Français et le regarda fixement sans avancer. La rigidité de ses yeux métalliques et leur insupportable clarté firent tressaillir le Provençal, surtout quand la bête marcha vers lui ; mais il la contempla d'un air caressant, et, la guignant comme pour la magnétiser, il la laissa venir près de lui ; puis, par un mouvement aussi doux, aussi amoureux que s'il avait voulu caresser la plus jolie femme, il lui passa la main sur tout le corps, de la tête à la queue, en irritant avec ses ongles les flexibles vertèbres qui partageaient le dos jaune de la panthère. La bête redressa voluptueusement sa queue, ses yeux s'adoucirent ; et, quand, pour la troisième fois, le Français accomplit cette flatterie intéressée, elle fit entendre un de ces *ronron* par lesquels nos chats expriment leur plaisir ; mais ce murmure partait d'un gosier si puissant et si profond, qu'il retentit dans la grotte comme les derniers ronflements des orgues dans une église. Le Provençal, comprenant l'importance de ses caresses, les redoubla de manière à étourdir, à stupéfier cette courtisane impérieuse. Quand il se crut sûr d'avoir éteint la férocité de sa capricieuse compagne, dont la faim avait été si heureusement assouvie la veille, il se leva et voulut sortir de la grotte ; la panthère le laissa bien partir, mais, quand il eut gravi la colline, elle bondit avec la légèreté des moineaux sautant d'une branche à une autre, et vint se frotter contre les jambes du soldat en faisant le gros dos à la manière des chattes ; puis, regardant son hôte d'un œil dont l'éclat était devenu moins inflexible, elle jeta ce cri sauvage que les naturalistes comparent au bruit d'une scie.

— Elle est exigeante ! s'écria le Français en souriant.

Il essaya de jouer avec les oreilles, de lui caresser le ventre et de lui gratter fortement la tête avec ses ongles ; et, s'apercevant de ses succès, il lui chatouilla le crâne avec la pointe de son poignard, en épiant l'heure de la tuer ; mais la dureté des os le fit trembler de ne pas réussir.

La sultane du désert agréa les talents de son esclave en levant la tête, en tendant le cou, en accusant son ivresse par la tranquillité de son attitude. Le Français songea soudain que, pour assassiner d'un seul coup cette farouche princesse, il fallait la poignarder dans la gorge, et il levait la lame, quand la panthère, rassasiée sans doute, se coucha gracieusement à ses pieds en lui jetant de temps en temps des regards où, malgré une rigueur native, se peignait confusément de la bienveillance. Le pauvre Provençal mangea ses dattes, en s'appuyant sur un des palmiers ; mais il lançait tour à tour un œil investigateur sur le désert pour y chercher des libérateurs et sur sa terrible compagne pour en épier la clémence incertaine. La panthère regardait l'endroit où les noyaux de dattes tombaient, chaque fois qu'il en jetait un, et ses yeux exprimaient alors une incroyable méfiance. Elle examinait le Français avec une prudence commerciale ; mais cet examen lui fut favorable, car, lorsqu'il eut achevé son maigre repas, elle lui lécha ses souliers, et, d'une langue rude et forte, elle en enleva miraculeusement la poussière incrustée dans les plis.

— Mais quand elle aura faim ?... pensa le Provençal.

Malgré le frisson que lui causa son idée, le soldat se mit à mesurer curieusement les proportions de la panthère, certainement un des plus beaux individus de l'espèce, car elle avait trois pieds de hauteur et quatre pieds de longueur, sans y comprendre la queue. Cette arme puissante, ronde comme un gourdin, était haute de près de trois pieds. La tête, aussi grosse que celle d'une lionne, se distinguait par une rare expression de finesse ; la froide cruauté des tigres y dominait bien, mais il y avait aussi une vague ressemblance avec la physionomie d'une femme artificieuse. Enfin, la figure de cette reine solitaire révélait en ce moment une sorte de gaieté semblable à celle de Néron[1] ivre : elle s'était désaltérée dans le sang et voulait jouer. Le soldat essaya d'aller et de venir, la panthère le laissa libre, se contentant de le suivre des yeux, ressemblant ainsi moins à un chien fidèle qu'à un gros angora[2] inquiet de tout, même des mouvements de son maître. Quand il se retourna, il aperçut du côté de la fontaine les restes de son cheval, la panthère en avait traîné jusque-là le cadavre. Les deux tiers environ étaient dévorés. Ce spectacle rassura le Français. Il lui fut facile alors d'expliquer l'absence de la panthère, et le respect qu'elle avait eu pour lui pendant son sommeil. Ce premier bonheur l'enhardissant à tenter l'avenir, il conçut le fol espoir de faire bon ménage avec la panthère pendant toute la journée, en ne négligeant aucun moyen de l'apprivoiser et de se concilier ses bonnes grâces. Il revint près d'elle et eut l'ineffable bonheur de lui voir remuer la queue par un mouvement presque insensible.

Il s'assit alors sans crainte auprès d'elle et ils se mirent à jouer tous les deux : il lui prit les pattes, le museau, lui tournilla[3] les oreilles, la renversa sur le dos, et gratta fortement ses flancs chauds et soyeux.

1. Empereur romain (37-68 après J.-C.) resté célèbre pour sa cruauté.
2. Un chat angora (aux poils longs et soyeux).
3. Tortilla.

Elle se laissa faire, et, quand le soldat essaya de lui lisser le poil des pattes, elle rentra soigneusement ses ongles recourbés comme des damas [1]. Le Français, qui gardait une main sur son poignard, pensait encore à le plonger dans le ventre de la trop confiante panthère ; mais il craignit d'être immédiatement étranglé dans la dernière convulsion qui l'agiterait. Et, d'ailleurs, il entendit dans son cœur une sorte de remords qui lui criait de respecter une créature inoffensive. Il lui semblait avoir trouvé une amie dans ce désert sans bornes. Il songea involontairement à sa première maîtresse, qu'il avait surnommée « Mignonne », par antiphrase, parce qu'elle était d'une si atroce jalousie, que, pendant tout le temps que dura leur passion, il eut à craindre le couteau dont elle l'avait toujours menacé. Ce souvenir de son jeune âge lui suggéra d'essayer de faire répondre à ce nom la jeune panthère, de laquelle il admirait, maintenant avec moins d'effroi, l'agilité, la grâce et la mollesse.

Vers la fin de la journée, il s'était familiarisé avec sa situation périlleuse, et il en aimait presque les angoisses. Enfin, sa compagne avait fini par prendre l'habitude de le regarder quand il criait en voix de fausset [2] : *Mignonne !* Au coucher du soleil, Mignonne fit entendre à plusieurs reprises un cri profond et mélancolique.

— Elle est bien élevée !... pensa le gai soldat ; elle dit ses prières.

Mais cette plaisanterie mentale ne lui vint en l'esprit que quand il eut remarqué l'attitude pacifique dans laquelle restait sa camarade.

— Va, ma petite blonde, je te laisserai coucher la

1. Un damas est un sabre dont la lame est recouverte d'un acier d'alliage (dit *damassé*) qui présente un beau moiré.

2. Voix aiguë, grêle et nasillarde.

première, lui dit-il en comptant bien sur l'activité de ses jambes pour s'évader au plus vite quand elle serait endormie, afin d'aller chercher un autre gîte pendant la nuit.

Le soldat attendit avec impatience l'heure de sa fuite, et, quand elle fut arrivée, il marcha rapidement dans la direction du Nil ; mais à peine eut-il fait un quart de lieue dans les sables qu'il entendit la panthère bondissant derrière lui, et jetant par intervalles ce cri de scie, plus effrayant encore que le bruit lourd de ses bonds.

— Allons, se dit-il, elle m'a pris en amitié !... Cette jeune panthère n'a peut-être encore rencontré personne, il est flatteur d'avoir son premier amour !

En ce moment, le Français tomba dans un de ces sables mouvants si redoutables pour les voyageurs et d'où il est impossible de se sauver. En se sentant pris, il poussa un cri d'alarme ; la panthère le saisit avec ses dents par le collet, et, sautant vigoureusement en arrière, elle le tira du gouffre comme par magie.

— Ah ! Mignonne, s'écria le soldat en la caressant avec enthousiasme, c'est entre nous maintenant à la vie et à la mort... Mais pas de farces !

Et il revint sur ses pas.

Le désert fut dès lors comme peuplé. Il renfermait un être auquel le Français pouvait parler et dont la férocité s'était adoucie pour lui, sans qu'il s'expliquât les raisons de cette incroyable amitié. Quelque puissant que fût le désir du soldat de rester debout et sur ses gardes, il dormit.

À son réveil, il ne vit plus Mignonne ; il monta sur la colline et, dans le lointain, il l'aperçut accourant par bonds, suivant l'habitude de ces animaux, auxquels la course est interdite par l'extrême flexibilité de leur colonne vertébrale. Mignonne arriva les babi-

Voir *Au fil du texte,* p. 199.

nes sanglantes ; elle reçut les caresses nécessaires que lui fit son compagnon, en témoignant même par plusieurs *ronron* graves combien elle en était heureuse. Ses yeux, pleins de mollesse, se tournèrent avec encore plus de douceur que la veille sur le Provençal, qui lui parlait comme à un animal domestique :

— Ah ! ah ! mademoiselle, car vous êtes une honnête fille, n'est-ce pas ? Voyez-vous ça !... nous aimons à être câlinée. N'avez-vous pas honte ! Vous avez mangé quelque Maugrabin ?... Bien ! C'est pourtant des animaux comme vous !... Mais n'allez pas gruger les Français, au moins... Je ne vous aimerais plus !

Elle joua comme un jeune chien joue avec son maître, se laissant rouler, battre et flatter tour à tour ; et parfois elle provoquait le soldat en avançant la patte sur lui, par un geste de solliciteur.

Quelques jours se passèrent ainsi. Cette compagnie permit au Provençal d'admirer les sublimes beautés du désert. Du moment qu'il y trouvait des heures de crainte et de tranquillité, des aliments, et une créature à laquelle il pensait, il eut l'âme agitée par des contrastes... C'était une vie pleine d'oppositions. La solitude lui révéla tous ses secrets, l'enveloppa de ses charmes. Il découvrit dans le lever et le coucher du soleil des spectacles inconnus au monde. Il sut tressaillir en entendant au-dessus de sa tête le doux sifflement des ailes d'un oiseau – rare passager ! –, en voyant les nuages se confondre – voyageurs changeants et colorés ! Il étudia pendant la nuit les effets de la lune sur l'océan des sables, où le simoun[1] produisait des vagues, des ondulations et de rapides changements. Il vécut avec le jour de l'Orient, il en admira les pompes

1. Vent violent, extrêmement chaud et sec, qui souffle sur les régions désertiques du Sahara.

merveilleuses ; et souvent, après avoir joui du terrible spectacle d'un ouragan dans cette plaine où les sables soulevés produisaient des brouillards rouges et secs, des nuées mortelles, il voyait venir la nuit avec délices, car alors tombait la bienfaisante fraîcheur des étoiles. Il écouta des musiques imaginaires dans les cieux. Puis la solitude lui apprit à déployer les trésors de la rêverie. Il passait des heures entières à se rappeler des riens, à comparer sa vie passée à sa vie présente. Enfin, il se passionna pour sa panthère, car il lui fallait bien une affection. Soit que sa volonté, puissamment projetée, eût modifié le caractère de sa compagne, soit qu'elle trouvât une nourriture abondante grâce aux combats qui se livraient alors dans ces déserts, elle respecta la vie du Français, qui finit par ne plus s'en défier en la voyant si bien apprivoisée. Il employait la plus grande partie du temps à dormir ; mais il était obligé de veiller, comme une araignée au sein de sa toile, pour ne pas laisser échapper le moment de sa délivrance, si quelqu'un passait dans la sphère décrite par l'horizon. Il avait sacrifié sa chemise pour en faire un drapeau, arboré sur le haut d'un palmier dépouillé de feuillage. Conseillé par la nécessité, il sut trouver le moyen de le garder déployé en le tendant avec des baguettes, car le vent aurait pu ne pas l'agiter au moment où le voyageur attendu regarderait dans le désert...

C'était pendant les longues heures où l'abandonnait l'espérance qu'il s'amusait avec la panthère. Il avait fini par connaître les différentes inflexions de sa voix, l'expression de ses regards, il avait étudié les caprices de toutes les taches qui nuançaient l'or de sa robe. Mignonne ne grondait même plus quand il lui prenait la touffe par laquelle sa redoutable queue était terminée, pour en compter les anneaux noirs et blancs, ornement gracieux, qui brillait de loin au soleil comme des pierreries. Il avait du plaisir à contempler les lignes moelleuses et fines des contours, la blancheur du ventre, la grâce de la tête. Mais c'était surtout quand elle folâtrait qu'il la regardait complaisamment, et l'agilité, la jeunesse de ses mouvements le surprenaient toujours ; il admirait sa souplesse quand elle se mettait à bondir, à ramper, à se glisser, à se fourrer, à s'accrocher, se rouler, se blottir, s'élancer partout. Quelque rapide que fût son élan, quelque glissant que fût un bloc de granit, elle s'y arrêtait tout court au mot de « Mignonne ! ».

Un jour, par un soleil éclatant, un immense oiseau plana dans les airs. Le Provençal quitta sa panthère pour examiner ce nouvel hôte ; mais, après un moment d'attente, la sultane délaissée gronda sourdement.

— Je crois, Dieu m'emporte, qu'elle est jalouse ! s'écria-t-il en voyant ses yeux redevenus rigides. L'âme de Virginie aura passé dans ce corps-là, c'est sûr !...

L'aigle disparut dans les airs pendant que le soldat admirait la croupe rebondie de la panthère. Mais il y avait tant de grâce et de jeunesse dans ses contours ! C'était joli comme une femme. La blonde fourrure de la robe se mariait par des teintes fines aux tons du blanc mat qui distinguait les cuisses. La lumière profusément jetée par le soleil faisait briller cet or vivant, ces taches brunes, de manière à leur donner d'indéfinissables attraits. Le Provençal et la panthère se regardèrent l'un et l'autre d'un air intelligent ; la coquette tressaillit quand elle sentit les ongles de son ami lui gratter le crâne, ses yeux brillèrent comme deux éclairs, puis elle les ferma fortement.

— Elle a une âme ! dit-il en étudiant la tranquillité de cette reine des sables, dorée comme eux, blanche comme eux, solitaire et brûlante comme eux...

« Eh bien, me dit-elle, j'ai lu votre plaidoyer en faveur des bêtes ; mais comment deux personnes si bien faites pour se comprendre ont-elles fini ?

— Ah ! voilà !... Elles ont fini comme finissent toutes les grandes passions, par un malentendu. On croit, de part et d'autre, à quelque trahison, l'on ne s'explique point par fierté, l'on se brouille par entêtement.

— Et quelquefois dans les plus beaux moments, dit-elle ; un regard, une exclamation, suffisent... Eh bien, alors, achevez l'histoire.

— C'est horriblement difficile, mais vous comprendrez ce que m'avait déjà confié le vieux grognard quand, en finissant sa bouteille de vin de Champagne, il s'est écrié :

“Je ne sais pas quel mal je lui ai fait, mais elle se retourna comme si elle eût été enragée et, de ses dents aiguës, elle m'entama la cuisse, faiblement sans doute. Moi, croyant qu'elle voulait me dévorer, je lui plongeai mon poignard dans le cou. Elle roula en jetant un cri qui me glaça le cœur, je la vis se débattant en me regardant sans colère. J'aurais voulu pour tout au monde, pour ma croix, que je n'avais pas encore, la rendre à la vie. C'était comme si j'eusse assassiné une personne véritable. Et les soldats qui avaient vu mon drapeau, et qui accoururent à mon secours, me trouvèrent tout en larmes... — Eh bien, monsieur, reprit-il après un moment de silence, j'ai fait depuis la guerre en Allemagne, en Espagne, en Russie, en France ; j'ai bien promené mon cadavre, je n'ai rien vu de semblable au désert... Ah ! c'est que cela est bien beau !

— Qu'y sentiez-vous ? lui ai-je demandé.

— Oh ! cela ne se dit pas, jeune homme. D'ailleurs, je ne regrette pas toujours mon bouquet de palmiers et ma panthère,... il faut que je sois triste pour cela. Dans le désert, voyez-vous, il y a tout, et il n'y a rien...

— Mais encore, expliquez-moi...

— Eh bien, reprit-il en laissant échapper un geste d'impatience, c'est Dieu sans les hommes." »

LA GRANDE BRETÈCHE[1]

— Ah ! Madame, répliqua le docteur[2], j'ai des histoires terribles dans mon répertoire ; mais chaque récit a son heure dans une conversation, selon ce joli mot rapporté par Chamfort[3] et dit au duc de Fronsac : « Il y a dix bouteilles de vin de Champagne entre ta saillie et le moment où nous sommes. »

— Mais il est deux heures du matin, et l'histoire de Rosine[4] nous a préparées, dit la maîtresse de la maison.

1. Nous donnons ici le texte tel qu'il a été publié dans l'édition Furne en 1845.

2. Il s'agit du docteur Bianchon, personnage récurrent de *La Comédie humaine* ; voir le dossier p. 236.

3. Sébastien-Roch Nicolas, dit Chamfort (1741-1794) est un auteur dramatique resté célèbre pour ses « bons mots » de moraliste, regroupés dans *Maximes et pensées*, *Caractères et anecdotes* (1794). Voici l'anecdote telle qu'elle est rapportée par Chamfort lui-même dans cet ouvrage : « Des jeunes gens de la Cour soupaient chez M. de Conflans. On débute par une chanson libre, mais sans excès d'indécence ; M. de Fronsac sur-le-champ se met à chanter des couplets abominables qui étonnent même la bande joyeuse. M de Conflans interrompt le silence universel en disant : "Que diable ! Fronsac ? Il y a dix bouteilles de vin de Champagne entre cette chanson et la première." »

4. Rosine est le nom de la maîtresse du colonel dans *La Maîtresse de notre colonel* (voir p. 129).

— Dites, monsieur Bianchon !... » demanda-t-on de tous côtés.

À un geste du complaisant docteur, le silence régna.

« À une centaine de pas environ de Vendôme[1], sur les bords du Loir, dit-il, il se trouve une vieille maison brune, surmontée de toits très élevés, et si complètement isolée qu'il n'existe à l'entour ni tannerie puante ni méchante auberge, comme vous en voyez aux abords de presque toutes les petites villes.

Devant ce logis est un jardin donnant sur la rivière et où les buis, autrefois ras, qui dessinaient les allées, croissent maintenant à leur fantaisie. Quelques saules, nés dans le Loir, ont rapidement poussé comme la haie de clôture, et cachent à demi la maison. Les plantes que nous appelons mauvaises décorent de leur belle végétation le talus de la rive. Les arbres fruitiers, négligés depuis dix ans, ne produisent plus de récolte et leurs rejetons forment des taillis. Les espaliers ressemblent à des charmilles. Les sentiers, sablés jadis, sont remplis de pourpier[2] ; mais, à vrai dire, il n'y a plus trace de sentier. Du haut de la montagne sur laquelle pendent les ruines du vieux château des ducs de Vendôme, le seul endroit d'où l'œil puisse plonger sur cet enclos, on se dit que, dans un temps qu'il est difficile de déterminer, ce coin de terre fit les délices de quelque gentilhomme occupé de roses, de tulipiers, d'horticulture en un mot, mais surtout gourmand de bons fruits. On aperçoit une tonnelle, ou plutôt les

1. On sait que la Touraine est la terre natale de Balzac. Il fut pensionnaire au collège de Vendôme de 1807 à 1813.

2. Plante à petites feuilles charnues et à fleurs multicolores.

Voir *Au fil du texte,* p. 201.

débris d'une tonnelle sous laquelle est encore une table que le temps n'a pas entièrement dévorée.

À l'aspect de ce jardin qui n'est plus, les joies négatives de la vie paisible dont on jouit en province se devinent, comme on devine l'existence d'un bon négociant en lisant l'épitaphe de sa tombe. Pour compléter les idées tristes et douces qui saisissent l'âme, un des murs offre un cadran solaire orné de cette inscription bourgeoisement chrétienne : *ULTIMAM COGITA* [1] !

Les toits de cette maison sont horriblement dégradés, les persiennes sont toujours closes, les balcons sont couverts de nids d'hirondelles, les portes restent constamment fermées. De hautes herbes ont dessiné par des lignes vertes les fentes des perrons, les ferrures sont rouillées. La lune, le soleil, l'hiver, l'été, la neige ont creusé les bois, gauchi [2] les planches, rongé les peintures. Le morne silence qui règne là n'est troublé que par les oiseaux, les chats, les fouines, les rats et les souris libres de trotter, de se battre, de se manger. Une invisible main a partout écrit le mot : *Mystère*.

Si, poussé par la curiosité, vous alliez voir cette maison du côté de la rue, vous apercevriez une grande porte de forme ronde par le haut et à laquelle les enfants du pays ont fait des trous nombreux. J'ai appris plus tard que cette porte était condamnée depuis dix ans.

Par ces brèches irrégulières, vous pourriez observer la parfaite harmonie qui existe entre la façade du jardin et la façade de la cour. Le même désordre y règne. Des bouquets d'herbes encadrent les pavés. D'énormes lézardes sillonnent les murs, dont les crêtes noircies sont enlacées par les mille festons de la pariétaire [3].

1. En latin : « Pense à ta dernière [heure]. »
2. Déformé.
3. Plante qui pousse sur les murs (du latin *paries*, paroi).

Les marches du perron sont disloquées, la corde de la cloche est pourrie, les gouttières sont brisées. Quel feu tombé du ciel a passé par là ? Quel tribunal a ordonné de semer du sel sur ce logis ? Y a-t-on insulté Dieu ? Y a-t-on trahi la France ? Voilà ce qu'on se demande. Les reptiles y rampent sans vous répondre. Cette maison, vide et déserte, est une immense énigme dont le mot n'est connu de personne. Elle était autrefois un petit fief, et porte le nom de *la Grande Bretèche*[1].

Pendant le temps de mon séjour à Vendôme, où Desplein m'avait laissé pour soigner une riche malade, la vue de ce singulier logis devint un de mes plaisirs les plus vifs. N'était-ce pas mieux qu'une ruine ? À une ruine se rattachent quelques souvenirs d'une irréfragable authenticité ; mais cette habitation encore debout, quoique lentement démolie par une main vengeresse, renfermait un secret, une pensée inconnue ; elle trahissait un caprice tout au moins.

Plus d'une fois, le soir, j'allais me faire aborder à la haie devenue sauvage qui protégeait cet enclos. Je bravais les égratignures, j'entrais dans ce jardin sans maître, dans cette propriété qui n'était plus ni publique ni particulière ; j'y restais des heures entières à contempler son désordre. Je n'aurais pas voulu, pour prix de l'histoire à laquelle sans doute était dû ce spectacle bizarre, faire une seule question à quelque Vendômois bavard. Là, je composais de délicieux romans ; je m'y livrais à de petites débauches de mélancolie qui me ravissaient. Si j'avais connu le motif, peut-être vulgaire, de cet abandon, j'eusse perdu les poésies inédites dont je m'enivrais. Pour moi, cet asile représentait les images les plus variées de la vie humaine, assombrie par ses malheurs : c'était

1. Balzac a donné à sa demeure le nom que portait un couvent tout proche de Tours.

tantôt l'air du cloître, moins les religieux ; tantôt la paix du cimetière, sans les morts qui vous parlent leur langage épitaphique[1] ; aujourd'hui la maison du lépreux, demain celle des Atrides[2] ; mais c'était surtout la province avec ses idées recueillies, avec sa vie de sablier. J'y ai souvent pleuré, je n'y ai jamais ri. Plus d'une fois j'ai ressenti des terreurs involontaires en y entendant, au-dessus de ma tête, le sifflement sourd que rendaient les ailes de quelque ramier pressé. Le sol y est humide ; il faut s'y défier des lézards, des vipères, des grenouilles qui s'y promènent avec la sauvage liberté de la nature ; il faut surtout ne pas craindre le froid, car en quelques instants vous sentez un manteau de glace qui se pose sur vos épaules, comme la main du commandeur sur le cou de don Juan[3]. Un soir j'y ai frissonné : le vent avait fait tourner une vieille girouette rouillée, dont les cris ressemblèrent à un gémissement poussé par la maison au moment où j'achevais un drame assez noir par lequel je m'expliquais cette espèce de douleur monumentalisée.

Je revins à mon auberge, en proie à des idées sombres. Quand j'eus soupé, l'hôtesse entra d'un air de mystère dans ma chambre et me dit :

« Monsieur, voici monsieur Regnault.

— Qu'est monsieur Regnault ?

1. Les mots gravés en épitaphe (inscription funéraire) sur le tombeau.

2. Célèbre famille de la mythologie grecque. Atrée, roi de Mycènes, est le père d'Agamemnon (lui-même père d'Iphigénie, d'Électre et d'Oreste) et de Ménélas. Plusieurs tragédies mettent en scène le destin cruel de « la maison d'Atrée », vouée au malheur et au crime, de génération en génération.

3. Dans le mythe de Don Juan, la statue du Commandeur vient chercher l'impie pour l'entraîner aux enfers (voir, dans « Lectures croisées », p. 233).

— Comment, monsieur ne connaît pas monsieur Regnault ? Ah ! c'est drôle ! » dit-elle en s'en allant.

Tout à coup je vis apparaître un homme long, fluet, vêtu de noir, tenant son chapeau à la main, et qui se présenta comme un bélier prêt à fondre sur son rival, en me montrant un front fuyant, une petite tête pointue et une face pâle, assez semblable à un verre d'eau sale. Vous eussiez dit un huissier d'un ministre. Cet inconnu portait un vieil habit, très usé sur les plis ; mais il avait un diamant au jabot de sa chemise et des boucles d'or à ses oreilles.

« Monsieur, à qui ai-je l'honneur de parler ? » lui dis-je.

Il s'assit sur une chaise, se mit devant mon feu, posa son chapeau sur ma table, et me répondit en se frottant les mains : « Ah ! il fait bien froid. Monsieur, je suis monsieur Regnault. »

Je m'inclinai, en me disant à moi-même : « *Il bondo cani*[1] *!* Cherche. »

« Je suis, reprit-il, notaire à Vendôme.

— J'en suis ravi, monsieur, m'écriai-je, mais je ne suis point en mesure de tester[2], pour des raisons à moi connues.

— Petit moment, reprit-il en levant la main comme pour m'imposer silence. Permettez, monsieur, permettez ! J'ai appris que vous alliez vous promener quelquefois dans le jardin de la Grande Bretèche.

— Oui, monsieur.

— Petit moment ! dit-il en répétant son geste, cette action constitue un véritable délit. Monsieur, je viens, au nom et comme exécuteur testamentaire de feu madame la comtesse de Merret, vous prier de discontinuer vos visites. Petit moment ! Je ne suis pas un

1. « Le bon chien », en italien.
2. Disposer de ses biens par testament, en langage de notaire.

Turc et ne veux point vous en faire un crime. D'ailleurs, bien permis à vous d'ignorer les circonstances qui m'obligent à laisser tomber en ruines le plus bel hôtel de Vendôme. Cependant, monsieur, vous paraissez avoir de l'instruction, et devez savoir que les lois défendent, sous des peines graves, d'envahir une propriété close. Une haie vaut un mur. Mais l'état dans lequel la maison se trouve peut servir d'excuse à votre curiosité. Je ne demanderais pas mieux que de vous laisser libre d'aller et venir dans cette maison ; mais, chargé d'exécuter les volontés de la testatrice[1], j'ai l'honneur, monsieur, de vous prier de ne plus entrer dans le jardin. Moi-même, monsieur, depuis l'ouverture du testament, je n'ai pas mis le pied dans cette maison, qui dépend, comme j'ai eu l'honneur de vous le dire, de la succession de madame de Merret. Nous en avons seulement constaté les portes et fenêtres, afin d'asseoir les impôts que je paye annuellement sur des fonds à ce destinés par feu madame la comtesse. Ah ! mon cher monsieur, son testament a fait bien du bruit dans Vendôme ! » Là, il s'arrêta pour se moucher, le digne homme !

Je respectai sa loquacité, comprenant à merveille que la succession de madame de Merret était l'événement le plus important de sa vie, toute sa réputation, sa gloire, sa Restauration. Il me fallait dire adieu à mes belles rêveries, à mes romans ; je ne fus donc pas rebelle au plaisir d'apprendre la vérité d'une manière officielle.

« Monsieur, lui dis-je, serait-il indiscret de vous demander les raisons de cette bizarrerie ? »

À ces mots, un air qui exprimait tout le plaisir que ressentent les hommes habitués à monter sur le *dada*[2],

1. Celle qui a rédigé le testament.
2. Expression familière et imagée, venue de l'anglais (*hobby*

passa sur la figure du notaire. Il releva le col de sa chemise avec une sorte de fatuité, tira sa tabatière, l'ouvrit, m'offrit du tabac ; et, sur mon refus, il en saisit une forte pincée. Il était heureux ! Un homme qui n'a pas de dada ignore tout le parti que l'on peut tirer de la vie. Un dada est le milieu précis entre la passion et la monomanie. En ce moment, je compris cette jolie expression de Sterne [1] dans toute son étendue, et j'eus une complète idée de la joie avec laquelle l'oncle Tobie enfourchait, Trim [2] aidant, son cheval de bataille.

« Monsieur, me dit monsieur Regnault, j'ai été premier clerc [3] de maître Roguin, à Paris. Excellente étude, dont vous avez peut-être entendu parler ? non ! cependant une malheureuse faillite l'a rendu célèbre. N'ayant pas assez de fortune pour traiter à Paris, au prix où les charges montèrent en 1816, je vins ici

horse, cheval d'enfant), pour désigner un sujet favori de conversation, une idée fixe, une manie que l'on enfourche comme un cheval (voir l'explication que donne Balzac lui-même par la suite).

1. Laurence Sterne (1713-1768) est un écrivain britannique. « Dans l'ouvrage intitulé *Vie et opinions de Tristram Shandy, gentleman*, il nous apprend à respecter sagement le dada de chacun : “Les hommes les plus sages, sans en excepter même Salomon, le sage des sages, dit-il, ont eu leur *hobby-horse*, leurs bizarreries, leurs médailles, leurs tambours et leurs trompettes... On les a vus, chacun à sa façon, aller à califourchon sur leur dada.” » (Pierre Larousse, article « dada », *Grand dictionnaire universel du* XIX*e* *siècle*, 1870).

2. L'oncle Tobie et le caporal Trim sont des personnages du roman de Sterne cité dans la note ci-dessus.

3. Un clerc travaille dans l'étude d'un notaire (que l'on appelle maître). Balzac s'est souvent amusé à brosser des figures caricaturales de notaires et de clercs. À l'initiative de sa mère, lui-même était entré à la fin de ses études de lycéen comme « petit clerc » chez l'avoué parisien Jean Guyonnet-Merville, un juriste cultivé dont le personnage et l'étude serviront de modèles pour le Derville du *Colonel Chabert* (1832).

acquérir l'étude de mon prédécesseur. J'avais des parents à Vendôme, entre autres une tante fort riche, qui m'a donné sa fille en mariage. — Monsieur, reprit-il après une légère pause, trois mois après a

été agréé par Monseigneur le Garde des Sceaux [1], je fus mandé un soir, au moment où j'allais me coucher (je n'étais pas encore marié), par madame la comtesse de Merret, en son château de Merret. Sa femme de chambre, une brave fille qui sert aujourd'hui dans cette hôtellerie, était à ma porte avec la calèche de madame la comtesse. Ah ! petit moment ! Il faut vous dire, monsieur, que monsieur le comte de Merret était allé mourir à Paris deux mois avant que je ne vinsse ici. Il y périt misérablement en se livrant à des excès de tous les genres. Vous comprenez ? Le jour de son départ, madame la comtesse avait quitté la Grande Bretèche et l'avait démeublée. Quelques personnes prétendent même qu'elle a brûlé les meubles, les tapisseries, enfin toutes les choses généralement quelconques qui garnissaient les lieux présentement loués par ledit sieur... (Tiens, qu'est-ce que je dis donc ? Pardon, je croyais dicter un bail.) Qu'elle les brûla, reprit-il, dans la prairie de Merret. Êtes-vous allé à Merret, monsieur ? Non, dit-il en faisant lui-même ma réponse. Ah ! c'est un fort bel endroit ! Depuis trois mois environ, dit-il en continuant après un petit hochement de tête, monsieur le comte et madame la comtesse avaient vécu singulièrement ; ils ne recevaient plus personne, madame habitait le rez-de-chaussée, et monsieur le premier étage. Quand madame la comtesse resta seule, elle ne se montra plus qu'à l'église. Plus tard, chez elle, à son château, elle refusa de voir les amis et amies qui vinrent lui faire des visites. Elle

1. Le garde des Sceaux (ou Chancelier) est le ministre à qui sont confiés les sceaux de l'État (ministre de la Justice).

était déjà très changée au moment où elle quitta la Grande Bretèche pour aller à Merret. Cette chère femme-là... (je dis chère, parce que ce diamant me vient d'elle, je ne l'ai vue, d'ailleurs, qu'une seule fois !). Donc, cette bonne dame était très malade ; elle avait sans doute désespéré de sa santé, car elle est morte sans vouloir appeler de médecins ; aussi beaucoup de nos dames ont-elles pensé qu'elle ne jouissait pas de toute sa tête. Monsieur, ma curiosité fut donc singulièrement excitée en apprenant que madame de Merret avait besoin de mon ministère. Je n'étais pas le seul qui s'intéressât à cette histoire. Le soir même, quoiqu'il fût tard, toute la ville sut que j'allais à Merret. La femme de chambre répondit assez vaguement aux questions que je lui fis en chemin ; néanmoins, elle me dit que sa maîtresse avait été administrée [1] par le curé de Merret pendant la journée, et qu'elle paraissait ne pas devoir passer la nuit. J'arrivai sur les onze heures au château. Je montai le grand escalier. Après avoir traversé de grandes pièces hautes et noires, froides et humides en diable, je parvins dans la chambre à coucher d'honneur où était madame la comtesse. D'après les bruits qui couraient sur cette dame (monsieur, je n'en finirais pas si je vous répétais tous les contes qui se sont débités à son égard !), je me la figurais comme une coquette. Imaginez-vous que j'eus beaucoup de peine à la trouver dans le grand lit où elle gisait. Il est vrai que, pour éclairer cette énorme chambre à frises de l'ancien régime, et poudrées de poussière à faire éternuer rien qu'à les voir, elle avait une de ces anciennes lampes d'Argant [2]. Ah ! mais

1. Un malade en danger de mort est « administré » par un prêtre quand il reçoit de lui l'extrême-onction (le dernier sacrement de l'Église).

2. La *lampe d'Argant* est la première lampe à courant d'air,

vous n'êtes pas allé à Merret ! Eh ! bien, monsieur, le lit est un de ces lits d'autrefois, avec un ciel élevé, garni d'indienne à ramages. Une petite table de nuit était près du lit, et je vis dessus une *Imitation de Jésus-Christ* [1], que, par parenthèse, j'ai achetée à ma femme, ainsi que la lampe. Il y avait aussi une grande bergère [2] pour la femme de confiance, et deux chaises. Point de feu, d'ailleurs. Voilà le mobilier. Ça n'aurait pas fait dix lignes dans un inventaire. Ah ! mon cher monsieur, si vous aviez vu, comme je la vis alors, cette vaste chambre tendue en tapisseries brunes, vous vous seriez cru transporté dans une véritable scène de roman. C'était glacial, et mieux que cela, funèbre, ajouta-t-il en levant le bras par un geste théâtral et faisant une pause. À force de regarder, en venant près du lit, je finis par voir madame de Merret, encore grâce à la lueur de la lampe dont la clarté donnait sur les oreillers. Sa figure était jaune comme de la cire, et ressemblait à deux mains jointes. Madame la comtesse avait un bonnet de dentelles qui laissait voir de beaux cheveux, mais blancs comme du fil. Elle était sur son séant et paraissait s'y tenir avec beaucoup de difficulté. Ses grands yeux noirs, abattus par la fièvre, sans doute, et déjà presque morts, remuaient à peine sous les os où sont les sourcils. — Ça, dit-il en me montrant l'arcade de ses yeux. Son front était humide. Ses mains décharnées ressemblaient à des os recouverts d'une peau tendre ; ses veines, ses muscles se

cheminée de verre et mèche tissée en forme de cylindre creux. Ce système, tout en intensifiant la luminosité, supprimait la fumée.

1. Le recueil de méditations *L'Imitation de Jésus-Christ* du moine allemand Thomas a Kempis (1380-1471), traduit du latin par le philosophe chrétien et mondain Robert de Lamennais en 1824, était alors l'un des livres de dévotion les plus connus.

2. Fauteuil large et profond, dont le siège est garni d'un coussin.

voyaient parfaitement bien ; elle avait dû être très belle ; mais, en ce moment ! je fus saisi de je ne sais quel sentiment à son aspect. Jamais, au dire de ceux qui l'ont ensevelie, une créature vivante n'avait atteint à sa maigreur sans mourir. Enfin, c'était épouvantable à voir ! Le mal avait si bien rongé cette femme qu'elle n'était plus qu'un fantôme. Ses lèvres d'un violet pâle me parurent immobiles quand elle me parla. Quoique ma profession m'ait familiarisé avec ces spectacles en me conduisant parfois au chevet des mourants pour constater leurs dernières volontés, j'avoue que les familles en larmes et les agonies que j'ai vues n'étaient rien auprès de cette femme solitaire et silencieuse dans ce vaste château. Je n'entendais pas le moindre bruit, je ne voyais pas ce mouvement que la respiration de la malade aurait dû imprimer aux draps qui la couvraient et je restai tout à fait immobile, occupé à la regarder avec une sorte de stupeur. Il me semble que j'y suis encore. Enfin ses grands yeux se remuèrent, elle essaya de lever sa main droite qui retomba sur le lit, et ces mots sortirent de sa bouche comme un souffle, car sa voix n'était déjà plus une voix : "Je vous attendais avec bien de l'impatience." Ses joues se colorèrent vivement. Parler, monsieur, c'était un effort pour elle. "Madame", lui dis-je. Elle me fit signe de me taire. En ce moment, la vieille femme de charge se leva et me dit à l'oreille : "Ne parlez pas, madame la comtesse est hors d'état d'entendre le moindre bruit ; et ce que vous lui diriez pourrait l'agiter." Je m'assis. Quelques instants après, madame de Merret rassembla tout ce qui lui restait de forces pour mouvoir son bras droit, le mit, non sans des peines infinies, sous son traversin ; elle s'arrêta pendant un petit moment ; puis, elle fit un dernier effort pour retirer sa main ; et lorsqu'elle eut pris un papier cacheté, des gouttes de sueur tombèrent de son front. “Je vous confie mon testament, dit-elle. Ah ! mon Dieu ! Ah !” Ce fut tout. Elle saisit un crucifix qui était sur son lit, le porta rapidement à ses lèvres, et mourut. L’expression de ses yeux fixes me fait encore frissonner quand j’y songe. Elle avait dû bien souffrir ! Il y avait de la joie dans son dernier regard, sentiment qui resta gravé sur ses yeux morts. J’emportai le testament ; et, quand il fut ouvert, je vis que madame de Merret m’avait nommé son exécuteur testamentaire. Elle léguait la totalité de ses biens à l’hôpital de Vendôme, sauf quelques legs particuliers. Mais voici quelles furent ses dispositions relativement à la Grande Bretèche. Elle me recommanda de laisser cette maison pendant cinquante années révolues, à partir du jour de sa mort, dans l’état où elle se trouverait au moment de son décès, en interdisant l’entrée des appartements à quelque personne que ce fût, en défendant d’y faire la moindre réparation, et allouant même une rente afin de gager des gardiens, s’il en était besoin, pour assurer l’entière exécution de ses intentions. À l’expiration de ce terme, si le vœu de la testatrice a été accompli, la maison doit appartenir à mes héritiers, car monsieur sait que les notaires ne peuvent accepter de legs[1] ; sinon, la Grande Bretèche reviendrait à qui de droit, mais à la charge de remplir les conditions indiquées dans un codicille[2] annexé au testament, et qui ne doit être ouvert qu’à l’expiration desdites cinquante années. Le testament n’a point été attaqué, donc... »

À ce mot, et sans achever sa phrase, le notaire oblong[3] me regarda d’un air de triomphe, je le rendis

1. Disposition à titre gratuit faite par testament.

2. Acte postérieur à un testament, le modifiant, le complétant ou l’annulant.

3. Qui est plus long que large.

tout à fait heureux en lui adressant quelques compliments.

« Monsieur, lui dis-je en terminant, vous m'avez si vivement impressionné, que je crois voir cette mourante plus pâle que ses draps ; ses yeux luisants me font peur, et je rêverai d'elle cette nuit. Mais vous devez avoir formé quelques conjectures sur les dispositions contenues dans ce bizarre testament.

— Monsieur, me dit-il avec une réserve comique, je ne me permets jamais de juger la conduite des personnes qui m'ont honoré par le don d'un diamant. »

Je déliai bientôt la langue du scrupuleux notaire vendômois, qui me communiqua, non sans de longues digressions, les observations dues aux profonds politiques des deux sexes dont les arrêts font loi dans Vendôme. Mais ces observations étaient si contradictoires, si diffuses, que je faillis m'endormir, malgré l'intérêt que je prenais à cette histoire authentique. Le ton lourd et l'accent monotone de ce notaire, sans doute habitué à s'écouter lui-même et à se faire écouter de ses clients ou de ses compatriotes, triompha de ma curiosité. Heureusement il s'en alla.

« Ah ! ah ! monsieur, bien des gens, me dit-il dans l'escalier, voudraient vivre encore quarante-cinq ans ; mais, petit moment ! Et il mit, d'un air fin, l'index de sa main droite sur sa narine, comme s'il eût voulu dire : Faites bien attention à ceci ? — Pour aller jusque-là, jusque-là, dit-il, il ne faut pas avoir la soixantaine. »

Je fermai ma porte, après avoir été tiré de mon apathie par ce dernier trait que le notaire trouva très spirituel ; puis, je m'assis dans mon fauteuil, en mettant mes pieds sur les deux chenets de ma cheminée. Je m'enfonçai dans un roman à la Radcliffe[1], bâti sur

1. Les romans « noirs » d'Ann Radcliffe (1764-1822) avaient répandu la mode d'un fantastique « gothique ».

les données juridiques de monsieur Regnault, quand ma porte, manœuvrée par la main adroite d'une femme, tourna sur ses gonds. Je vis venir mon hôtesse, grosse femme réjouie, de belle humeur, qui avait manqué sa vocation ; c'était une Flamande qui aurait dû naître dans un tableau de Teniers[1].

« Eh ! bien, monsieur ? me dit-elle. Monsieur Regnault vous a sans doute rabâché son histoire de la Grande Bretèche.

— Oui, mère Lepas.

— Que vous a-t-il dit ? » Je lui répétai en peu de mots la ténébreuse et froide histoire de madame de Merret. À chaque phrase, mon hôtesse tendait le cou, en me regardant avec une perspicacité d'aubergiste, espèce de juste milieu entre l'instinct du gendarme, l'astuce de l'espion et la ruse du commerçant.

« Ma chère dame Lepas ! ajoutai-je en terminant, vous paraissez en savoir davantage. Hein ? Autrement, pourquoi seriez-vous montée chez moi ?

— Ah ! foi d'honnête femme, et aussi vrai que je m'appelle Lepas...

— Ne jurez pas, vos yeux sont gros d'un secret. Vous avez connu monsieur de Merret. Quel homme était-ce ?

— Dame, monsieur de Merret, voyez-vous, était un bel homme qu'on ne finissait pas de voir, tant il était long ! un digne gentilhomme venu de Picardie, et qui avait, comme nous disons ici, la tête près du bonnet. Il payait tout comptant pour n'avoir de difficulté avec personne. Voyez-vous, il était vif. Nos dames le trouvaient toutes fort aimable.

— Parce qu'il était vif ! dis-je à mon hôtesse.

1. Le peintre flamand David Teniers (1610-1690) était réputé pour ses nombreux tableaux de scènes d'intérieur représentant des personnages du petit peuple, à la façon de son maître Bruegel.

— Peut-être bien, dit-elle. Vous pensez bien, monsieur, qu'il fallait avoir eu quelque chose devant soi, comme on dit, pour épouser madame de Merret qui, sans vouloir nuire aux autres, était la plus belle et la plus riche personne du Vendômois. Elle avait aux environs de vingt mille livres de rente. Toute la ville assistait à sa noce. La mariée était mignonne et avenante, un vrai bijou de femme. Ah ! ils ont fait un beau couple dans le temps !

— Ont-ils été heureux en ménage ?

— Heu, heu ! oui et non, autant qu'on peut le présumer, car vous pensez bien que, nous autres, nous ne vivions pas à pot et à rôt [1] avec eux ! Madame de Merret était une bonne femme, bien gentille, qui avait peut-être bien à souffrir quelquefois des vivacités de son mari ; mais quoiqu'un peu fier, nous l'aimions. Bah ! c'était son état à lui d'être comme ça ! Quand on est noble, voyez-vous...

— Cependant il a bien fallu quelque catastrophe pour que monsieur et madame de Merret se séparassent violemment ?

— Je n'ai point dit qu'il y ait eu de catastrophe, monsieur. Je n'en sais rien.

— Bien. Je suis sûr maintenant que vous savez tout.

— Eh ! bien, monsieur, je vais tout vous dire. En voyant monter chez vous monsieur Regnault, j'ai bien pensé qu'il vous parlerait de madame de Merret, à propos de la Grande Bretèche. Ça m'a donné l'idée de consulter monsieur, qui me paraît un homme de bon conseil et incapable de trahir une pauvre femme comme moi qui n'ai jamais fait de mal à personne, et qui se trouve cependant tourmentée par sa conscience.

1. Expression familière qui donne l'image d'une grande intimité.

Jusqu'à présent, je n'ai point osé m'ouvrir aux gens de ce pays-ci, ce sont tous des bavards à langues d'acier. Enfin, monsieur, je n'ai pas encore eu de voyageur qui soit demeuré si longtemps que vous dans mon auberge, et auquel je pusse dire l'histoire des quinze mille francs...

— Ma chère dame Lepas ! lui répondis-je en arrêtant le flux de ses paroles, si votre confidence est de nature à me compromettre, pour tout au monde je ne voudrais pas en être chargé.

— Ne craignez rien, dit-elle en m'interrompant. Vous allez voir. »

Cet empressement me fit croire que je n'étais pas le seul à qui ma bonne aubergiste eût communiqué le secret dont je devais être l'unique dépositaire, et j'écoutai.

« Monsieur, dit-elle, quand l'Empereur[1] envoya ici des Espagnols prisonniers de guerre ou autres, j'eus à loger, au compte du gouvernement, un jeune Espagnol envoyé à Vendôme sur parole. Malgré la parole, il allait tous les jours se montrer au Sous-Préfet. C'était un Grand d'Espagne[2] ! Excusez du peu ? Il portait un nom en *os* et en *dia*, comme Bagos de Férédia[3]. J'ai son nom écrit sur mes registres ; vous pourrez le lire, si vous le voulez. Oh ! c'était un beau jeune homme pour un Espagnol qu'on dit tous laids. Il n'avait guère que cinq pieds deux ou trois pouces, mais il était bien fait ; il avait de petites mains qu'il soignait, ah ! fallait voir. Il avait autant de brosses

1. Il s'agit de Napoléon Ier.

2. Titré donné aux seigneurs les plus élevés dans la hiérarchie de la noblesse espagnole (voir *El Verdugo*, p. 16).

3. On note que la mère de Balzac, pendant sa jeunesse en Touraine, eut pour amant un grand seigneur espagnol, prisonnier de guerre assigné à résidence, qui s'appelait Hérédia.

pour ses mains qu'une femme en a pour toutes ses toilettes ! Il avait de grands cheveux noirs, un œil de feu, un teint un peu cuivré, mais qui me plaisait tout de même. Il portait du linge fin comme je n'en ai jamais vu à personne ; quoique j'aie logé des princesses, et entre autres le général Bertrand, le duc et la duchesse d'Abrantès, monsieur Decazes et le roi d'Espagne[1]. Il ne mangeait pas grand-chose ; mais il avait des manières si polies, si aimables, qu'on ne pouvait pas lui en vouloir. Oh ! je l'aimais beaucoup, quoiqu'il ne prononçât pas quatre paroles par jour et qu'il fût impossible d'avoir avec lui la moindre conversation ; si on lui parlait, il ne répondait pas ; c'était un tic, une manie qu'ils ont tous, à ce qu'on m'a dit. Il lisait son bréviaire comme un prêtre, il allait à la messe et à tous les offices régulièrement. Où se mettait-il (nous avons remarqué cela plus tard) ? à deux pas de la chapelle de madame de Merret. Comme il se plaça là dès la première fois qu'il vint à l'église, personne n'imagina qu'il y eut de l'intention, dans son fait. D'ailleurs, il ne levait pas le nez de dessus son livre de prières, le pauvre jeune homme ! Pour lors, monsieur, le soir il se promenait sur la montagne, dans les ruines du château. C'était son seul amusement à ce pauvre homme, il se rappelait là son pays. On dit que c'est tout montagnes en Espagne ! Dès les premiers jours de sa détention, il s'attarda. Je fus inquiète en ne le voyant revenir que sur le coup de minuit ; mais nous nous habituâmes tous à sa fantaisie ; il prit

1. Le général Bertrand (1773-1844) fut « grand maréchal du palais » de Napoléon Ier, et Andoche Junot, duc d'Abrantès (1771-1813), général des hussards. Élie Decazes (1780-1860) fut ambassadeur et ministre de Louis XVIII. Joseph Bonaparte (1768-1844), frère aîné de Napoléon, fut roi d'Espagne de 1808 à 1813 (voir *El Verdugo*, p. 24).

la clef de la porte, et nous ne l'attendîmes plus. Il logeait dans la maison que nous avons dans la rue des Casernes. Pour lors, un de nos valets d'écurie nous dit qu'un soir, en allant faire baigner les chevaux, il croyait avoir vu le Grand d'Espagne nageant au loin dans la rivière comme un vrai poisson. Quand il revint, je lui dis de prendre garde aux herbes ; il parut contrarié d'avoir été vu dans l'eau. — Enfin, monsieur, un jour, ou plutôt un matin, nous ne le trouvâmes plus dans sa chambre, il n'était pas revenu. À force de fouiller partout, je vis un écrit dans le tiroir de sa table où il y avait cinquante pièces d'or espagnoles qu'on nomme des portugaises et qui valaient environ cinq mille francs ; puis des diamants pour dix mille francs dans une petite boîte cachetée. Son écrit disait donc qu'au cas où il ne reviendrait pas, il nous laissait cet argent et ces diamants, à la charge de fonder des messes pour remercier Dieu de son évasion et pour son salut. Dans ce temps-là, j'avais encore mon homme, qui courut à sa recherche. Et voilà le drôle de l'histoire ! il rapporta les habits de l'Espagnol qu'il découvrit sous une grosse pierre, dans une espèce de pilotis sur le bord de la rivière, du côté du château, à peu près en face de la Grande Bretèche. Mon mari était allé là si matin que personne ne l'avait vu. Il brûla les habits après avoir lu la lettre, et nous avons déclaré, suivant le désir du comte Férédia, qu'il s'était évadé. Le Sous-Préfet mit toute la gendarmerie à ses trousses ; mais... brust !... on ne l'a point rattrapé. Lepas a cru que l'Espagnol s'était noyé. Moi, monsieur, je ne le pense point, je crois plutôt qu'il est pour quelque chose dans l'affaire de madame de Merret, vu que Rosalie m'a dit que le crucifix auquel sa maîtresse tenait tant qu'elle s'est fait ensevelir avec, était d'ébène et d'argent ; or, dans les premiers temps de son séjour, monsieur Férédia en avait un d'ébène et d'argent que je ne lui ai plus revu. Maintenant, monsieur, n'est-il pas vrai que je ne dois point avoir de remords des quinze mille francs de l'Espagnol, et qu'ils sont bien à moi ?

— Certainement. Mais vous n'avez pas essayé de questionner Rosalie ? lui dis-je.

— Oh ! si fait, monsieur. Que voulez-vous ! Cette fille-là, c'est un mur. Elle sait quelque chose ; mais il est impossible de la faire jaser. »

Après avoir encore causé pendant un moment avec moi, mon hôtesse me laissa en proie à des pensées vagues et ténébreuses, à une curiosité romanesque, à une terreur religieuse assez semblable au sentiment profond qui nous saisit quand nous entrons à la nuit dans une église sombre où nous apercevons une faible lumière lointaine sous des arceaux élevés ; une figure indécise glisse, un frottement de robe ou de soutane se fait entendre... nous avons frissonné.

La Grande Bretèche et ses hautes herbes, ses fenêtres condamnées, ses ferrements rouillés, ses portes closes, ses appartements déserts, se montra tout à coup fantastiquement devant moi. J'essayai de pénétrer dans cette mystérieuse demeure en y cherchant le nœud de cette solennelle histoire, le drame qui avait tué trois personnes.

Rosalie fut à mes yeux l'être le plus intéressant de Vendôme. Je découvris, en l'examinant, les traces d'une pensée intime, malgré la santé brillante qui éclatait sur son visage potelé. Il y avait chez elle un principe de remords ou d'espérance ; son attitude annonçait un secret, comme celle des dévotes qui prient avec excès ou celle de la fille infanticide qui entend toujours le dernier cri de son enfant. Sa pose était cependant naïve et grossière, son niais sourire n'avait rien de criminel, et vous l'eussiez jugée innocente, rien qu'à voir le grand mouchoir à carreaux rouges et bleus qui recouvrait son buste vigoureux, encadré, serré, ficelé par une robe à raies blanches et violettes.

Non, pensai-je, je ne quitterai pas Vendôme sans savoir toute l'histoire de la Grande Bretèche. Pour arriver à mes fins, je deviendrai l'ami de Rosalie, s'il le faut absolument.

« Rosalie ! lui dis-je un soir.

— Plaît-il, monsieur ?

— Vous n'êtes pas mariée ? » Elle tressaillit légèrement.

« Oh ! je ne manquerai point d'hommes quand la fantaisie d'être malheureuse me prendra ! » dit-elle en riant.

Elle se remit promptement de son émotion intérieure, car toutes les femmes, depuis la grande dame jusqu'aux servantes d'auberge inclusivement, ont un sang-froid qui leur est particulier.

« Vous êtes assez fraîche, assez appétissante pour ne pas manquer d'amoureux ! Mais, dites-moi, Rosalie, pourquoi vous êtes-vous faite servante d'auberge en quittant madame de Merret ? Est-ce qu'elle ne vous a pas laissé quelque rente ?

— Oh ! que si ! Mais, monsieur, ma place est la meilleure de tout Vendôme. »

Cette réponse était une de celles que les juges et les avoués nomment *dilatoires* [1]. Rosalie me paraissait située dans cette histoire romanesque comme la case qui se trouve au milieu d'un damier ; elle était au centre même de l'intérêt et de la vérité ; elle me semblait nouée dans le nœud. Ce ne fut plus une séduction ordinaire à tenter, il y avait dans cette fille le dernier chapitre d'un roman ; aussi, dès ce moment, Rosalie devint-elle l'objet de ma prédilection.

À force d'étudier cette fille, je remarquai chez elle,

1. Une réponse qui vise à gagner du temps.

comme chez toutes les femmes de qui nous faisons notre pensée principale, une foule de qualités : elle était propre, soigneuse ; elle était belle, cela va sans dire ; elle eut bientôt tous les attraits que notre désir prête aux femmes, dans quelque situation qu'elles puissent être. Quinze jours après la visite du notaire, un soir, ou plutôt un matin, car il était de très bonne heure, je dis à Rosalie :

« Raconte-moi donc tout ce que tu sais sur madame de Merret ?

— Oh ! répondit-elle avec terreur, ne me demandez pas cela, monsieur Horace ! Sa belle figure se rembrunit, ses couleurs vives et animées pâlirent, et ses yeux n'eurent plus leur innocent éclat humide. — Eh ! bien, reprit-elle, puisque vous le voulez, je vous le dirai ; mais gardez-moi bien le secret !

— Va ! ma pauvre fille, je garderai tous tes secrets avec une probité de voleur, c'est la plus loyale qui existe.

— Si cela vous est égal, me dit-elle, j'aime mieux que ce soit avec la vôtre. » Là-dessus, elle ragréa [1] son foulard, et se posa comme pour conter ; car il y a, certes, une attitude de confiance et de sécurité nécessaire pour faire un récit. Les meilleures narrations se disent à une certaine heure, comme nous sommes là tous à table. Personne n'a bien conté debout ou à jeun. Mais s'il fallait reproduire fidèlement la diffuse éloquence de Rosalie, un volume entier suffirait à peine. Or, comme l'événement dont elle me donna la confuse connaissance se trouve placé, entre le bavardage du notaire et celui de madame Lepas, aussi exactement que les moyens termes d'une proportion arithmétique le sont entre leurs deux extrêmes, je n'ai plus qu'à

1. Arrangea.

vous le dire en peu de mots. J'abrège donc. La chambre que madame de Merret occupait à la Bretèche était située au rez-de-chaussée. Un petit cabinet de quatre pieds de profondeur environ, pratiqué dans l'intérieur du mur, lui servait de garde-robe. Trois mois avant la soirée dont je vais vous raconter les faits, madame de Merret avait été assez sérieusement indisposée pour que son mari la laissât seule chez elle et il couchait dans une chambre au premier étage. Par un de ces hasards impossibles à prévoir, il revint, ce soir-là, deux heures plus tard que de coutume du Cercle où il allait lire les journaux et causer politique avec les habitants du pays. Sa femme le croyait rentré, couché, endormi. Mais l'invasion de la France[1] avait été l'objet d'une discussion fort animée ; la partie de billard s'était échauffée, il avait perdu quarante francs, somme énorme à Vendôme, où tout le monde thésaurise, et où les mœurs sont contenues dans les bornes d'une modestie digne d'éloges, qui peut-être devient la source d'un bonheur vrai dont ne se soucie aucun Parisien.

Depuis quelque temps monsieur de Merret se contentait de demander à Rosalie si sa femme était couchée ; sur la réponse toujours affirmative de cette fille, il allait immédiatement chez lui, avec cette bonhomie qu'enfantent l'habitude et la confiance. En rentrant, il lui prit fantaisie de se rendre chez madame de Merret pour lui conter sa mésaventure, peut-être aussi pour s'en consoler. Pendant le dîner, il avait trouvé madame de Merret fort coquettement mise ; il se disait, en allant du Cercle chez lui, que sa femme ne souffrait plus, que sa convalescence l'avait embellie, et il s'en apercevait, comme les maris s'aperçoivent de tout, un peu tard.

1. Après la défaite de Napoléon Ier à Waterloo le 18 juin 1815.

Au lieu d'appeler Rosalie, qui dans ce moment était occupée dans la cuisine à voir la cuisinière et le cocher jouant un coup difficile de la brisque[1], monsieur de Merret se dirigea vers la chambre de sa femme, à la lueur de son falot[2] qu'il avait déposé sur la première marche de l'escalier. Son pas facile à reconnaître retentissait sous les voûtes du corridor. Au moment où le gentilhomme tourna la clef de la chambre de sa femme, il crut entendre fermer la porte du cabinet dont je vous ai parlé ; mais, quand il entra, madame de Merret était seule, debout devant la cheminée. Le mari pensa naïvement en lui-même que Rosalie était dans le cabinet ; cependant un soupçon qui lui tinta dans l'oreille avec un bruit de cloches le mit en défiance ; il regarda sa femme, et lui trouva dans les yeux je ne sais quoi de trouble et de fauve.

« Vous rentrez bien tard », dit-elle.

Cette voix ordinairement si pure et si gracieuse lui parut légèrement altérée. Monsieur de Merret ne répondit rien, car en ce moment Rosalie entra. Ce fut un coup de foudre pour lui. Il se promena dans la chambre, en allant d'une fenêtre à l'autre par un mouvement uniforme et les bras croisés.

« Avez-vous appris quelque chose de triste, ou souffrez-vous ? » lui demanda timidement sa femme pendant que Rosalie la déshabillait. Il garda le silence.

« Retirez-vous, dit madame de Merret à sa femme de chambre, je mettrai mes papillotes moi-même. »

Elle devina quelque malheur au seul aspect de la figure de son mari, et voulut être seule avec lui. Lorsque Rosalie fut partie, ou censée partie, car elle resta pendant quelques instants dans le corridor, monsieur de Merret vint se placer devant sa femme, et lui dit

1. Jeu de cartes plus couramment appelé *mariage*.
2. Grande lanterne.

froidement : « Madame, il y a quelqu'un dans votre cabinet ! »

Elle regarda son mari d'un air calme, et lui répondit avec simplicité : « Non, monsieur. »

Ce non navra monsieur de Merret, il n'y croyait pas ; et pourtant jamais sa femme ne lui avait paru ni plus pure ni plus religieuse qu'elle semblait l'être en ce moment.

Il se leva pour aller ouvrir le cabinet, madame de Merret le prit par la main, l'arrêta, le regarda d'un air mélancolique et lui dit d'une voix singulièrement émue : « Si vous ne trouvez personne, songez que tout sera fini entre nous ! »

L'incroyable dignité empreinte dans l'attitude de sa femme rendit au gentilhomme une profonde estime pour elle et lui inspira une de ces résolutions auxquelles il ne manque qu'un plus vaste théâtre pour devenir immortelles.

« Non, dit-il, Joséphine, je n'irai pas. Dans l'un et l'autre cas, nous serions séparés à jamais. Écoute, je connais toute la pureté de ton âme, et sais que tu mènes une vie sainte, tu ne voudrais pas commettre un péché mortel aux dépens de ta vie. »

À ces mots, madame de Merret regarda son mari d'un œil hagard.

« Tiens, voici ton crucifix, ajouta cet homme. Jure-moi devant Dieu qu'il n'y a là personne, je te croirai, je n'ouvrirai jamais cette porte. »

Madame de Merret prit le crucifix et dit : « Je le jure.

— Plus haut, dit le mari, et répète : "Je jure devant Dieu qu'il n'y a personne dans ce cabinet." »

Elle répéta la phrase sans se troubler. « C'est bien », dit froidement monsieur de Merret.

Après un moment de silence : « Vous avez une bien belle chose que je ne connaissais pas, dit-il en examinant ce crucifix en ébène incrusté d'argent, et très artistement sculpté.

— Je l'ai trouvé chez Duvivier, qui, lorsque cette troupe de prisonniers passa par Vendôme l'année dernière, l'avait acheté d'un religieux espagnol.

— Ah ! » dit monsieur de Merret en remettant le crucifix au clou, et il sonna.

Rosalie ne se fit pas attendre. Monsieur de Merret alla vivement à sa rencontre, l'emmena dans l'embrasure de la fenêtre qui donnait sur le jardin, et lui dit à voix basse : « Je sais que Gorenflot veut t'épouser, la pauvreté seule vous empêche de vous mettre en ménage, et tu lui as dit que tu ne serais pas sa femme s'il ne trouvait moyen de s'établir maître maçon... eh ! bien, va le chercher, dis-lui de venir ici avec sa truelle et ses outils. Fais en sorte de n'éveiller que lui dans sa maison ; sa fortune passera vos désirs. Surtout sors d'ici sans jaser, sinon... » Il fronça le sourcil.

Rosalie partit, il la rappela : « Tiens, prends mon passe-partout », dit-il.

« Jean », cria monsieur de Merret d'une voix tonnante dans le corridor.

Jean, qui était tout à la fois son cocher et son homme de confiance, quitta sa partie de brisque, et vint.

« Allez vous coucher tous », lui dit son maître en lui faisant signe de s'approcher ; et le gentilhomme ajouta, mais à voix basse : « Lorsqu'ils seront tous endormis... *endormis*, entends-tu bien ? tu descendras m'en prévenir. »

Monsieur de Merret, qui n'avait pas perdu de vue sa femme, tout en donnant ses ordres, revint tranquillement auprès d'elle devant le feu, et se mit à lui raconter les événements de la partie de billard et les discussions du Cercle. Lorsque Rosalie fut de retour, elle trouva monsieur et madame de Merret causant très amicalement. Le gentilhomme avait récemment fait plafonner toutes les pièces qui composaient son appartement de réception au rez-de-chaussée. Le plâtre est fort rare à Vendôme, le transport en augmente beaucoup le prix ; le gentilhomme en avait donc fait venir une assez grande quantité, sachant qu'il trouverait toujours bien des acheteurs pour ce qui lui resterait. Cette circonstance lui inspira le dessein qu'il mit à exécution.

« Monsieur, Gorenflot est là, dit Rosalie à voix basse.

— Qu'il entre ! » répondit tout haut le gentilhomme picard.

Madame de Merret pâlit légèrement en voyant le maçon.

« Gorenflot, dit le mari, va prendre des briques sous la remise, et apportes-en assez pour murer la porte de ce cabinet ; tu te serviras du plâtre qui me reste pour enduire le mur. » Puis attirant à lui Rosalie et l'ouvrier : « Écoute, Gorenflot, dit-il à voix basse, tu coucheras ici cette nuit. Mais, demain matin, tu auras un passeport pour aller en pays étranger dans une ville que je t'indiquerai. Je te remettrai six mille francs pour ton voyage. Tu demeureras dix ans dans cette ville ; si tu ne t'y plaisais pas, tu pourrais t'établir dans une autre, pourvu que ce soit au même pays. Tu passeras par Paris, où tu m'attendras. Là, je t'assurerai par un contrat six autres mille francs qui te seront payés à ton retour au cas où tu aurais rempli les conditions de notre marché. À ce prix, tu devras garder le plus profond silence sur ce que tu auras fait ici cette nuit. Quant à toi, Rosalie, je te donnerai dix mille francs qui ne te seront comptés que le jour de tes noces, et à la condition d'épouser Gorenflot ; mais, pour vous marier, il faut se taire. Sinon, plus de dot.

— Rosalie, dit madame de Merret, venez me coiffer. »

Le mari se promena tranquillement de long en large, en surveillant la porte, le maçon et sa femme, mais sans laisser paraître une défiance injurieuse. Gorenflot fut obligé de faire du bruit.

Madame de Merret saisit un moment où l'ouvrier déchargeait des briques et où son mari se trouvait au bout de la chambre, pour dire à Rosalie : « Mille francs de rente pour toi, ma chère enfant, si tu peux dire à Gorenflot de laisser une crevasse en bas. » Puis, tout haut, elle lui dit avec sang-froid : « Va donc l'aider ! »

Monsieur et madame de Merret restèrent silencieux pendant tout le temps que Gorenflot mit à murer la porte. Ce silence était calcul chez le mari, qui ne voulait pas fournir à sa femme le prétexte de jeter des paroles à double entente ; et chez madame de Merret ce fut prudence ou fierté.

Quand le mur fut à la moitié de son élévation, le rusé maçon prit un moment où le gentilhomme avait le dos tourné pour donner un coup de pioche dans l'une des deux vitres de la porte. Cette action fit comprendre à madame de Merret que Rosalie avait parlé à Gorenflot. Tous trois virent alors une figure d'homme sombre et brune, des cheveux noirs, un regard de feu.

Avant que son mari ne se fût retourné, la pauvre femme eut le temps de faire un signe de tête à l'étranger pour qui ce signe voulait dire : « Espérez ! »

À quatre heures, vers le petit jour, car on était au mois de septembre, la construction fut achevée. Le maçon resta sous la garde de Jean, et monsieur de Merret coucha dans la chambre de sa femme. Le lendemain matin en se levant, il dit avec insouciance :

« Ah ! diable, il faut que j'aille à la mairie pour le passeport. »

Il mit son chapeau sur sa tête, fit trois pas vers la porte, se ravisa, prit le crucifix. Sa femme tressaillit de bonheur. — Il ira chez Duvivier, pensa-t-elle.

Aussitôt que le gentilhomme fut sorti, madame de Merret sonna Rosalie ; puis, d'une voix terrible : « La pioche, la pioche, s'écria-t-elle, et à l'ouvrage ! J'ai vu hier comment Gorenflot s'y prenait, nous aurons le temps de faire un trou et de le reboucher. »

En un clin d'œil, Rosalie apporta une espèce de *merlin*[1] à sa maîtresse, qui, avec une ardeur dont rien ne pourrait donner une idée, se mit à démolir le mur. Elle avait déjà fait sauter quelques briques, lorsqu'en prenant son élan pour appliquer un coup encore plus vigoureux que les autres, elle vit monsieur de Merret derrière elle ; elle s'évanouit.

« Mettez madame sur son lit », dit froidement le gentilhomme. Prévoyant ce qui devait arriver pendant son absence, il avait tendu un piège à sa femme ; il avait tout bonnement écrit au maire, et envoyé chercher Duvivier.

Le bijoutier arriva au moment où le désordre de l'appartement venait d'être réparé.

« Duvivier, lui demanda le gentilhomme, n'avez-vous pas acheté des crucifix aux Espagnols qui ont passé par ici ?

— Non, monsieur.

— Bien, je vous remercie, dit-il en échangeant avec sa femme un regard de tigre.

— Jean, ajouta-t-il en se tournant vers son valet de confiance, vous ferez servir mes repas dans la chambre de madame de Merret, elle est malade, et je ne la quitterai pas qu'elle ne soit rétablie. »

1. Hache à fendre le bois.

Le cruel gentilhomme resta pendant vingt jours près de sa femme. Durant les premiers moments, quand il se faisait quelque bruit dans le cabinet muré et que Joséphine voulait l'implorer pour l'inconnu mourant, il lui répondait, sans lui permettre de dire un seul mot : « Vous avez juré sur la croix qu'il n'y avait là personne. »

Après ce récit, toutes les femmes se levèrent de table, et le charme sous lequel Bianchon les avait tenues fut dissipé par ce mouvement. Néanmoins quelques-unes d'entre elles avaient eu quasi froid en entendant le dernier mot.

HISTOIRE DU CAPITAINE BIANCHI [1]

— J'ai connu en Espagne, reprit-il [2], un nommé Bianchi, capitaine au 6e de ligne – il a été tué au siège de Tarragone [3] –, qui joua ses oreilles pour mille écus. Il ne les joua pas, pardieu ! il les paria bel et bien ; mais le pari est un jeu. Son adversaire était un autre capitaine du même régiment, Italien comme lui, comme lui mauvais garnement, deux vrais diables ensemble, mais bons officiers, excellents militaires.

Nous étions donc au bivouac, en Espagne. Bianchi avait besoin de mille écus pour le lendemain matin, et, comme il ne possédait que quinze cents francs, il se mit à jouer aux dés sur un tambour avec son camarade, pendant que leurs compagnies préparaient le souper.

1. Le texte est celui de l'édition originale des *Contes bruns*, parue en 1832. Voir les dates de parution et les titres pp. 173-179.

2. C'est un vieux général de l'armée napoléonienne qui raconte cette histoire au cours d'une conversation de salon (voir p. 174), où il vient de prendre la parole.

3. Pendant la guerre d'Espagne (1808-1814), la ville de Tarragone, en Catalogne, fut prise d'assaut par les troupes françaises du maréchal Suchet le 28 juin 1811, après cinquante-cinq jours de siège. La réputation du régiment, le 6e de ligne, et celle du capitaine Bianchi, ainsi que sa mort, sont évoquées par Balzac au début du roman *Les Marana* (in *Études philosophiques*, *La Comédie humaine*, vol. XV, éd. Furne), lire le texte p. 207.

Il y avait, ma foi, trois beaux quartiers de chèvre qui cuisaient dans une marmite, près de nous ; et nous autres officiers, nous regardions alternativement et le jeu et la chèvre qui frisonnait[1] fort agréablement à nos oreilles, car nous n'avions rien mangé depuis le matin. Nos soldats revenaient un à un de la chasse, apportant du vin et des fruits. Nous avions un bon repas en perspective. La marmite était suspendue au-dessus du feu par trois perches arrangées en faisceau et assez éloignées du foyer pour ne pas brûler ; mais d'ailleurs les soldats, avec cet instinct merveilleux qui les caractérise, avaient fait un petit rempart de terre autour du feu.

Bianchi perdit tout ; il ne dit pas un mot ; il resta comme il était, accroupi ; mais il se croisa les bras sur la poitrine, regarda le feu, le ciel, et par moments son adversaire. Alors j'avais peur qu'il ne fît quelque mauvais coup ; il semblait vouloir lui manger les entrailles. Enfin il se leva brusquement, comme pour fuir une tentation. En se levant, il renversa l'une des trois perches qui soutenaient la marmite, et – voilà la chèvre et notre souper à tous les diables !... Nous restâmes silencieux ; et, quoique ventre affamé ne porte guère de respect aux passions, nous n'osâmes rien lui dire, tant il nous faisait peine à voir... L'autre comptait son argent. Alors Bianchi se mit à rire. Il regarda la marmite vide et pensa peut-être alors qu'il n'avait pas plus de souper que d'argent. Il se tourna vers son camarade, puis avec un sourire d'Italien :

« Veux-tu parier tes mille écus, lui dit-il en mon-

1. On a pensé que cette orthographe était une « coquille » oubliée, mais il est aussi possible que ce soit un néologisme forgé par Balzac pour exprimer le bruit de cuisson significatif produit par une friture. « Frisonnait » est corrigé en « frissonnait » dans la plupart des éditions posthumes des œuvres complètes de Balzac.

trant une sentinelle espagnole postée à cent cinquante pas environ de notre front de bandière [1], et dont nous apercevions la baïonnette au clair de la lune, veux-tu parier tes mille écus que, sans autre arme que le briquet [2] de ton caporal – et il prit le sabre d'un nommé *Garde-à-Pied* –, je vais à cette sentinelle, j'en apporte le cœur, je le fais cuire et le mange ?...

— Cela va !... dit l'autre ; mais... si tu ne réussis pas ?...

— Eh bien ! *corpo di Baccho !* [3] – il jura un peu mieux que cela, mais il faut gazer [4] le mot pour ces dames, – tu me couperas les deux oreilles...

— Convenu !... dit l'autre.

— Vous êtes témoins du pari ! » s'écria Bianchi d'un air triomphant, en se tournant vers nous...

Et il partit.

Nous n'avions plus envie de manger, nous autres. Cependant, nous nous levâmes tous pour voir comment il s'y prendrait, mais nous ne vîmes rien du tout. En effet, il tourna par un sentier, rampa comme un serpent ; bref, nous n'entendîmes pas seulement le bruit que peut faire une feuille en tombant. Nos yeux ne quittaient pas de vue la sentinelle. Tout à coup, un petit gémissement de rien, un *heu !* profond et sourd nous fit tressaillir. Quelque chose tomba... Pâoud ! Et

1. Lorsque l'armée bivouaque, le campement est limité par un « front de bandière » sur lequel on place les armes en faisceaux.

2. Sabre court utilisé dans l'infanterie aux XVIIIe et XIXe siècles.

3. « Par le corps de Bacchus » (Bacchus est le dieu du vin dans la mythologie gréco-romaine). Cette expression est un euphémisme qui évite de dire *Corpo di Dio* (« Par le corps de Dieu »), ce qui serait tenu pour un blasphème. À partir de 1807, le juron est attesté chez plusieurs auteurs français (Musset, Gautier, Barbey d'Aurevilly).

4. Couvrir d'une gaze, d'un voile ; au sens figuré, dissimuler ce qu'on dit, ici pour faire passer la grossièreté du juron.

nous ne vîmes plus la sacrée – excusez-moi, mesdames ! – baïonnette.

Cinq minutes après, ce farceur de Bianchi galopait dans le lointain comme un cheval et revint tout pâle, tout haletant. Il tenait à la main le cœur de l'Espagnol et le montra en riant à son adversaire.

Celui-ci dit d'un air sérieux :

« Ce n'est pas tout !...

— Je le sais bien ! » répliqua Bianchi.

Alors, sans laver le sang de ses mains, il releva les perches, rajusta la marmite, attisa le feu, fit cuire le cœur et le mangea sans être incommodé... Il empocha les mille écus.

« Il avait donc bien besoin de cet argent ? demanda la maîtresse du logis.

— Il les avait promis à une petite vivandière [1] parisienne dont il était amoureux... »

1. Femme autorisée à suivre les armées en campagne pour vendre des vivres et des boissons aux soldats.

HISTOIRE
DU CHEVALIER DE BEAUVOIR [1]

— Peu de temps après le 18 brumaire [2], dit Lousteau [3], vous savez qu'il y eut une levée de boucliers en Bretagne et dans la Vendée [4]. Le premier consul, empressé de pacifier la France, entama des négociations avec les principaux chefs et déploya les plus vigoureuses mesures militaires ; mais, tout en combinant des plans de campagne avec les séductions de sa diplomatie italienne, il mit en jeu les ressorts machiavéliques de la police, alors confiée à Fouché [5]. Rien de tout cela ne fut inutile pour étouffer la guerre allumée dans l'Ouest.

1. Nous donnons ici le texte tel qu'il a été publié dans l'édition Furne de *La Muse du département* en 1843 (voir « La parution des titres », p. 175, et le dossier « Quand Balzac réemploie Balzac », p. 250).

2. Le coup d'État du 18 brumaire (an VIII : 9 novembre 1799) de Napoléon Bonaparte marque la fin du Directoire et le début du Consulat (Bonaparte prend alors le titre de « premier consul », à l'imitation de la République romaine).

3. Homme de lettres, journaliste, Lousteau est le type de l'arriviste qui cherche à séduire les femmes. C'est un personnge récurrent de *La Comédie humaine*.

4. Ces régions étaient de forte tradition royaliste.

5. Joseph Fouché (1759-1820) fut ministre de la Police sous le Directoire, le Consulat, puis l'Empire.

À cette époque, un jeune homme appartenant à la famille de Maillé fut envoyé par les Chouans [1], de Bretagne à Saumur, afin d'établir des intelligences entre certaines personnes de la ville ou des environs et les chefs de l'insurrection royaliste. Instruite de ce voyage, la police de Paris avait dépêché des agents chargés de s'emparer du jeune émissaire à son arrivée à Saumur. Effectivement, l'ambassadeur fut arrêté le jour même de son débarquement ; car il vint en bateau, sous un déguisement de maître marinier. Mais, en homme d'exécution, il avait calculé toutes les chances de son entreprise ; son passeport, ses papiers étaient si bien en règle que les gens envoyés pour se saisir de lui craignirent de se tromper.

Le chevalier de Beauvoir, je me rappelle maintenant le nom, avait bien médité son rôle : il se réclama de sa famille d'emprunt, allégua son faux domicile, et soutint si hardiment son interrogatoire qu'il aurait été mis en liberté sans l'espèce de croyance aveugle que les espions eurent en leurs instructions, malheureusement trop précises. Dans le doute, ces alguasils [2] aimèrent mieux commettre un acte arbitraire que de laisser échapper un homme à la capture duquel le Ministre paraissait attacher une grande importance. Dans ces temps de liberté, les agents du pouvoir national se souciaient fort peu de ce que nous nommons aujourd'hui la *légalité*. Le chevalier fut donc provisoirement emprisonné, jusqu'à ce que les autorités supérieures eussent pris une décision à son égard. Cette sentence bureaucratique ne se fit pas attendre.

1. On sait que Balzac a écrit en 1829 *Le Dernier Chouan, ou la Bretagne en 1800* (voir le dossier « Balzac et ses Mohicans », p. 263).

2. Ou *alguazils* : policiers, en espagnol.

La police ordonna de garder très étroitement le prisonnier, malgré ses dénégations.

Le chevalier de Beauvoir fut alors transféré, suivant de nouveaux ordres, au château de l'Escarpe, dont le nom indique assez la situation. Cette forteresse, assise sur des rochers d'une grande élévation, a pour fossés des précipices ; on y arrive de tous côtés par des pentes rapides et dangereuses ; comme dans tous les anciens châteaux, la porte principale est à pont-levis et défendue par une large douve. Le commandant de cette prison, charmé d'avoir à garder un homme de distinction dont les manières étaient fort agréables, qui s'exprimait à merveille et paraissait instruit, qualités rares à cette époque, accepta le chevalier comme un bienfait de la Providence ; il lui proposa d'être à l'Escarpe sur parole, et de faire cause commune avec lui contre l'ennui. Le prisonnier ne demanda pas mieux.

Beauvoir était un loyal gentilhomme, mais c'était aussi par malheur un fort joli garçon. Il avait une figure attrayante, l'air résolu, la parole engageante, une force prodigieuse. Leste, bien découplé, entreprenant, aimant le danger, il eût fait un excellent chef de partisans ; il les faut ainsi. Le commandant assigna le plus commode des appartements à son prisonnier, l'admit à sa table et n'eut d'abord qu'à se louer du Vendéen.

Ce commandant était Corse et marié ; sa femme, jolie et agréable, lui semblait peut-être difficile à garder ; bref, il était jaloux en sa qualité de Corse et de militaire assez mal tourné. Beauvoir plut à la dame, il la trouva fort à son goût ; peut-être s'aimèrent-ils ? en prison l'amour va si vite ! Commirent-ils quelque imprudence ? Le sentiment qu'ils eurent l'un pour l'autre dépassa-t-il les bornes de cette galanterie superficielle qui est presque un de nos devoirs envers les femmes ? Beauvoir ne s'est jamais franchement expliqué sur ce point assez obscur de son histoire ; mais toujours est-il constant que le commandant se crut en droit d'exercer des rigueurs extraordinaires sur son prisonnier.

Beauvoir, mis au donjon, fut nourri de pain noir, abreuvé d'eau claire, et enchaîné suivant le perpétuel programme des divertissements prodigués aux captifs. La cellule située sous la plate-forme était voûtée en pierre dure, les murailles avaient une épaisseur désespérante, la tour donnait sur le précipice. Lorsque le pauvre Beauvoir eut reconnu l'impossibilité d'une évasion, il tomba dans ces rêveries qui sont tout ensemble le désespoir et la consolation des prisonniers. Il s'occupa de ces riens qui deviennent de grandes affaires : il compta les heures et les jours, il fit l'apprentissage du triste *état de prisonnier*, se replia sur lui-même, et apprécia la valeur de l'air et du soleil ; puis, après une quinzaine de jours, il eut cette maladie terrible, cette fièvre de liberté qui pousse les prisonniers à ces sublimes entreprises dont les prodigieux résultats nous semblent inexplicables, quoique réels, et que mon ami le docteur (il se tourna vers Bianchon) attribuerait sans doute à des forces inconnues, le désespoir de son analyse physiologique, mystères de la volonté humaine dont la profondeur épouvante la science (Bianchon fit un signe négatif). Beauvoir se rongeait le cœur, car la mort seule pouvait le rendre libre.

Un matin le porte-clefs chargé d'apporter la nourriture du prisonnier, au lieu de s'en aller après lui avoir donné sa maigre pitance, resta devant lui les bras croisés, et le regarda singulièrement. Entre eux, la conversation se réduisait ordinairement à peu de chose, et jamais le gardien ne la commençait. Aussi le chevalier fut-il très étonné lorsque cet homme lui dit :

« Monsieur, vous avez sans doute votre idée en vous faisant toujours appeler monsieur Lebrun ou citoyen Lebrun. Cela ne me regarde pas, mon affaire n'est point de vérifier votre nom. Que vous vous nommiez Pierre ou Paul, cela m'est bien indifférent. À chacun son métier, les vaches seront bien gardées. Cependant je sais, dit-il en clignant de l'œil, que vous êtes monsieur Charles-Félix-Théodore, chevalier de Beauvoir et cousin de madame la duchesse de Maillé... – Hein ? » ajouta-t-il d'un air de triomphe après un moment de silence en regardant son prisonnier.

Beauvoir, se voyant incarcéré fort et ferme, ne crut pas que sa position pût empirer par l'aveu de son véritable nom.

« Eh ! bien, quand je serais le chevalier de Beauvoir, qu'y gagnerais-tu ? lui dit-il.

— Oh ! tout est gagné, répliqua le porte-clefs à voix basse. Écoutez-moi. J'ai reçu de l'argent pour faciliter votre évasion ; mais un instant ! Si j'étais soupçonné de la moindre chose, je serais fusillé tout bellement. J'ai donc dit que je tremperais dans cette affaire juste pour gagner mon argent. Tenez, monsieur, voici une clef, dit-il en sortant de sa poche une petite lime. Avec cela, vous scierez un de vos barreaux. Dame ! ce ne sera pas commode », reprit-il en montrant l'ouverture étroite par laquelle le jour entrait dans le cachot. C'était une espèce de baie pratiquée au-dessus du cordon qui couronnait extérieurement le donjon, entre ces grosses pierres saillantes destinées à figurer les supports des créneaux.

« Monsieur, dit le geôlier, il faudra scier le fer assez près pour que vous puissiez passer.

— Oh ! sois tranquille ! j'y passerai, dit le prisonnier.

— Et assez haut pour qu'il vous reste de quoi attacher votre corde, reprit le porte-clefs.

— Où est-elle ? demanda Beauvoir.

— La voici, répondit le guichetier en lui jetant une corde à nœuds. Elle a été fabriquée avec du linge afin de faire supposer que vous l'avez confectionnée vous-même, et elle est de longueur suffisante. Quand vous serez au dernier nœud, laissez-vous couler tout doucement, le reste est votre affaire. Vous trouverez probablement dans les environs une voiture tout attelée et des amis qui vous attendent. Mais je ne sais rien, moi ! Je n'ai pas besoin de vous dire qu'il y a une sentinelle au *dret*[1] de la tour. Vous saurez *ben* choisir une nuit noire, et guetter le moment où le soldat de faction dormira. Vous risquerez peut-être d'attraper un coup de fusil ; mais...

— C'est bon ! c'est bon, je ne pourrirai pas ici, s'écria le chevalier.

— Ah ! ça se pourrait bien tout de même », répliqua le geôlier d'un air bête.

Beauvoir prit cela pour une de ces réflexions niaises que font ces gens-là. L'espoir d'être bientôt libre le rendait si joyeux qu'il ne pouvait guère s'arrêter aux discours de cet homme, espèce de paysan renforcé. Il se mit à l'ouvrage aussitôt, et la journée lui suffit pour scier les barreaux.

Craignant une visite du commandant, il cacha son travail, en bouchant les fentes avec de la mie de pain roulée dans de la rouille, afin de lui donner la couleur du fer. Il serra sa corde, et se mit à épier quelque nuit favorable, avec cette impatience concentrée et cette profonde agitation d'âme qui dramatisent la vie des prisonniers.

1. Droit au bas de la tour. *Ben* = bien. Balzac imite le parler populaire.

Enfin, par une nuit grise, une nuit d'automne, il acheva de scier les barreaux, attacha solidement sa corde, s'accroupit à l'extérieur sur le support de pierre, en se cramponnant d'une main au bout de fer qui restait dans la baie. Puis il attendit ainsi le moment le plus obscur de la nuit et l'heure à laquelle les sentinelles doivent dormir. C'est vers le matin, à peu près.

Il connaissait la durée des factions, l'instant des rondes, toutes choses dont s'occupent les prisonniers, même involontairement. Il guetta le moment où l'une des sentinelles serait aux deux tiers de sa faction et retirée dans sa guérite, à cause du brouillard. Certain d'avoir réuni toutes les chances favorables à son évasion, il se mit alors à descendre, nœud à nœud, suspendu entre le ciel et la terre, en tenant sa corde avec une force de géant.

Tout alla bien. À l'avant-dernier nœud, au moment de se laisser couler à terre, il s'avisa, par une pensée prudente, de chercher le sol avec ses pieds, et ne trouva pas de sol. Le cas était assez embarrassant pour un homme en sueur, fatigué, perplexe, et dans une situation où il s'agissait de jouer sa vie à pair ou non. Il allait s'élancer. Une raison frivole l'en empêcha : son chapeau venait de tomber, heureusement il écouta le bruit que sa chute devait produire, et il n'entendit rien ! Le prisonnier conçut de vagues soupçons sur sa position ; il se demanda si le commandant ne lui avait pas tendu quelque piège : mais dans quel intérêt ?

En proie à ces incertitudes, il songea presque à remettre la partie à une autre nuit. Provisoirement, il résolut d'attendre les clartés indécises du crépuscule ; heure qui ne serait peut-être pas tout à fait défavorable à sa fuite. Sa force prodigieuse lui permit de grimper vers le donjon ; mais il était presque épuisé au moment où il se remit sur le support extérieur, guettant tout comme un chat sur le bord d'une gouttière.

Bientôt, à la faible clarté de l'aurore, il aperçut, en faisant flotter sa corde, une petite distance de cent pieds[1] entre le dernier nœud et les rochers pointus du précipice. « Merci, commandant ! » dit-il avec le sang-froid qui le caractérisait.

Puis, après avoir quelque peu réfléchi à cette habile vengeance, il jugea nécessaire de rentrer dans son cachot. Il mit sa défroque en évidence sur son lit, laissa la corde en dehors pour faire croire à sa chute ; il se tapit tranquillement derrière la porte, et attendit l'arrivée du perfide guichetier en tenant à la main une des barres de fer qu'il avait sciées.

Le guichetier, qui ne manqua pas de venir plus tôt qu'à l'ordinaire pour recueillir la succession du mort, ouvrit la porte en sifflant ; mais, quand il fut à une distance convenable, Beauvoir lui asséna sur le crâne un si furieux coup de barre que le traître tomba comme une masse, sans jeter un cri : la barre lui avait brisé la tête.

Le chevalier déshabilla promptement le mort, prit ses habits, imita son allure, et, grâce à l'heure matinale et au peu de défiance des sentinelles de la porte principale, il s'évada.

1. Environ trente mètres.

LA MAÎTRESSE DE NOTRE COLONEL [1]

— Pendant la campagne de 1812 [2], dit alors le général Montriveau [3], je fus la cause involontaire d'un malheur affreux qui pourra vous servir, docteur Bianchon, dit-il en me regardant, vous qui vous occupez beaucoup de l'esprit humain en vous occupant du corps, à résoudre quelques-uns de vos problèmes sur la Volonté.

Je faisais ma seconde campagne, j'aimais le péril et je riais de tout, en jeune et simple lieutenant d'artillerie que j'étais ! Lorsque nous arrivâmes à la Bérésina [4], l'armée n'avait plus, comme vous le savez, de

1. Nous donnons ici le texte tel qu'il a été publié dans l'édition Furne d'*Autre étude de femme* en 1842 (voir « La parution des titres », p. 175, et le dossier « Quand Balzac réemploie Balzac », p. 252).

2. En juin 1812, la Grande Armée de Napoléon Ier traverse le Niémen et force les frontières de l'empire russe du tsar Alexandre Ier. Les troupes napoléoniennes, fortes de près de 700 000 hommes, pénètrent sans difficulté à l'intérieur de la Russie jusqu'à Moscou. Mais, face à la résistance moscovite et au refus des Russes de négocier, Napoléon doit ordonner la retraite. Cette opération tourne au désastre en raison de la rigueur de l'hiver et du manque de ravitaillement (voir le fameux passage de la Bérésina).

3. Personnage récurrent de *La Comédie humaine*.

4. Les combats et le passage du fleuve Bérésina ont lieu du 21 au 29 novembre 1812. Balzac évoque cet épisode tragique dans une nouvelle intitulée *Adieu*, parue en 1830.

discipline, et ne connaissait plus l'obéissance militaire. C'était un ramas d'hommes de toutes nations, qui allait instinctivement du nord au midi. Les soldats chassaient de leurs foyers un général en haillons et pieds nus quand il ne leur apportait ni bois ni vivres. Après le passage de cette célèbre rivière, le désordre ne fut pas moindre. Je sortais tranquillement, tout seul, sans vivres, des marais de Zembin, et j'allais cherchant une maison où l'on voulût bien me recevoir. N'en trouvant pas, ou chassé de celles que je rencontrais, j'aperçus heureusement, vers le soir, une mauvaise petite ferme de Pologne, de laquelle rien ne pourrait vous donner une idée, à moins que vous n'ayez vu les maisons de bois de la Basse-Normandie ou les plus pauvres métairies de la Beauce. Ces habitations consistent en une seule chambre partagée dans un bout par une cloison en planches et la plus petite pièce sert de magasin à fourrages. L'obscurité du crépuscule me permit de voir de loin une légère fumée qui s'échappait de cette maison.

Espérant y trouver des camarades plus compatissants que ceux auxquels je m'étais adressé jusqu'alors, je marchai courageusement jusqu'à la ferme. En y entrant, je trouvai la table mise. Plusieurs officiers, parmi lesquels était une femme, spectacle assez ordinaire, mangeaient des pommes de terre, de la chair de cheval grillée sur des charbons et des betteraves gelées. Je reconnus parmi les convives deux ou trois capitaines d'artillerie du premier régiment dans lequel j'avais servi.

Je fus accueilli par un hourra d'acclamations qui m'aurait fort étonné de l'autre côté de la Bérésina ; mais en ce moment le froid était moins intense, mes camarades se reposaient, ils avaient chaud, ils mangeaient et la salle jonchée de bottes de paille leur offrait la perspective d'une nuit de délices. Nous n'en demandions pas tant alors. Les camarades pouvaient être philanthropes gratis, une des manières les plus ordinaires d'être philanthrope. Je me mis à manger en m'asseyant sur des bottes de fourrage. Au bout de la table, du côté de la porte par laquelle on communiquait avec la petite pièce pleine de paille et de foin, se trouvait mon ancien colonel, un des hommes les plus extraordinaires que j'aie jamais rencontrés dans tout le ramassis d'hommes qu'il m'a été permis de voir. Il était Italien. Or, toutes les fois que la nature humaine est belle dans les contrées méridionales, elle est alors sublime. Je ne sais si vous avez remarqué la singulière blancheur des Italiens quand ils sont blancs... C'est magnifique, aux lumières surtout.

Lorsque je lus le fantastique portrait que Charles Nodier[1] nous a tracé du colonel Oudet[2], j'ai retrouvé mes propres sensations dans chacune de ses phrases élégantes. Italien, comme la plupart des officiers qui composaient son régiment, emprunté, du reste, par l'empereur à l'armée d'Eugène[3], mon colonel était un homme de haute taille ; admirablement proportionné, peut-être un peu gros, mais d'une vigueur prodigieuse, et leste, découplé comme un lévrier. Ses cheveux noirs, bouclés à profusion, faisaient valoir son teint blanc comme celui d'une femme ; il avait de petites mains, un joli pied, une bouche gracieuse, un nez aqui-

1. Voir p. 149, note 3.

2. Jacques-Joseph Oudet, colonel du 113e régiment de ligne, mourut à la bataille de Wagram (6 juillet 1809). Charles Nodier lui a consacré quelques pages admiratives dans ses *Souvenirs, épisodes et portraits pour servir à l'histoire de la Révolution et de l'Empire* (1831) : « un des officiers de l'armée française les plus intrépides et les plus brillants... Si le colonel Oudet avait survécu d'un an à la bataille de Wagram, la face du monde était changée. »

3. Eugène de Beauharnais (1781-1824), fils de Joséphine et beau-fils de Napoléon, fut vice-roi d'Italie de 1805 à 1814.

lin dont les lignes étaient minces et dont le bout se pinçait naturellement et blanchissait quand il était en colère, ce qui arrivait souvent. Son irascibilité passait si bien toute croyance, que je ne vous en dirai rien ; vous allez en juger d'ailleurs.

Personne ne restait calme près de lui. Moi seul peut-être je ne le craignais pas ; il m'avait pris, il est vrai, dans une si singulière amitié que tout ce que je faisais, il le trouvait bon. Quand la colère le travaillait, son front se crispait, et ses muscles dessinaient au milieu de son front un delta, ou, pour mieux dire, le fer à cheval de Redgauntlet [1]. Ce signe vous terrifiait encore plus peut-être que les éclairs magnétiques de ses yeux bleus. Tout son corps tressaillait alors, et sa force, déjà si grande à l'état normal, devenait presque sans bornes. Il grasseyait beaucoup. Sa voix, au moins aussi puissante que celle de l'Oudet de Charles Nodier, jetait une incroyable richesse de son dans la syllabe ou dans la consonne sur laquelle tombait ce grasseyement. Si ce vice de prononciation était une grâce chez lui dans certains moments, lorsqu'il commandait la manœuvre ou qu'il était ému, vous ne sauriez imaginer combien de puissance exprimait cette accentuation si vulgaire à Paris. Il faudrait l'avoir entendu. Lorsque le colonel était tranquille, ses yeux bleus peignaient une douceur angélique, et son front pur avait une expression pleine de charme. À une parade, à l'armée d'Italie, aucun homme ne pouvait lutter avec lui. Enfin d'Orsay [2] lui-même, le beau d'Orsay, fut vaincu par

1. *Redgauntlet* (1824) est un roman de Walter Scott (1771-1832), révéré comme le « père » du roman historique. Les Redgauntlet sont une famille de la haute noblesse écossaise qui connut un destin tragique au XVIIIe siècle.

2. Gaspard Grimod, comte d'Orsay, était un « dandy » réputé pour son élégance sous le Directoire.

notre colonel lors de la dernière revue passée par Napoléon avant d'entrer en Russie.

Tout était opposition chez cet homme privilégié. La passion vit par les contrastes. Aussi ne me demandez pas s'il exerçait sur les femmes ces irrésistibles influences auxquelles votre nature (le général regardait la princesse de Cadignan) se plie comme la matière vitrifiable sous la canne du souffleur ; mais, par une singulière fatalité, un observateur se rendrait peut-être compte de ce phénomène, le colonel avait peu de bonnes fortunes, ou négligeait d'en avoir.

Pour vous donner une idée de sa violence, je vais vous dire en deux mots ce que je lui ai vu faire dans un paroxysme de colère.

Nous montions avec nos canons un chemin très étroit, bordé d'un côté par un talus assez haut, et de l'autre par des bois. Au milieu du chemin, nous nous rencontrâmes avec un autre régiment d'artillerie, à la tête duquel marchait le colonel. Ce colonel veut faire reculer le capitaine de notre régiment qui se trouvait en tête de la première batterie. Naturellement notre capitaine s'y refuse ; mais le colonel fait signe à sa première batterie d'avancer et malgré le soin que le conducteur mit à se jeter sur le bois, la roue du premier canon prit la jambe droite de notre capitaine et la lui brisa net en le renversant de l'autre côté de son cheval. Tout cela fut l'affaire d'un moment. Notre colonel, qui se trouvait à une faible distance, devine la querelle, accourt au grand galop en passant à travers les pièces et le bois, au risque de se jeter les quatre fers en l'air, et arrive sur le terrain en face de l'autre colonel au moment où notre capitaine criait : « À moi !... » en tombant.

Non, notre colonel italien n'était plus un homme !... Une écume semblable à la mousse du vin de Champagne lui bouillonnait à la bouche, il grondait comme un lion. Hors d'état de prononcer une parole, ni même un cri, il fit un signe effroyable à son antagoniste, en lui montrant le bois et tirant son sabre. Les deux colonels y entrèrent. En deux secondes nous vîmes l'adversaire de notre colonel à terre, la tête fendue en deux. Les soldats de ce régiment reculèrent, ah ! diantre, et bon train !

Ce capitaine, que l'on avait manqué de tuer, et qui jappait dans le bourbier où la roue du canon l'avait jeté, avait pour femme une ravissante Italienne de Messine qui n'était pas indifférente à notre colonel. Cette circonstance avait augmenté sa fureur. Sa protection appartenait à ce mari, il devait le défendre comme la femme elle-même...

Or dans la cabane où je reçus un si bon accueil au-delà de Zembin, ce capitaine était en face de moi et sa femme se trouvait à l'autre bout de la table vis-à-vis le colonel. Cette Messinaise était une petite femme appelée Rosina, fort brune, mais portant dans ses yeux noirs et fendus en amande toutes les ardeurs du soleil de la Sicile. En ce moment elle était dans un déplorable état de maigreur ; elle avait les joues couvertes de poussière comme un fruit exposé aux intempéries d'un grand chemin. À peine vêtue de haillons, fatiguée par les marches, les cheveux en désordre et collés ensemble sous un morceau de châle en marmotte [1], il y avait encore de la femme chez elle : ses mouvements étaient jolis ; sa bouche rose et chiffonnée, ses dents blanches, les formes de sa figure, son corsage, attraits que la misère, le froid, l'incurie n'avaient pas tout à fait dénaturés, parlaient encore d'amour à qui pouvait penser à une femme. Rosina

1. Terme ancien désignant une coiffure de femme, faite d'un fichu enveloppant la tête.

offrait d'ailleurs en elle une de ces natures frêles en apparence, mais nerveuses et pleines de force.

La figure du mari, gentilhomme piémontais, annonçait une bonhomie goguenarde, s'il est permis d'allier ces deux mots. Courageux, instruit, il paraissait ignorer les liaisons qui existaient entre sa femme et le colonel depuis environ trois ans. J'attribuais ce laisser-aller aux mœurs italiennes ou à quelque secret de ménage ; mais il y avait dans la physionomie de cet homme un trait qui m'inspirait toujours une involontaire défiance. Sa lèvre inférieure, mince et très mobile, s'abaissait aux deux extrémités, au lieu de se relever, ce qui me semblait trahir un fonds de cruauté dans ce caractère en apparence flegmatique et paresseux.

Vous devez bien imaginer que la conversation n'était pas très brillante lorsque j'arrivai. Mes camarades fatigués mangeaient en silence, naturellement ils me firent quelques questions ; et nous nous racontâmes nos malheurs, tout en les entremêlant de réflexions sur la campagne, sur les généraux, sur leurs fautes, sur les Russes et le froid. Un moment après mon arrivée, le colonel, ayant fini son maigre repas, s'essuie les moustaches, nous souhaite le bonsoir, jette son regard noir à l'Italienne et lui dit : « Rosina ? » Puis, sans attendre de réponse, il va se coucher dans la petite grange aux fourrages.

Le sens de l'interpellation du colonel était facile à saisir. Aussi la jeune femme laissa-t-elle échapper un geste indescriptible qui peignait tout à la fois et la contrariété qu'elle devait éprouver à voir sa dépendance affichée sans aucun respect humain, et l'offense faite à sa dignité de femme, ou à son mari ; mais il y eut encore dans la crispation des traits de son visage, dans le rapprochement violent de ses sourcils, une sorte de pressentiment : elle eut peut-être une prévision de sa destinée.

Rosina resta tranquillement à table. Un instant après, et vraisemblablement lorsque le colonel fut couché dans son lit de foin ou de paille, il répéta : « Rosina ?... » L'accent de ce second appel fut encore plus brutalement interrogatif que l'autre. Le grasseyement du colonel et le nombre que la langue italienne permet de donner aux voyelles et aux finales, peignirent tout le despotisme, l'impatience, la volonté de cet homme.

Rosina pâlit, mais elle se leva, passa derrière nous, et rejoignit le colonel. Tous mes camarades gardèrent un profond silence ; mais moi, malheureusement, je me mis à rire après les avoir tous regardés, et mon rire se répéta de bouche en bouche.

« *Tu ridi* [1] ? dit le mari.

— Ma foi, mon camarade, lui répondis-je en redevenant sérieux, j'avoue que j'ai eu tort, je te demande mille fois pardon ; et si tu n'es pas content des excuses que je te fais, je suis prêt à te rendre raison...

— Ce n'est pas toi qui as tort, c'est moi ! » reprit-il froidement.

Là-dessus, nous nous couchâmes dans la salle, et bientôt nous nous endormîmes tous d'un profond sommeil. Le lendemain, chacun, sans éveiller son voisin, sans chercher un compagnon de voyage, se mit en route à sa fantaisie avec cette espèce d'égoïsme qui a fait de notre déroute un des plus horribles drames de personnalité, de tristesse et d'horreur qui jamais se soient passés sous le ciel.

Cependant, à sept ou huit cents pas de notre gîte, nous nous retrouvâmes presque tous et nous marchâmes ensemble, comme des oies conduites en troupe

1. « Tu ris ? », en italien.

par le despotisme aveugle d'un enfant. Une même nécessité nous poussait. Arrivés à un monticule d'où l'on pouvait encore apercevoir la ferme où nous avions passé la nuit, nous entendîmes des cris qui ressemblaient au rugissement des lions dans le désert, au mugissement des taureaux ; mais non, cette clameur ne pouvait se comparer à rien de connu.

Néanmoins nous distinguâmes un faible cri de femme mêlé à cet horrible et sinistre râle. Nous nous retournâmes tous, en proie à je ne sais quel sentiment de frayeur ; nous ne vîmes plus la maison, mais un vaste bûcher. L'habitation, qu'on avait barricadée, était toute en flammes. Des tourbillons de fumée, enlevés par le vent, nous apportaient et les sons rauques et je ne sais quelle odeur forte.

À quelques pas de nous, marchait le capitaine qui venait tranquillement se joindre à notre caravane ; nous le contemplâmes tous en silence, car nul n'osa l'interroger, mais lui, devinant notre curiosité, tourna sur sa poitrine l'index de la main droite, et de la gauche montrant l'incendie : « *Son'io*[1] *!* » dit-il.

Nous continuâmes à marcher sans lui faire une seule observation.

1. « C'est moi ! »

LE TIC DU MORT [1]

« Autrefois, dit le vieillard [2], les gens riches se faisaient enterrer dans les églises. Alors il y avait un intervalle entre l'enterrement réel et le convoi, parce que la tombe n'était pas toujours prête à recevoir le mort. Cet inconvénient avait obligé les curés de Paris à faire garder pendant un certain laps de temps les cercueils dans une chapelle où se trouvait un sépulcre postiche. C'était en quelque sorte un vestibule où les morts attendaient.

Il y avait un prêtre de garde près de la chapelle mortuaire, et les familles payaient les prières de surérogation [3] qui se disaient pendant la nuit ou pendant le jour qui s'écoulait entre l'enterrement factice et l'inhumation définitive.

Excusez-moi de vous donner ces détails ; mais aujourd'hui, pour beaucoup de personnes, ils sont de l'histoire...

Un pauvre prêtre, nouveau venu à Saint-Sulpice [4], débuta dans l'emploi de garder les morts... Un vieux

1. Le texte est celui de l'édition originale des *Contes bruns*, parue en 1832. Voir les dates de parution et les titres pp. 173-174 et 179.

2. Un des participants à la « Conversation entre onze heures et minuit » (voir p. 174).

3. Ce qu'on fait au-delà de ce qui est dû ou obligé.

4. Église parisienne.

maître des requêtes de l'Hôtel[1] avait été enterré le matin. Au commencement de la nuit, le prêtre de province fut installé dans la chapelle et chargé de dire les prières à la lueur des cierges. Le voilà seul, au coin d'un pilier, dans cette grande église.

Il dit un psaume, et quand le psaume est fini :

— Pan ! pan !...

Il entend trois petits coups frappés faiblement.

Les oreilles lui tintent ; il regarde la voûte, les dalles, les piliers... et finit par croire que ses confrères veulent lui jouer quelque tour, comme cela se fait dans les couvents pour les novices.

Alors il se remet à dépêcher[2] un autre psaume ; et de verset en verset :

— Pan ! pan ! pan !

Le prêtre répondit :

— Oui ! oui ! frappe !... Je t'en casse !...

Enfin les coups diminuèrent, et ne se firent plus entendre que de loin à loin.

Vers le matin, un vieux prêtre vint relever de faction le débutant. Celui-ci lui donne le livre, la chaise, et s'en va.

— Pan ! pan ! pan !

— Qu'est-ce que c'est que ca ?... demanda le vieux prêtre.

— Oh ! ce n'est rien, répondit le nouveau ; c'est le mort qui a un tic... »

1. Magistrat qui, sous l'Ancien Régime, recevait les requêtes concernant les princes et les officiers de la Couronne, pour les présenter au roi.

2. Réciter à toute vitesse.

LE PÈRE DU RÉFRACTAIRE [1]

En 1813, lors des dernières levées d'hommes dont Napoléon eut besoin [2] et que les préfets firent avec une rigueur qui contribua peut-être à la première chute de l'Empire, le fils d'un pauvre métayer des environs d'une ville que je ne vous nommerai pas [3], car ce serait vous désigner le préfet, refusa de partir, et disparut.

Les premières sommations exécutées, l'on en vint aux mesures de rigueur contre le père et la mère. Enfin un matin, le préfet, ennuyé de voir cette affaire traîner en longueur, mande le père devant lui.

Le paysan vint à la préfecture ; et là, le secrétaire général d'abord, puis le préfet lui-même, essayèrent par des paroles de persuasion de convertir à l'évangile impérial le père du réfractaire [4] et de lui arracher le secret de la retraite où son fils était caché.

Ils échouèrent contre le système de dénégation dans

1. Le texte est celui de l'édition originale des *Contes bruns*, parue en 1832. Voir les dates de parution et les titres pp. 173-174 et 179.

2. Après le désastre de Russie (voir *La Maîtresse de notre colonel*), Napoléon fit procéder à des levées en masse pour disposer de nouvelles troupes.

3. Il s'agit très vraisemblablement de Tours, dont le préfet en 1813 était le comte de Kergariou.

4. Est déclaré réfractaire celui qui refuse de se soumettre à la loi du recrutement militaire.

lequel les paysans se renferment avec l'instinct de l'huître, qui défie ses agresseurs à l'abri de sa rude écaille. Des douceurs, le préfet et son secrétaire passèrent aux menaces, et ils se mirent très sérieusement en colère et rudoyèrent le pauvre homme, qui les regardait avec un grand flegme, en tortillant son chapeau à bords rabattus.

« Nous saurons bien te faire retrouver ton fils, disait le secrétaire.

— Je le voudrais bien, monseigneur, répondait le paysan.

— Il me le faut mort ou vif », s'écria le préfet, en forme de conclusion.

Là-dessus le père s'en revint désolé chez lui ; car il ne savait réellement pas où était son fils et se doutait bien de ce qui allait arriver.

En effet, le lendemain, il vit dès le matin, en allant aux champs, le chapeau bordé d'un gendarme qui galopait le long des haies et que le préfet envoyait loger chez lui, jusqu'à ce que le réfractaire se fût retrouvé.

Il fallut donc chauffer, blanchir, éclairer le garnisaire [1] et le nourrir son cheval et lui. Le paysan y mangea ses économies, vendit la croix d'or, les boucles d'oreilles, de souliers, les agrafes d'argent et les hardes de sa femme ; puis un champ qu'il avait, et enfin sa maison.

Avant de vendre la maison et le morceau de terre dont elle était environnée, il y eut une horrible dispute entre la femme et le mari, celui-ci prétendait qu'elle savait où était son fils... Le gendarme fut obligé de mettre le holà, au moment où le paysan s'emporta, car il avait pris son sabot pour le jeter à la tête de sa femme.

1. Celui qui est en garnison.

Depuis cette soirée, le garnisaire ayant pitié de ces deux malheureux menait son cheval paître le long des chemins et dans les prés communaux.

Quelques voisins se cotisèrent pour lui fournir de l'avoine et de la paille ; la plupart du temps le gendarme achetait de la viande, et l'on s'entendait pour soutenir ce pauvre ménage. Le paysan avait parlé de se pendre.

Enfin, un jour qu'il fallait du bois pour cuire le dîner du gendarme, le père du réfractaire était allé dès le matin dans une forêt voisine pour ramasser des branches mortes et faire provision de bois.

À la nuit, il aperçut dans un fourré, près des habitations, une masse blanche et, ayant été voir ce que cela pouvait être, il reconnut son fils. Il était mort de faim et avait encore entre les dents l'herbe qu'il avait essayé de manger.

Le paysan chargea son enfant sur ses épaules, et, sans le montrer à personne, sans rien dire, il le porta pendant trois lieues ; il arriva à la préfecture, s'enquit où était le préfet, et, apprenant qu'il était au bal, il l'attendit ; et quand celui-ci rentra, sur les deux heures du matin, il trouva le paysan à sa porte, qui lui dit :

« Vous avez voulu mon fils, monsieur le préfet, le voilà ! »

Il mit le cadavre contre le mur et s'enfuit.

Maintenant, lui et sa femme mendient leur pain.

LE GILET ROUGE [1]

Je revenais, en 181. [2], d'Azay à Tours par la voiture de Chinon. En prenant ma place, je vis, sur la banquette de derrière, deux gendarmes, entre lesquels était un gars d'environ vingt-deux ans.

« Qu'a-t-il donc fait, celui-là ?... dis-je au brigadier, croyant qu'il s'agissait de quelque délit forestier ou autre.

— Presque rien..., répondit le gendarme ; il s'est permis de rompre avec une barre de fer l'échine de son maître, et il l'a tué, pas plus tard qu'hier... »

Là-dessus, grand silence. Je voyageais en compagnie d'un assassin. Celui-ci se tenait coi dans la carriole, regardant avec assez d'insouciance les arbres du chemin, qui fuyaient avec autant de rapidité que sa vie promise à l'échafaud. Il avait une figure douce, quoique brune et fortement colorée.

« Pourquoi donc a-t-il assommé son maître ?... dis-je au brigadier.

— Pour une misère ! répondit le gendarme. En allant à la foire de Tours, son bourgeois, qui était un fort métayer, avait promis de rapporter les cadeaux

1. Le texte est celui de l'édition originale des *Contes bruns*, parue en 1832. Voir les dates de parution et les titres pp. 173-174 et 179.

2. Les éditions ultérieures portent la date de 1820.

d'usage à la fille de basse-cour et à ce gars-là... Pour lors, il s'agissait d'un tablier pour elle et d'un gilet rouge pour lui. Au retour, il paraît que le fermier eut quelque motif de mécontentement contre lui. Il donna bien le tablier à la fille, mais il garda le gilet. Assoupi par la chaleur, et fatigué, vu qu'il avait fait la route sans arrêt et à cheval, il s'endormit sur le coin de sa table, dans la salle. Alors, le gars prit la barre de fer, et lui en asséna un grand coup sur la nuque ; le métayer a encore eu la force de se relever et de lui dire : "Malheureux !..."

« Et il lui a donné un second coup, qui finalement l'a tué raide, puis il a été se cacher dans l'écurie avec le gilet ; mais il n'a pas seulement pris un liard[1] de l'argent que son maître rapportait de Tours, il s'est laissé empoigner sans résistance.

— Comment, lui dis-je, en me tournant vers le paysan, as-tu pu tuer un homme pour un gilet ?...

— Dame !... j'avais compté là-dessus pour aller à la danse. »

Ce fut tout ce que je tirai de ce garçon... qui ne paraissait point méchant du tout. Les gendarmes ne lui avaient seulement pas lié les mains. La voiture vint à verser au-dessus de Ballan[2]. — Mais non, elle ne versa pas. L'un des brancards s'était cassé. Nous en sortîmes tous ; les gendarmes se mirent de chaque côté de ce malheureux en le laissant libre ; néanmoins ils avaient l'œil sur lui. Ce gaillard-là, voyant le conducteur s'y prendre assez mal pour relever la patache,

1. Ancienne monnaie française de cuivre, qui valait le quart d'un sou ; au figuré, le mot désigne donc une très petite somme d'argent.

2. Bourg d'Indre-et-Loire, dans la région de Tours que Balzac connaissait bien (voir « Les thèmes clés », p. 213).

l'aida, lia lui-même une perche pour remplacer le brancard ; et quand tout fut fini :

« Ah ! ça ira !... maintenant ! » dit-il en achevant de serrer le dernier nœud d'une corde, et il remonta dans cette voiture qui le menait pour ainsi dire au supplice.

Il fut exécuté à Tours.

DEUX MORTS SUBLIMES : LE PRÉSIDENT VIGNERON ET LA FEMME DU MÉDECIN [1]

« Bah ! ce sang-froid n'a rien de bien extraordinaire [2], dit un jeune homme qui était venu du salon de jeu, au milieu de ma narration, et n'avait pas assisté aux prémisses de mon argumentation. Il existe une foule d'anecdotes sur les derniers moments des criminels ; et, si je vous cite à ce propos un fait de ce genre, bien autrement curieux, c'est parce que je le crois peu connu ; je l'ai entendu raconter par l'auteur des *Souvenirs de la Révolution* [3].

1. Le texte est celui de l'édition originale des *Contes bruns*, parue en 1832. Voir les dates de parution et les titres pp. 173-174 et 179.

2. Cette réplique suit immédiatement la fin de l'histoire du « Gilet rouge ».

3. Il s'agit de Charles Nodier, maître du fantastique « frénétique » dont Balzac fréquentait assidûment le salon à la bibliothèque de l'Arsenal. L'auteur des *Contes bruns* lui écrit à propos d'un de ses articles : « Aussi, mon cher Nodier, ai-je pris votre article gravement, quoique ma tête soit déplorablement ronde, et que je passe pour un frivole conteur, *un amuseur de gens*, a dit notre savant collaborateur Philarète Chasles, lequel me conseillait d'ennuyer un peu notre public pour lui inspirer du respect, l'ennui étant une puissance » (in *Lettre à Charles Nodier sur son article intitulé* « De la palingénésie humaine et de la résurrection », 8 octobre 1832).

Le syndic du tribunal[1] de Brest se nommait Vignes et le président Vigneron. Ils furent condamnés à mort. En se trouvant sur l'échafaud, l'un d'eux, M. Vignes, dit à l'autre en lui montrant la foule :

— Hein ! ils vont se trouver bien embarrassés sans vignes ni vigneron.

M. Vignes passa le premier ; mais, au moment où le couteau lui tranchait la tête, les deux montants de la guillotine se désunirent ; enfin il se dérangea quelque chose dans l'instrument du supplice, et comme il était fort tard, l'exécuteur des hautes œuvres[2] républicaines dit au président :

— Ma foi, monsieur, vous voilà sauvé ; car c'est quelque chose que vingt-quatre heures par ce temps-ci.

— Il faut que tu sois un grand lâche, répondit M. Vigneron. Comment ! parce que tes planches ont un peu joué, tu vas me faire attendre ? Le jugement ne m'a pas condamné à vivre vingt-quatre heures de plus...

Il prit lui-même le marteau, les clous, et raccommoda la guillotine ; puis, quand elle fut jugée solide, il se coucha sur la planche, et fut exécuté. Ceci est autre chose que de mettre une perche à un brancard, et c'est du sang-froid argent comptant... »

« Docteur, dit une dame, vous qui devez voir beaucoup de mourants, avez-vous rencontré souvent des exemples de cette singulière tranquillité ?...

— Madame, dit-il, les criminels sont ordinairement des gens doués d'une organisation très puissante, en sorte qu'ils ont plus de chances que les

1. Représentant légal des créanciers, désigné par le tribunal.

2. Expression traditionnelle pour désigner le bourreau (voir « Bourreaux et têtes coupées » dans « Lectures croisées », p. 232).

malades affaiblis par de longues agonies pour dire de jolies choses. On les tue vivants, tandis que les malades meurent tués. Puis, chez certains hommes, l'âme est fortement excitée par l'attente du supplice, et ils rassemblent toutes leurs forces pour soutenir cet assaut. Il y a exaltation. Cependant, j'ai vu de belles morts particulières... Pour moi, la plus belle a été celle de la femme d'un célèbre médecin allemand, auquel j'étais fort attaché. Le tableau que cette scène nous offrit est toujours vif et coloré comme au moment où j'en fus témoin.

Nous avions passé la nuit au chevet de la mourante ; elle était attaquée de la poitrine et la pulmonie[1], arrivée au dernier degré, ne laissait aucun espoir. Mon maître s'était endormi ; sa femme, s'étant réveillée vers quatre heures du matin, me fit, de la manière la plus touchante et en souriant, un signe amical pour me dire de le laisser reposer, et cependant elle allait mourir. Elle était arrivée à une maigreur extraordinaire ; mais son visage avait conservé ses traits et ses formes, qui étaient belles. Sa pâleur faisait ressembler sa peau à de la porcelaine derrière laquelle il y a une lumière. Ses yeux vifs et ses couleurs tranchaient sur ce teint plein d'une molle élégance, et il y avait dans sa physionomie une sorte de sublimité qui imposait. Elle paraissait plaindre son mari, auquel sa vie avait été vouée ; mais ce sentiment prenait sa source dans une tendresse élevée, qui semblait ne plus connaître de bornes aux approches de la mort.

Le silence était profond ; la chambre, doucement éclairée par une lampe, avait l'aspect de toutes les chambres de malades au moment de la mort. C'était un désordre pittoresque... En ce moment, la pendule

1. Affection pulmonaire.

sonna et le docteur, au désespoir d'avoir dormi, se réveilla. Je ne vis pas le geste d'impatience par lequel il peignit le regret qu'il éprouvait d'avoir perdu de vue sa femme pendant un des derniers moments qui lui étaient accordés ; mais il est sûr qu'une personne autre que la mourante aurait pu s'y tromper. Ce médecin, homme d'un grand talent, avait mille de ces bizarreries apparentes qui font prendre les gens de génie pour des fous, mais dont l'explication se trouve dans la nature exquise et les exigences de leur esprit. Il vint se mettre dans un fauteuil, près du lit de sa femme, et la regarda fixement. Alors elle avança un peu la main, prit celle de son mari, la serra faiblement, et d'une voix douce, mais émue, elle lui dit :

"Mon pauvre ami, qui donc maintenant te comprendra ?..."

Puis elle mourut en le regardant. »

« Les histoires que conte le docteur, reprit une dame après un moment de silence, me font des impressions bien profondes. »

Le médecin salua gravement.

« Oui, elles sont douces et intéressantes ; il nous émeut sans employer les atrocités si fort à la mode aujourd'hui...

— Ma réserve, dit-il, n'est certes pas de l'impuissance, et je vous prie de croire, madame, que j'ai ma provision d'horrible tout comme un autre. »

LE GRAND D'ESPAGNE[1]

— Quelque temps après son entrée à Madrid[2], dit le Receveur des contributions, le grand-duc de Berg[3] invita les principaux personnages de cette ville à une fête offerte par l'armée française à la capitale nouvellement conquise. Malgré la splendeur du gala, les Espagnols n'y furent pas très rieurs, leurs femmes dansèrent peu, la plupart des conviés se mirent à jouer. Les jardins du palais étaient illuminés assez splendidement pour que les dames pussent s'y promener avec autant de sécurité qu'elles l'eussent fait en plein jour. La fête était impérialement belle. Rien ne fut épargné dans le but de donner aux Espagnols une haute idée de l'Empereur, s'ils voulaient le juger d'après ses lieutenants.

Dans un bosquet assez voisin du palais, entre une heure et deux du matin, plusieurs militaires français s'entretenaient des chances de la guerre, et de l'avenir

1. Nous donnons ici le texte tel qu'il a été publié dans l'édition Furne de *La Muse du département* en 1843 (voir « La parution des titres », p. 176, et le dossier « Quand Balzac réemploie Balzac », p. 249).

2. Pendant la guerre menée par les Français en Espagne (voir *El Verdugo*, p. 15).

3. Joachim Murat (1767-1815), maréchal de Napoléon, fut nommé grand-duc de Berg en 1806 ; en 1808, il commanda l'armée en Espagne, puis devint roi de Naples.

peu rassurant que pronostiquait l'attitude des Espagnols présents à cette pompeuse fête.

« Ma foi, dit le Chirurgien en chef du Corps d'armée où j'étais Payeur général, hier j'ai formellement demandé mon rappel au prince Murat. Sans avoir précisément peur de laisser mes os dans la Péninsule, je préfère aller panser les blessures faites par nos bons voisins les Allemands ; leurs armes ne vont pas si avant dans le torse que les poignards castillans. Puis, la crainte de l'Espagne est, chez moi, comme une superstition. Dès mon enfance, j'ai lu des livres espagnols, un tas d'aventures sombres et mille histoires de ce pays, qui m'ont vivement prévenu contre ses mœurs. Eh ! bien, depuis notre entrée à Madrid, il m'est arrivé d'être déjà, sinon le héros, du moins le complice de quelque périlleuse intrigue, aussi noire, aussi obscure que peut l'être un roman de lady Radcliffe [1]. J'écoute volontiers mes pressentiments, et dès demain je détale. Murat ne me refusera certes pas mon congé, car, grâce aux services que nous rendons, nous avons des protections toujours efficaces.

— Puisque tu tires ta crampe, dis-nous ton événement », répondit un colonel, vieux républicain qui, du beau langage et des courtisaneries impériales, ne se souciait guère.

Le Chirurgien en chef regarda soigneusement autour de lui comme pour reconnaître les figures de ceux qui l'environnaient, et, sûr qu'aucun Espagnol n'était dans le voisinage, il dit :

« Nous ne sommes ici que des Français, volontiers, colonel Hulot. Il y a six jours, je revenais tranquillement à mon logis, vers onze heures du soir, après avoir quitté le général Montcornet dont l'hôtel se

1. L'auteur anglais de romans « noirs » Ann Radcliffe (voir p. 100, note 1).

trouve à quelques pas du mien. Nous sortions tous les deux de chez l'Ordonnateur en chef, où nous avions fait une bouillotte [1] assez animée.

Tout à coup, au coin d'une petite rue, deux inconnus, ou plutôt deux diables, se jettent sur moi, m'entortillent la tête et les bras dans un grand manteau. Je criai, vous devez me croire, comme un chien fouetté ; mais le drap étouffait ma voix, et je fus transporté dans une voiture avec la plus rapide dextérité. Lorsque mes deux compagnons me débarrassèrent du manteau, j'entendis ces désolantes paroles prononcées par une voix de femme, en mauvais français : “ Si vous criez, ou si vous faites mine de vous échapper, si vous vous permettez le moindre geste équivoque, le monsieur qui est devant vous est capable de vous poignarder sans scrupule. Tenez-vous donc tranquille. Maintenant je vais vous apprendre la cause de votre enlèvement. Si vous voulez vous donner la peine d'étendre votre main vers moi, vous trouverez entre nous deux vos instruments de chirurgie que nous avons envoyé chercher chez vous de votre part ; ils vous seront nécessaires, nous vous emmenons dans une maison pour sauver l'honneur d'une dame sur le point d'accoucher d'un enfant qu'elle veut donner à ce gentilhomme sans que son mari le sache. Quoique monsieur quitte peu madame, de laquelle il est toujours passionnément épris, qu'il surveille avec toute l'attention de la jalousie espagnole, elle a pu lui cacher sa grossesse, il la croit malade. Vous allez donc faire l'accouchement. Les dangers de l'entreprise ne vous concernent pas : seulement, obéissez-nous ; autrement, l'amant, qui est en face de vous dans la voiture, et qui ne sait pas un mot de français, vous poignarderait à la moindre imprudence.

1. Partie de cartes.

— Et qui êtes-vous ? lui dis-je en cherchant la main de mon interlocutrice dont le bras était enveloppé dans la manche d'un habit d'uniforme.

— Je suis la camériste [1] de madame, sa confidente, et toute prête à vous récompenser par moi-même, si vous vous prêtez galamment aux exigences de notre situation.

— Volontiers", dis-je en me voyant embarqué de force dans une aventure dangereuse.

À la faveur de l'ombre, je vérifiai si la figure et les formes de cette fille étaient en harmonie avec les idées que la qualité de sa voix m'avait inspirées. Cette bonne créature s'était sans doute soumise par avance à tous les hasards de ce singulier enlèvement, car elle garda le plus complaisant silence, et la voiture n'eut pas roulé pendant plus de dix minutes dans Madrid qu'elle reçut et me rendit un baiser satisfaisant.

L'amant que j'avais en vis-à-vis ne s'offensa point de quelques coups de pied dont je le gratifiai fort involontairement ; mais comme il n'entendait pas le français, je présume qu'il n'y fit pas attention.

"Je ne puis être votre maîtresse qu'à une seule condition, me dit la camériste en réponse aux bêtises que je lui débitais, emporté par la chaleur d'une passion improvisée à laquelle tout faisait obstacle.

— Et laquelle ?

— Vous ne chercherez jamais à savoir à qui j'appartiens. Si je viens chez vous, ce sera de nuit, et vous me recevrez sans lumière.

— Bon", lui dis-je.

Notre conversation en était là quand la voiture arriva près d'un mur de jardin.

"Laissez-moi vous bander les yeux, me dit la femme de chambre, vous vous appuierez sur mon bras,

1. Femme de chambre.

et je vous conduirai moi-même." Elle me serra sur les yeux un mouchoir qu'elle noua fortement derrière ma tête. J'entendis le bruit d'une clef mise avec précaution dans la serrure d'une petite porte par le silencieux amant que j'avais eu pour vis-à-vis. Bientôt la femme de chambre, au corps cambré, et qui avait du *meného* dans son allure... »

— C'est, dit le Receveur en prenant un petit ton de supériorité, un mot de la langue espagnole, un idiotisme qui peint les torsions que les femmes savent imprimer à une certaine partie de leur robe que vous devinez...

« La femme de chambre (je reprends le récit du Chirurgien en chef) me conduisit, à travers les allées sablées d'un grand jardin, jusqu'à un certain endroit où elle s'arrêta. Par le bruit que nos pas firent dans l'air, je présumai que nous étions devant la maison.

"Silence, maintenant, me dit-elle à l'oreille, et veillez bien sur vous-même ! Ne perdez pas de vue un seul de mes signes, je ne pourrai plus vous parler sans danger pour nous deux, et il s'agit en ce moment de vous sauver la vie." Puis, elle ajouta, mais à haute voix : "Madame est dans une chambre au rez-de-chaussée ; pour y arriver, il nous faudra passer dans la chambre et devant le lit de son mari ; ne toussez pas, marchez doucement, et suivez-moi bien de peur de heurter quelques meubles, ou de mettre les pieds hors du tapis que j'ai arrangé."

Ici l'amant grogna sourdement, comme un homme impatienté de tant de retards. La camériste se tut, j'entendis ouvrir une porte, je sentis l'air chaud d'un appartement, et nous allâmes à pas de loup, comme des voleurs en expédition. Enfin la douce main de la fille m'ôta mon bandeau. Je me trouvai dans une grande chambre, haute d'étage, et mal éclairée par une lampe fumeuse. La fenêtre était ouverte, mais elle avait été garnie de gros barreaux de fer par le jaloux mari. J'étais jeté là comme au fond d'un sac.

À terre, sur une natte, une femme dont la tête était couverte d'un voile de mousseline, mais à travers lequel ses yeux pleins de larmes brillaient de tout l'éclat des étoiles, serrait avec force sur sa bouche un mouchoir et le mordait si vigoureusement que ses dents y entraient ; jamais je n'ai vu si beau corps, mais ce corps se tordait sous la douleur comme une corde de harpe jetée au feu. La malheureuse avait fait deux arcs-boutants de ses jambes, en les appuyant sur une espèce de commode ; puis, de ses deux mains, elle se tenait aux bâtons d'une chaise en tendant ses bras dont toutes les veines étaient horriblement gonflées. Elle ressemblait ainsi à un criminel dans les angoisses de la question. Pas un cri d'ailleurs, pas d'autre bruit que le sourd craquement de ses os.

Nous étions là, tous trois, muets et immobiles. Les ronflements du mari retentissaient avec une consolante régularité. Je voulus examiner la camériste ; mais elle avait remis le masque dont elle s'était sans doute débarrassée pendant la route, et je ne pus voir que deux yeux noirs et des formes agréablement prononcées. L'amant jeta sur-le-champ des serviettes sur les jambes de sa maîtresse, et replia en double sur la figure un voile de mousseline. Lorsque j'eus soigneusement observé cette femme, je reconnus, à certains symptômes jadis remarqués dans une bien triste circonstance de ma vie, que l'enfant était mort.

Je me penchai vers la fille pour l'instruire de cet événement. En ce moment, le défiant inconnu tira son poignard ; mais j'eus le temps de tout dire à la femme de chambre, qui lui cria deux mots à voix basse. En entendant mon arrêt, l'amant eut un léger frisson qui passa sur lui des pieds à la tête comme un éclair, il me sembla voir pâlir sa figure sous son masque de velours noir. La camériste saisit un moment où cet homme au désespoir regardait la mourante qui devenait violette, et me montra sur une table des verres de limonade tout préparés, en me faisant un signe négatif. Je compris qu'il fallait m'abstenir de boire, malgré l'horrible chaleur qui me desséchait le gosier. L'amant eut soif ; il prit un verre vide, l'emplit de limonade et but.

En ce moment, la dame eut une convulsion violente qui m'annonça l'heure favorable à l'opération. Je m'armai de courage, et je pus, après une heure de travail, extraire l'enfant par morceaux. L'Espagnol ne pensa plus à m'empoisonner en comprenant que je venais de sauver sa maîtresse. De grosses larmes roulaient par instants sur son manteau. La femme ne jeta pas un cri, mais elle tressaillait comme une bête fauve surprise et suait à grosses gouttes. Dans un instant horriblement critique, elle fit un geste pour montrer la chambre de son mari ; le mari venait de se retourner ; de nous quatre elle seule avait entendu le froissement des draps, le bruissement du lit ou des rideaux.

Nous nous arrêtâmes, et, à travers les trous de leurs masques, la camériste et l'amant se jetèrent des regards de feu comme pour se dire : “Le tuerons-nous s'il s'éveille ?”

J'étendis alors la main pour prendre le verre de limonade que l'inconnu avait entamé. L'Espagnol crut que j'allais boire un des verres pleins ; il bondit comme un chat, posa son long poignard sur les deux verres empoisonnés, et me laissa le sien en me faisant signe de boire le reste. Il y avait tant d'idées, tant de sentiment dans ce signe et dans son vif mouvement, que je lui pardonnai les atroces combinaisons méditées pour me tuer et ensevelir ainsi toute mémoire de cet événement.

Après deux heures de soins et de craintes, la camériste et moi nous recouchâmes sa maîtresse. Cet homme, jeté dans une entreprise si aventureuse, avait pris, en prévision d'une fuite, des diamants sur papier : il les mit à mon insu dans ma poche.

Par parenthèse, comme j'ignorais le somptueux cadeau de l'Espagnol, mon domestique m'a volé ce trésor le surlendemain, et s'est enfui nanti d'une vraie fortune.

Je dis à l'oreille de la femme de chambre les précautions qui restaient à prendre et je voulus décamper. La camériste resta près de sa maîtresse, circonstance qui ne me rassura pas excessivement ; mais je résolus de me tenir sur mes gardes.

L'amant fit un paquet de l'enfant mort et des linges où la femme de chambre avait reçu le sang de sa maîtresse ; il le serra fortement, le cacha sous son manteau, me passa la main sur les yeux comme pour me dire de les fermer et sortit le premier en m'invitant par un geste à tenir le pan de son habit. J'obéis, non sans donner un dernier regard à ma maîtresse de hasard. La camériste arracha son masque en voyant l'Espagnol dehors, et me montra la plus délicieuse figure du monde.

Quand je me trouvai dans le jardin, en plein air, j'avoue que je respirai comme si l'on m'eût ôté un poids énorme de dessus la poitrine. Je marchais à une distance respectueuse de mon guide, en veillant sur ses moindres mouvements avec la plus grande attention. Arrivés à la petite porte, il me prit par la main, m'appuya sur les lèvres un cachet monté en bague que je lui avais vu à un doigt de la main gauche, et je lui fis entendre que je comprenais ce signe éloquent. Nous nous trouvâmes dans la rue où deux chevaux nous attendaient ; nous montâmes chacun le nôtre, mon Espagnol s'empara de ma bride, la tint dans sa main gauche, prit entre ses dents les guides de sa monture, car il avait son paquet sanglant dans sa main droite, et nous partîmes avec la rapidité de l'éclair. Il me fut impossible de remarquer le moindre objet qui pût me servir à me faire reconnaître la route que nous parcourions.

Au petit jour je me trouvai près de ma porte et l'Espagnol s'enfuit en se dirigeant vers la porte d'Atocha.

« — Et vous n'avez rien aperçu qui puisse vous faire soupçonner à quelle femme vous aviez affaire ? dit le colonel au chirurgien.

— Une seule chose, reprit-il. Quand je disposai l'inconnue, je remarquai sur son bras, à peu près au milieu, une petite envie, grosse comme une lentille et environnée de poils bruns. » En ce moment l'indiscret chirurgien pâlit ; tous les yeux fixés sur les siens en suivirent la direction : nous vîmes alors un Espagnol dont le regard brillait dans une touffe d'orangers. En se voyant l'objet de notre attention, cet homme disparut avec une légèreté de sylphe. Un capitaine s'élança vivement à sa poursuite.

« Sarpejeu, mes amis ! s'écria le chirurgien, cet œil de basilic m'a glacé. J'entends sonner des cloches dans mes oreilles ! Recevez mes adieux, vous m'enterrerez ici !

— Es-tu bête ? dit le colonel Hulot. Falcon s'est mis à la piste de l'Espagnol qui nous écoutait, il saura bien nous en rendre raison.

— Hé ! bien, s'écrièrent les officiers en voyant revenir le capitaine tout essoufflé.

— Au diable ! répondit Falcon, il a passé, je crois, à travers les murailles. Comme je ne pense pas qu'il soit sorcier, il est sans doute de la maison ! il en connaît les passages, les détours, et m'a facilement échappé.

— Je suis perdu ! dit le chirurgien d'une voix sombre.

— Allons, tiens-toi calme, Béga (il s'appelait Béga), lui répondis-je, nous nous casernerons à tour de rôle chez toi jusqu'à ton départ. Ce soir nous t'accompagnerons. »

En effet, trois jeunes officiers qui avaient perdu leur argent au jeu reconduisirent le chirurgien à son logement et l'un de nous s'offrit à rester chez lui.

Le surlendemain Béga avait obtenu son renvoi en France, il faisait tous ses préparatifs pour partir avec une dame à laquelle Murat donnait une forte escorte ; il achevait de dîner en compagnie de ses amis, lorsque son domestique vint le prévenir qu'une jeune dame voulait lui parler.

Le chirurgien et les trois officiers descendirent aussitôt en craignant quelque piège. L'inconnue ne put que dire à son amant : « Prenez garde ! » et tomba morte.

Cette femme était la camériste, qui, se sentant empoisonnée, espérait arriver à temps pour sauver le chirurgien.

« Diable ! diable ! s'écria le capitaine Falcon, voilà ce qui s'appelle aimer ! une Espagnole est la seule femme au monde qui puisse trotter avec un monstre de poison dans le bocal. »

Béga resta singulièrement pensif. Pour noyer les sinistres pressentiments qui le tourmentaient, il se remit à table et but immodérément, ainsi que ses compagnons. Tous, à moitié ivres, se couchèrent de bonne heure. Au milieu de la nuit, le pauvre Béga fut réveillé par le bruit aigu que firent les anneaux de ses rideaux violemment tirés sur les tringles. Il se mit sur son séant, en proie à la trépidation mécanique qui nous saisit au moment d'un semblable réveil.

Il vit alors, debout devant lui, un Espagnol enveloppé dans son manteau, et qui lui jetait le même regard brûlant parti du buisson pendant la fête. Béga cria : « Au secours ! À moi, mes amis ! » À ce cri de détresse, l'Espagnol répondit par un rire amer. « L'opium croît pour tout le monde », répondit-il.

Cette espèce de sentence dite, l'inconnu montra les trois amis profondément endormis, tira de dessous son manteau un bras de femme récemment coupé, le présenta vivement à Béga en lui faisant voir un signe semblable à celui qu'il avait si imprudemment décrit : « Est-ce bien le même ? » demanda-t-il.

À la lueur d'une lanterne posée sur le lit, Béga reconnut le bras et répondit par sa stupeur. Sans plus amples informations, le mari de l'inconnue lui plongea son poignard dans le cœur.

« Il faut raconter cela, dit le journaliste [1], à des charbonniers, car il faut une foi robuste. Pourriez-vous m'expliquer qui, du mort ou de l'Espagnol, a causé ?

— Monsieur, répondit le Receveur des contributions, j'ai soigné ce pauvre Béga, qui mourut cinq jours après dans d'horribles souffrances. Ce n'est pas tout. Lors de l'expédition entreprise pour rétablir Ferdinand VII [2], je fus nommé à un poste en Espagne, et fort heureusement je n'allai pas plus loin qu'à Tours, car on me fit alors espérer la recette de Sancerre.

1. Il s'agit de Lousteau (voir p. 121). Lorsque le texte parut pour la première fois dans les *Contes bruns*, on pouvait lire : « Le conte est furieusement brun, dit un des auditeurs, mais il est encore plus invraisemblable ; car pourriez-vous m'expliquer qui, du mort ou de l'Espagnol, vous a raconté cela ?... »

2. Roi d'Espagne qui avait été contraint d'abdiquer par Napoléon (voir *El Verdugo,* p. 17, note 5).

La veille de mon départ, j'étais à un bal chez madame de Listomère où devaient se trouver plusieurs Espagnols de distinction. En quittant la table d'écarté, j'aperçus un Grand d'Espagne, un *Afrancesado*[1] en exil, arrivé depuis quinze jours en Touraine. Il était venu fort tard à ce bal, où il apparaissait pour la première fois dans le monde, et visitait les salons accompagné de sa femme, dont le bras droit était absolument immobile.

Nous nous séparâmes en silence pour laisser passer ce couple, que nous ne vîmes pas sans émotion. Imaginez un vivant tableau de Murillo[2] ? Sous des orbites creusées et noircies, l'homme montrait des yeux de feu qui restaient fixes ; sa face était desséchée, son crâne sans cheveux offrait des tons ardents, et son corps effrayait le regard, tant il était maigre. La femme ! imaginez-la ? non, vous ne la feriez pas vraie. Elle avait cette admirable taille qui a fait créer ce mot de *meného* dans la langue espagnole ; quoique pâle, elle était belle encore ; son teint, par un privilège inouï pour une Espagnole, éclatait de blancheur ; mais son regard, plein du soleil de l'Espagne, tombait sur vous comme un jet de plomb fondu.

“Madame, demandai-je à la marquise vers la fin de la soirée, par quel événement avez-vous donc perdu le bras ?

— Dans la guerre de l'indépendance”, me répondit-elle. »

1. Le verbe espagnol *afrancesar* signifie « se franciser » pour désigner ceux qui avaient pris le parti de Napoléon pendant la guerre d'indépendance espagnole.

2. Célèbre peintre espagnol (voir *El Verdugo,* p. 25, note 3).

LES CLÉS DE L'ŒUVRE

I - AU FIL DU TEXTE

II - DOSSIER HISTORIQUE ET LITTÉRAIRE

Pour approfondir votre lecture, LIRE vous propose une sélection commentée :

- de morceaux « classiques » devenus incontournables, signalés par ➾ (droit au but).
- d'extraits représentatifs de l'œuvre, signalés par ⇝ (en flânant).

AU FIL DU TEXTE

I - DÉCOUVRIR

La phrase clé

« La Grande Bretèche et ses hautes herbes, ses fenêtres condamnées, ses ferrements rouillés, ses portes closes, ses appartements déserts, se montra tout à coup fantastiquement devant moi. J'essayai de pénétrer dans cette mystérieuse demeure en y cherchant le nœud de cette solennelle histoire, le drame qui avait tué trois personnes. »

La Grande Bretèche, p. 106

• LA DATE

Les douze « histoires » rassemblées dans ce recueil sont écrites pour la première fois entre 1829 et 1832, une courte période particulièrement féconde pour Balzac.

En 1829, Honoré de Balzac a trente ans. Il publie en mars le premier roman signé de son vrai nom, *Le Dernier Chouan, ou la Bretagne en 1800* (qui deviendra *Les Chouans* en 1834). À peine achève-t-il la *Physiologie du mariage* (parue en décembre) qu'il rédige une première nouvelle, *El Verdugo* (elle paraîtra en janvier 1830).

1830 est une année charnière [1]. Balzac rédige d'autres nouvelles : *L'Usurier* (fragment de *Gobseck*), *La Paix du ménage*, *La Maison du Chat-qui-pelote*, *Le Bal de Sceaux*, *La Vendetta*, *Une double famille*, *Le Colonel Chabert*, entre autres, mais aussi *L'Élixir de longue vie* et *Une passion dans le désert*. Il conçoit le principe de *Scènes* avec un premier

1. Voir le dossier « Balzac et ses Mohicans », p. 264.

groupement intitulé *Scènes de la vie privée*[1]. En même temps, il collabore, sous quatre pseudonymes, Alfred Coudreux[2], *le Cte Al. de B..., Henri B..., E. Morisseau*, à la rédaction de divers journaux : *La Caricature* que venait de fonder Philippon, *La Silhouette*, le *Feuilleton littéraire des journaux politiques*, etc. Il écrit aussi ses premiers *Contes drolatiques.* Bientôt, *La Peau de chagrin* et *La Femme de trente ans* (1831) lui apporteront la célébrité et *Eugénie Grandet* (1833) le placera à la tête des romanciers contemporains.

1832. La vague d'histoires fantastiques inspirées d'Hoffmann[3] qui submerge revues et recueils depuis quelques années atteint son point culminant. Honoré de Balzac, Philarète Chasles et Charles Rabou sont trois jeunes écrivains journalistes dynamiques et ambitieux : leurs *Contes bruns* se présentent comme une habile entreprise éditoriale, une contribution à la mode fantastique dont ils espèrent tirer profit et succès[4]. À l'exception de *El Verdugo*, de *L'Élixir de longue vie* et d'*Une passion dans le désert*, les récits choisis pour constituer notre recueil sont liés, dans leur première version d'écriture, à la rédaction de ces *Contes bruns*.

Par la suite, tous les « contes » ici réunis connaîtront divers remaniements, au gré des transformations que Balzac opère sur ses textes pour constituer son grand œuvre : *La Comédie humaine*[5].

• LA PARUTION DES TITRES

Les trois premières « histoires » de notre recueil sont parues pour la première fois dans le courant de la même année 1830.

1. Voir dans le Dossier historique et littéraire, p. 248.
2. Voir l'article sur les *Contes bruns*, p. 239.
3. Voir p. 33, note 2.
4. Voir « Balzac et la mode fantastique », p. 238.
5. Voir la présentation de l'édition Furne, p. 248.

1830

• Janvier : *El Verdugo*

Cette nouvelle paraît dans la revue *La Mode* le 28 janvier 1830, puis en volume en septembre 1831 dans le tome II des *Romans et contes philosophiques* chez Gosselin. Dans la réédition de juin 1832, elle figure dans les *Contes philosophiques* (avant *L'Enfant maudit*), puis, dans la remise en vente de mai 1833, au tome III des *Romans et contes philosophiques*.

Quand le texte est republié en 1835 dans le tome V des *Études philosophiques* chez l'éditeur Werdet, Balzac procède à quelques corrections de détail sur le plan stylistique (quelques suppressions d'épithètes pour atténuer la couleur un peu trop « romantique »), et ajoute l'indication : « Paris, octobre 1829 ». Enfin, *El Verdugo* est intégré dans *La Comédie humaine*, au volume XV de l'édition Furne en août 1846 (*Études philosophiques*, tome II) ; Balzac ajoute alors la dédicace à Martinez de La Rosa.

On note que la nouvelle connaît deux publications « trafiquées » en 1847 – ce qui prouve la popularité de ce « conte cruel » et la désinvolture des éditeurs auxquels Balzac dut souvent se soumettre : d'une part, elle est ajoutée à l'édition des *Comédiens sans le savoir* dans le texte de l'édition Werdet, avec une division en quatre chapitres, et une multiplication d'alinéas, pour « gonfler » le volume. D'autre part, le 30 avril, elle est livrée aux abonnés du journal *Le Constitutionnel* sans son dénouement, ce qui rend le récit incompréhensible.

• Octobre : *L'Élixir de longue vie*

Cette nouvelle paraît dans la *Revue de Paris* le 24 octobre 1830 en deux chapitres intitulés « Festin » et « Fin ». En tête de chapitre sont placés en exergue deux extraits de la « *Monographie de la vertu*, ouvrage inédit de l'auteur », selon un projet qu'abandonnera Balzac. Le récit est interrompu, à la fin du premier chapitre, par une intervention directe de l'auteur.

L'Élixir de longue vie connaît ensuite le même parcours d'édition que *El Verdugo*. Sa première parution en volume se fait chez Gosselin en septembre 1831 dans la « seconde édition » des *Romans et contes philosophiques* (tome III) : le texte de 1830 y est inséré sans retouches. En juin 1832 et mai 1833, il figure toujours ainsi dans les nouvelles mises en vente de l'éditeur (voir ci-dessus).

En décembre 1834, *L'Élixir de longue vie*, dont le texte a été partiellement revu (la division en chapitres et les extraits en exergue sont supprimés), est publié chez Werdet dans la quatrième édition des *Études philosophiques* (tome V).

En août 1846, la nouvelle est intégrée dans *La Comédie humaine*, au volume XV de l'édition Furne (*Études philosophiques*, tome II) : le texte a été légèrement modifié, tandis que l'intervention de l'auteur qui séparait les deux parties du récit est remaniée, augmentée et déplacée en tête du texte, où elle est donnée comme une adresse « Au lecteur ».

• **Décembre : *Une passion dans le désert***

Cette nouvelle paraît le 24 décembre 1830 dans la *Revue de Paris*. Balzac prévoit ensuite de la faire entrer dans diverses séries, mais ses projets n'aboutissent pas. C'est en juillet 1837 seulement qu'*Une passion dans le désert* reparaît (avec quelques petits développements ajoutés au texte primitif), intégrée à la troisième livraison des *Études philosophiques*, imprimée par Werdet (tome XVI).

En janvier 1845, Adam Chlendowski publie le tome IV de *Modeste Mignon*, sous le titre original *Les Trois Amoureux* ; le volume comprend *Un épisode sous la terreur* et *Une passion dans le désert*, sous-titré *Scène de la vie militaire*. Balzac reprend la version du texte donnée dans la *Revue de Paris* pour le « gonfler » en le divisant en neuf chapitres avec titres (l'édition est destinée aux cabinets de lecture). Il modifie aussi la conclusion de la nouvelle pour faire intervenir l'interlocutrice du narrateur une seconde fois, après son apparition au début.

Le Catalogue de 1845 prévoit que, parmi vingt-trois *Scènes de la vie militaire*, *Une passion dans le désert* forme avec *Le Prophète* et *Le Pacha* un triptyque intitulé *Les Français en Égypte*. En fin de compte, le volume XIII de *La Comédie humaine*, qui paraît chez Furne en 1845, ne contient que deux *Scènes de la vie militaire* : *Les Chouans* et *Une passion dans le désert*, dont le dialogue du récit-cadre est encore augmenté (*Études de mœurs*, 5e livre, *Scènes de la vie militaire et scènes de la vie de campagne*, *Les Français en Égypte*, III).

Les autres « histoires » choisies pour composer ce recueil sont étroitement liées dans l'histoire de la production balzacienne du fait de la « technique du réemploi » chère à l'auteur de *La Comédie humaine*[1].

On suivra leur parcours de parution à travers les repères chronologiques suivants :

1831

L'« Histoire du chevalier de Beauvoir » paraît dans *L'Artiste* du 25 décembre 1831. Elle sera reprise en 1832 dans le volume collectif des *Contes bruns* (2e des histoires d'*Une conversation entre onze heures et minuit*).

1832

- **Février : *Contes bruns***

Le 16 février paraît dans le journal *La Caricature* un article[2] signé d'un certain Alfred Coudreux (l'un des pseudonymes de Balzac lui-même) qui fait l'éloge d' « un volume à formes bizarres » publié par deux éditeurs parisiens, Urbain Canel et Adolphe Guyot.

Sous le titre *Contes bruns par une*, en guise de nom d'auteur, se trouve une vignette représentant... une tête à l'envers ! Au lecteur potentiel, donc, de comprendre : « Contes bruns par une tête à l'envers » (voir p. 12). Sous l'anonymat se cachent trois amis, Honoré de Balzac, Philarète Chasles et Charles Rabou. Dans ce volume de 398 pages comprenant dix « contes », la part de Balzac comprend 122 pages qui ouvrent et ferment le livre avec les titres suivants :

1. Voir le dossier « Quand Balzac réemploie Balzac », p. 247.
2. Voir le texte intégral de cet article pp. 239-240.

– *Une conversation entre onze heures et minuit*, soit les 96 premières pages ;

– *Le Grand d'Espagne*, soit les 26 dernières pages.

Une conversation entre onze heures et minuit a pour cadre un salon parisien[1] où divers narrateurs racontent douze histoires distinctes, piquantes ou terrifiantes, dont huit sont données dans notre recueil : l'*Histoire du capitaine Bianchi*, l'*Histoire du chevalier de Beauvoir*, *La Maîtresse de notre colonel*, *Le Tic du mort*, *Le Père du réfractaire*, *Le Gilet rouge*, *Le Président Vigneron* et *La Femme du médecin* (regroupées dans notre sélection sous le titre « Deux morts sublimes »).

À l'origine, ces histoires ne portaient aucun titre individuel. Par la suite Balzac nommera deux d'entre elles : *Histoire du chevalier de Beauvoir* et *La Maîtresse de notre colonel*.

Les textes parus dans les *Contes bruns* seront réutilisés, soit en entier (*Le Grand d'Espagne*), soit en fragments (*Une conversation entre onze heures et minuit*), par Balzac lui-même qui découpe, réajuste, replace selon les besoins.

• **Mai : *La Grande Bretèche***

Initialement, *La Grande Bretèche*, écrite en octobre 1831, est conçue comme une nouvelle autonome, avec un titre propre, qui apparaît sur le manuscrit. Le texte est aussi prévu pour entrer dans les *Contes bruns*. Cependant, pour sa première publication, le texte paraît sans son titre, mais associé avec *Le Message* sous le titre *Le Conseil* (tome III des *Scènes de la vie privée*, chez Mame-Delaunay à Paris).

1834

En mars, *La Maîtresse de notre colonel* (4e récit des *Contes bruns*) est publiée sous ce titre et avec quelques coupures dans la 10e livraison de la publication bonapartiste *Napoléon, journal anecdotique et biographique de l'Empire et de la Grande Armée.*

1. Voir p. 181.

1837

En février, Balzac publie chez l'éditeur Werdet le troisième volume des *Scènes de la vie de province* (*Études de mœurs*, tome VII) : la nouvelle réapparaît en tête du volume avec le titre *La Grande Bretèche, ou les Trois Vengeances*. Pour augmenter et « corser » son texte, Balzac a puisé dans le réservoir des *Contes bruns* et a inséré à la suite de *La Grande Bretèche* deux histoires issues de ce recueil, reprises sans titres individuels : l'« Histoire du chevalier de Beauvoir » et « Le Grand d'Espagne ».

1839

La Grande Bretèche, ou les Trois Vengeances reparaît dans l'édition Charpentier, au tome II des *Scènes de la vie de province*.

Au cours d'une soirée à Sancerre chez Madame de La Baudraye, s'engage une discussion sur l'adultère, dans laquelle on raconte les trois histoires de maris trompés que l'on retrouvera en 1843 dans *La Muse du département* :

1) l'« Histoire du chevalier de Beauvoir » (racontée par M. Gravier en 1837, par Étienne Lousteau en 1843) qui constituait la deuxième des histoires d'*Une conversation entre onze heures et minuit* (voir ci-dessus).

2) l'« Histoire d'un bras » (racontée par Lousteau en 1837, par M. Gravier en 1843) vient aussi des *Contes bruns* (de la dernière histoire, intitulée *Le Grand d'Espagne*).

3) « La Grande Bretèche » est racontée par le docteur Bianchon, dans toutes les versions. Cependant, on notera qu'en 1843 l'histoire n'est plus donnée dans le texte de *La Muse du département* paru au volume VI de *La Comédie humaine* : Balzac mentionne simplement que Bianchon la raconte dans le salon de Dinah de La Baudraye[1].

1842

Le préambule d'*Une conversation entre onze heures et minuit* (le salon parisien), l'histoire de « la maîtresse de notre colonel », désormais racontée par le général Montriveau,

1. Voir *La Muse du département*, p. 250.

mais sans son titre, et celle de « la femme du médecin », racontée par Bianchon et légèrement retouchée, viennent étoffer le texte d'*Autre étude de femme* dans le volume II de *La Comédie humaine* édité par Furne en septembre (*Études de mœurs*, Ier livre, *Scènes de la vie privée*, tome II).

1843

Le roman *La Muse du département* fait l'objet de trois publications différentes :

1) une première version paraît en feuilleton dans *Le Messager* des 30 mars et 1er avril, sous le titre *Dinah Piédefer* ;

2) la première édition sous le titre *La Muse du département* paraît le 13 mai chez Furne dans le volume VI de *La Comédie humaine* (tome II des *Scènes de la vie de province*). C'est la « deuxième histoire » du sous-ensemble des *Parisiens en province*, en couple avec *L'Illustre Gaudissart* ;

3) la seconde édition fait partie d'un recueil en 4 volumes, *Les Mystères de province*, paru chez Souverain le 14 novembre. Comme ce recueil contient aussi *Albert Savarus*, le titre est devenu *La Muse du département, ou Dinah et Rosalie*, par allusion au prénom de l'héroïne d'*Albert Savarus*. On remarque que dans cette édition, Balzac choisit de redonner le récit de *La Grande Bretèche* en son entier.

1844

Pour compléter le troisième et dernier volume de *Splendeurs et misères des courtisanes* (« Esther ») publié chez l'éditeur de Potter, Balzac ajoute le texte d'*Une conversation entre onze heures et minuit*, qu'il reprend des *Contes bruns*, après en avoir retranché le court récit de « la femme du médecin » afin d'obtenir le nombre de pages requis pour la composition du livre. Il intitule cet ajout « Échantillon de causerie française ». Le volume paraît le 23 novembre. Le texte de cette édition, aujourd'hui ancienne et rare, sera repris dans les *Œuvres complètes* de Balzac éditées par Calmann-Lévy (1891-1892), puis par les éditeurs modernes (tome XII de l'édition Pléiade)[1].

1. Voir la bibliographie, p. 273.

1845

Publiée par Furne, *La Grande Bretèche* fait l'objet d'une édition séparée : elle se trouve sous ce titre dans *Études de mœurs*, Ier livre, *Scènes de la vie privée*, au volume IV de *La Comédie humaine* (après la dernière partie de *Béatrix* et avant *Modeste Mignon*).

Cependant, une note manuscrite de Balzac sur son exemplaire personnel (« Ceci doit être reporté à la suite d'*Autre étude de femme* ») montrait clairement qu'il souhaitait, dans une réédition ultérieure, que *La Grande Bretèche* figurât à la fin de son roman intitulé *Autre étude de femme*, mais *La Comédie humaine* ne fut pas rééditée du vivant de son auteur.

La plupart des éditions modernes suivent donc cette indication quasi testamentaire et place *La Grande Bretèche* à la fin d'*Autre étude de femme*.

Notons pour terminer qu'en 1845 dans le *Catalogue général des Œuvres* (I, XVI), Balzac projetait, pour une future édition de son œuvre, l'insertion d'*Échantillon de causerie française* dans *La Comédie humaine* parmi les *Scènes de la vie parisienne* [1]. Mais dans ce catalogue, *Échantillons* est au pluriel, ce qui donne à penser que Balzac avait l'intention d'en ajouter d'autres à l'*Échantillon* primitif.

• UN TITRE / DES TITRES

Le titre *Histoires en rouge et noir* est de l'éditeur. C'est d'abord un hommage en forme de clin d'œil à Balzac en tant qu'auteur, puisque plusieurs des textes de notre recueil viennent des *Contes bruns* (voir ci-dessus).

Comme ses deux amis, Chasles et Rabou, Balzac préfère le brun [2] au « noir gothique » : une couleur intermédiaire pour donner la tonalité d'un mélange hors normes de comique

1. Voir sa note à propos de l'histoire du capitaine Bianchi dans *Les Marana*, p. 207.

2. « "Le conte est furieusement brun", dit un des auditeurs » (à propos du *Le Grand d'Espagne* ; voir p. 163, note 1).

cynique, de fantaisie burlesque, de romantisme larmoyant et de réalisme macabre. Une couleur qui peut aussi se voir comme celle du « désenchantement » d'une génération[1]. "Baudelaire déclarait n'aimer que « les titres mystérieux et les titres pétards". Celui des *Contes bruns* est à la fois l'un et l'autre. Titre pétard, qui éclate et déton(n)e agressivement au milieu des rêveries bleues ou roses que les contes sont censés répandre, mais qui n'assume pas non plus franchement la noirceur qu'affichait, aux environs de 1830, la production fantastique. Quelle denrée suspecte se cache derrière ce brun, couleur de terre, de sang séché, de cheveux d'Espagnole, de feuilles d'automne, de robe de moine ? » (Max Milner, préface des *Contes bruns*, *op. cit.*, in Bibliographie.).

Mais le choix des couleurs peut aussi se lire comme un clin d'œil à Balzac en tant que critique littéraire : 1830, c'est l'année où Stendhal publie *Le Rouge et le Noir* et Balzac y voit, en parallèle avec son œuvre personnelle, l'expression d'un air du temps qui résume tout « le génie de l'époque ». « Cette année, commencée par la *Physiologie du mariage,* dont vous me permettrez de ne pas vous parler beaucoup, a fini par *Le Rouge et le Noir,* conception d'une sinistre et froide philosophie : ce sont de ces tableaux que tout le monde accuse de fausseté, par pudeur, par intérêt peut-être. Il y a dans ces conceptions littéraires le génie de l'époque, la senteur cadavéreuse d'une société qui s'éteint » (onzième des *Lettres sur Paris,* datée du 9 janvier 1831).

Le duo de couleurs associées se veut enfin – et surtout – l'indice d'une cohérence thématique[2] : rouge comme le sang, noir comme la terreur, l'ensemble de ces « contes » plonge le lecteur dans un monde « fantastique » où se déploie la violence des passions habilement mises en scène par des histoires de vengeance et de mort, d'amour et de haine.

À l'intérieur de notre recueil, les titres correspondent à des choix de Balzac ou à des conventions éditoriales, adoptées par commodité dans les éditions posthumes de ses œuvres (voir « La parution des titres », ci-dessus).

1. Voir « Les objectifs d'écriture, ci-après.
2. Voir « Les thèmes clés », p. 204.

Les titres balzaciens sont destinés à piquer la curiosité du lecteur, selon les principes de l'esthétique propre au genre de la nouvelle, mais aussi selon les nécessités de la parution en revue (pour vendre, il faut attirer l'attention et répondre au goût du jour) : *El Verdugo*, qui signifie « le bourreau » en espagnol, affiche un « programme » exotique et sanglant ; l'exotisme se retrouve dans *Une passion dans le désert*, qui laisse présager quelque ravage de l'amour ; *L'Élixir de longue vie* annonce clairement l'objet d'un fantastique hoffmannien alors très en vogue (*La Peau de chagrin* jouera sur le même « horizon d'attente »).

Tandis que *La Grande Bretèche* pose un cadre – c'est le nom d'une vaste demeure ; faut-il aussi y lire le présage d'une grande « brèche », au sens d'une inquiétante rupture ? –, la plupart des autres titres attirent l'attention sur des personnages dont un narrateur raconte « l'histoire » hors du commun : le capitaine Bianchi, le chevalier de Beauvoir, le président Vigneron sont nommés ; « la maîtresse de notre colonel », « le père du réfractaire », « la femme du médecin » sont désignés au travers d'une relation à un autre personnage ; enfin « le tic du mort » et « le gilet rouge » jouent sur l'insolite tout en résumant « l'objet » de l'intrigue.

• COMPOSITION

Le point de vue de l'auteur

Le pacte de lecture

En dehors de *El Verdugo* et de *L'Élixir de longue vie*, qui se présentent comme des *contes* fantastiques terrifiants, typiques d'une forme de romantisme « frénétique [1] », tous les textes réunis dans notre recueil sont des *contes* au sens premier du terme : ils sont *contés* par un narrateur dans le cadre d'une conversation de salon et peuvent donc être étudiés selon les axes littéraires propres à ce type d'écriture. Une occasion de

1. Voir dans la partie « Lire », ci-après.

découvrir un aspect original de l'œuvre de Balzac : on a beaucoup parlé du « romancier omniscient », on découvrira ici le point du vue du *conteur*.

↠ « Le phénomène oral »

On peut lire dans le début du roman *Autre étude de femme* une forme d'aveu littéraire formulé par un « je » qui exprime bien la fascination de Balzac pour la puissance propre à l'art du conteur :

« Jamais **le phénomène oral** qui, bien étudié, bien manié, fait **la puissance de l'acteur et du conteur**, ne m'avait si complètement ensorcelé. Je ne fus pas seul soumis à ces prestiges, et nous passâmes tous une soirée délicieuse. **La conversation, devenue conteuse**, entraîna dans son cours précipité de **curieuses confidences, plusieurs portraits, mille folies**, qui rendent **cette ravissante improvisation** tout à fait intraduisible. »

↠ Raconter : « la puissance de l'acteur et du conteur »

Ce sont précisément les talents que Balzac prête au docteur Bianchon, un personnage que l'on peut voir comme le substitut de l'auteur lui-même (voir, dans les pistes de recherches, « Un personnage récurrent de *La Comédie humaine* : le docteur Bianchon », p. 236).

On le voit ainsi à l'œuvre dans *La Muse du département*, où l'histoire de « La Grande Bretèche » est évoquée sans être racontée (voir le dossier « Quand Balzac réemploie Balzac », p. 251).

« Dans les histoires dont se composait son fonds de narration, car tous les gens d'esprit ont une certaine quantité d'anecdotes comme madame de La Baudraye avait sa collection de phrases, l'illustre docteur choisit celle connue sous le nom de La Grande Bretèche et devenue si célèbre qu'on en a fait au Gymnase-Dramatique un vaudeville intitulé *Valentine*. Aussi est-il parfaitement inutile de répéter ici cette aventure, quoiqu'elle fût du fruit nouveau pour les habitants du château d'Anzy. Ce fut d'ailleurs la même perfection dans les gestes, dans les intonations qui valut tant d'éloges au docteur chez mademoiselle des Touches quand il la raconta pour la première fois. Le dernier tableau du Grand d'Espagne mourant de faim et debout dans l'armoire où l'a muré le mari de madame de Merret, et le dernier mot de ce mari répondant à une dernière prière de sa femme : — Vous avez juré sur ce crucifix qu'il n'y avait là personne ! produisit tout son effet. Il y eut un moment de silence assez flatteur pour Bianchon. »

Et l'on sait bien que le talent du conteur se mesure en particulier à ce que l'on appelle « l'effet de chute »[1].

↠ Imiter la conversation : « la distance entre la parole et l'écrit »

Pour traduire précisément « cette ravissante improvisation tout à fait intraduisible », Balzac s'emploie à reproduire par l'écriture – à mimer – les schémas oraux de la conversation, tout en mêlant aux nécessités de « l'effet de réel » des considérations qui lui sont chères sur les rapports entre « l'art et le naturel ».

Qu'on en juge par la façon dont il utilise le cadre du salon d'*Une conversation entre onze heures et minuit*.

En ouverture du texte paru pour la première fois dans les *Contes bruns* en 1832, c'est un narrateur de premier rang qui décrit un salon artiste, élégant et mondain de la rue Saint-Germain-des-Prés où divers narrateurs de second rang vont raconter douze histoires distinctes, piquantes ou terrifiantes[2]. Les « contes » sont amenés les uns par les autres comme les étapes d'une conversation « à bâtons rompus », au caractère familier, improvisé, avec son implicite et ses digressions gratuites, dont la principale motivation reste le plaisir.

« Je fréquentais l'hiver dernier une maison, la seule peut-être où maintenant, le soir, la conversation échappe à la politique et aux niaiseries de salon. Là viennent des artistes, des poètes, des hommes d'État, des savants, des jeunes gens

1. Voir dans les pistes de recherches, p. 236.
2. Voir la présentation des *Contes bruns*, p. 174. On notera au passage l'importance des termes mêmes qui renvoient à la conversation : on sait que cette *conversation* deviendra un « échantillon de *causerie* française » (p. 176).

occupés ailleurs de chasse, de chevaux, de femmes, de jeu, de toilette, mais qui, dans cette réunion, prennent sur eux de dépenser leur esprit, comme ils prodiguent ailleurs leur argent ou leurs fatuités.

Ce salon est le dernier asile où se soit réfugié l'esprit français d'autrefois, avec sa profondeur cachée, ses mille détours, sa politesse exquise. Là vous trouverez encore quelque spontanéité dans les cœurs, de l'abandon, de la générosité dans les idées. Nul ne pense à garder sa pensée pour un drame, ne voit des livres dans un récit. Personne ne vous apporte le hideux squelette de la littérature, à propos d'une saillie heureuse ou d'un sujet intéressant.

Pendant la soirée que je vais raconter, le hasard, ou plutôt l'habitude, avait réuni plusieurs personnes auxquelles d'incontestables mérites ont valu des réputations européennes. »

Pour respecter la logique chronologique qu'il s'est fixée comme titre, Balzac viendra « naturellement » clôturer l'ouvrage – « la pendule marquait minuit et demi » – par une digression en forme de manifeste littéraire, juste avant « l'histoire du Grand d'Espagne[1] » qui constitue le dernier des *Contes bruns* :

« Ce fragment de conversation est sincère et véritable. Je puis affirmer que, sauf de légères inexactitudes, bien pardonnables, et qui n'ont adultéré ni le sens ni la pensée, tout ceci a été dit par des hommes d'un haut mérite. N'est-ce pas un problème intéressant à résoudre pour l'art en lui-même, que de savoir si la nature, textuellement copiée, est belle en elle-même ? Nous avons tous été fortement émus, un lecteur le sera-t-il ?... Nous allons voir, à l'Exposition, les décors des peintres et nous ne faisons pas attention à des créatures qui fourmillent dans les rues de Paris, bien autrement poétiques, belles de misère, belles d'expression, sublimes créations, mais en guenilles... Aujourd'hui nous hésitons entre l'idéalisation et la traduction littérale des faits, des hommes, des événements. Choisissez... Voici une aventure où l'art essaie de jouer le naturel. »

1. Texte p. 153.

Lorsque ce même texte introduit ce que Balzac utilise désormais comme *Échantillon de causerie française* en 1844, on constate que l'écrivain fait un ajout significatif dans un passage qu'il avait déjà « récupéré » en 1842 pour *Autre étude de femme* (voir ci-dessus) :

« Entre onze heures et minuit, la conversation, jusque-là brillante, antithétique, devint conteuse, elle entraîna dans son cours précipité de curieuses confidences, plusieurs portraits, mille folies. Un savant, avec qui je fis de conserve la route de la rue Saint-Germain-des-Prés à l'Observatoire royal, regarda cette ravissante improvisation comme intraduisible ; **mais, dans ma témérité de disputeur, je m'engageai presque à reproduire les plaisirs de cette soirée moins pour soutenir mon opinion que pour donner à mes émotions la vie factice du souvenir, la distance qui se trouve entre la parole et l'écrit**. »

C'est cette démarche menant de la parole à l'écriture qui organise la plupart des récits balzaciens. Ainsi, dans *Une passion dans le désert*, l'auteur fait-il franchir le pas à son narrateur, anonyme comme son interlocutrice : d'auditeur (il a entendu le récit de celui qui est le protagoniste de l'histoire) il devient rédacteur pour « conter » un épisode qui entrera dans *La Comédie humaine* en 1845. Ce qui n'empêchera pas l'interlocutrice de réapparaître : habile subterfuge pour précipiter le dénouement !

« Il me raconta son histoire, et je vis qu'il avait eu raison de s'écrier : *Connu !*

Rentrée chez elle, elle me fit tant d'agaceries, tant de promesses, que je consentis à lui rédiger la confidence du soldat. Le lendemain, elle reçut donc cet épisode d'une épopée qu'on pourrait intituler *Les Français en Égypte* » (p. 68-69).

« Eh bien, me dit-elle, j'ai lu votre plaidoyer en faveur des bêtes ; mais comment deux personnes si bien faites pour se comprendre ont-elles fini ? » (p. 85).

➻ Les fonctions et les rangs de la parole

Pour combler « la distance qui se trouve entre la parole et l'écrit », il s'agit donc de créer l'illusion d'une véritable conversation.

D'où la surabondance des dialogues à plusieurs niveaux :

– dialogues entre les « devisants[1] » dans le récit-cadre (la conversation de salon) ;

– dialogues insérés au style direct dans l'histoire proprement dite, utilisés par le narrateur pour donner plus de vivacité – et de vie – à son récit. Notons à ce titre qu'un tel narrateur assume la fonction archétypale de l'aède des poèmes homériques, chargé de « raconter une histoire » en alternant récit diégétique et discours mimétique.

L'auteur Balzac exploite ainsi toutes les fonctions du langage, telles qu'elles ont été définies par Jakobson : au-delà de la fonction référentielle fondamentale (les informations données par le récit), il ménage habilement les fonctions expressive (les opinions et les sentiments exprimés par le narrateur) et impressive (les impressions recherchées sur l'auditoire).

Les exemples abondent de remarques destinées à pointer, en particulier, l'effet d'impact mis en scène par le récit même. Ainsi le lecteur peut-il noter l'impact produit sur Bianchon lui-même par celui qui constitue son premier « conteur » (le notaire) dans l'histoire de *La Grande Bretèche* : « Monsieur, lui dis-je en terminant, vous m'avez si vivement impressionné, que je crois voir cette mourante plus pâle que ses draps » (p. 100). Ou encore l'intrusion du narrateur de « l'histoire du capitaine Bianchi » pour manifester le souci de ménager son auditoire tout en piquant sa curiosité : « *Corpo di Baccho !* – il jura un peu mieux que cela, mais il faut gazer le mot pour ces dames » (p. 119).

Quant à la technique narrative qui consiste à emboîter un récit dans un récit[2] – donc plusieurs conteurs à des rangs différents –, on en trouve un exemple particulièrement significatif dans l'organisation de *La Grande Bretèche* :

1. C'est le terme employé par Marguerite de Navarre pour l'*Heptaméron* dont Balzac reproduit la structure.

2. On appelle « digression », « récit à tiroirs » ou « récit enchâssé » les récits où la narration introduit des séquences de niveaux inférieurs, emboîtées dans un récit plus ample, dit récit-cadre (c'est le cas de l'*Heptaméron* de Marguerite de Navarre).

– dans toutes les versions de cette histoire, le docteur Bianchon assure le récit-cadre ;

– trois témoins successifs viennent en quelque sorte relayer la parole de Bianchon pour raconter l'histoire : le notaire, monsieur Regnault ; l'hôtesse de l'auberge, madame Lepas ; la servante Rosalie.

Ils constituent ces narrateurs de second rang dont Bianchon rapporte les paroles en les appuyant dans le sens évident de la théâtralité. Exemples tirés du discours du notaire : « Ah ! mon cher monsieur, si vous aviez vu, comme je la vis alors, cette vaste chambre tendue en tapisseries brunes, vous vous seriez cru transporté dans une véritable scène de roman. C'était glacial, et mieux que cela, funèbre, **ajouta-t-il en levant le bras par un geste théâtral et faisant une pause** » (p. 97) ; « — Ça, dit-il en me montrant l'arcade de ses yeux » (*ibid*).

On peut voir aussi comment, très habilement, Balzac pour « abréger » son récit fait basculer le troisième discours, celui de Rosalie, du statut de discours direct à celui de discours proprement « rapporté », puisqu'il est pris en charge par Bianchon lui-même, qui reprend ainsi son rôle de meneur de jeu – et de parole ! – tout en soulignant l'importance centrale de ce dernier témoignage. Celui qui donnera la clé de l'énigme, bien sûr !

« **Rosalie me paraissait située dans cette histoire romanesque comme la case qui se trouve au milieu d'un damier.** [...] Là-dessus, elle ragréa son foulard, et se posa comme pour conter ; car il y a, certes, une attitude de confiance et de sécurité nécessaire pour faire un récit. Les meilleures narrations se disent à une certaine heure, comme nous sommes là tous à table. Personne n'a bien conté debout ou à jeun. Mais s'il fallait reproduire fidèlement la diffuse éloquence de Rosalie, un volume entier suffirait à peine. Or, comme l'événement dont elle me donna la confuse connaissance se trouve placé, entre le bavardage du notaire et celui de madame Lepas, aussi exactement que les moyens termes d'une proportion arithmétique le sont entre leurs deux extrêmes, je n'ai plus qu'à vous le dire en peu de mots. **J'abrège donc** » (pp. 107-109).

Une technique narrative qui permet à l'auteur Balzac de ne pas lasser son lecteur, de précipiter le dénouement et d'en laisser l'effet de surprise (et donc le succès pour le conteur auprès de son auditoire) à son *alter ego*, le docteur Bianchon.

Les objectifs d'écriture

➻ **« L'école du désenchantement »**

Après l'irrésistible ascension et la déconfiture de l'Empire, les espoirs nés de la Restauration et de la Révolution de juillet 1830 débouchent sur un constat proprement désenchanté pour la jeune génération « romantique » qui attendait précisément « des lendemains qui chantent ». Balzac, qui avait cru pendant un temps que les journées de Juillet amèneraient au pouvoir une jeunesse trop longtemps écartée des affaires par une véritable gérontocratie, est profondément déçu, comme en témoignent avec acuité ses *Lettres sur Paris*, parues en 1830-1831 (en 1832, il adhérera au parti légitimiste).

« C'est dans les journaux que Balzac a fait ses gammes de romancier en pratiquant tous les genres de roman et c'est lui qui va lancer, comme signe de ralliement – car on "fabrique" de la notion littéraire –, cette expression qui deviendra un véritable slogan : **l'école du désenchantement**. On pourra vérifier cette expression dans son roman *La Peau de chagrin*, dans le roman de Stendhal *Le Rouge et le Noir* ou dans celui de Jules Janin *L'Âne mort et la Femme guillotinée* » (G. Gengembre, *op. cit.* in Bibliographie).

« À la source de l'"*École du désenchantement*" ainsi définie, une faillite, un *manque* fondamental et omniprésent : "La branche aînée a manqué au trône, les Chambres manquent à leur mission, les acheteurs aux marchands, les propriétaires manquent d'argent, le commerce manque [1]." [...] Mais c'est un désenchantement qui s'exprime avec la fougue, la violence et l'impertinence de la jeunesse, et sous des formes diverses selon le tempérament, l'histoire personnelle et les dons littéraires de chacun. Le conte, notamment le conte fantastique, la nouvelle, le proverbe dramatique, lui permettent

1. Balzac, *Lettres sur Paris,* 9 janvier 1831 (voir ci-dessus « Un titre / des titres »).

de s'inscrire dans des limites étroites, qui en renforcent la tonalité agressive et rendent plus percutant l'effet de choc auquel il se complaît » (Max Milner, préface des *Contes bruns*, *op. cit.* in Bibliographie).

Les « contes » qu'écrit Balzac à cette période, à la fois « bruns » et cruels, fantastiques et réalistes, reflètent donc avant tout un air du temps, « le génie de l'époque », que l'auteur des *Lettres de Paris*, on l'a vu, analyse comme « la senteur cadavéreuse d'une société qui s'éteint »[1].

Ainsi, la préface de *L'Élixir de longue vie* invite à lire ce conte « fantastique » comme une allégorie de la société moderne, dominée par l'avidité, le désir impatient des fils d'hériter des pères, des forts d'exploiter les faibles : « La société humaine, qui marche, à entendre quelques philosophes, dans une voie de progrès, considère-t-elle comme un pas vers le bien l'art d'attendre les trépas ? » (« Au lecteur », p. 34).

↠ Réveiller le goût d'une « civilisation si pâle, si décrépite »

Pour réveiller cette « société qui s'éteint », la littérature doit donc lui fournir les « spectacles terribles » d'un « âge poétique » nouveau et « peindre des choses inconnues à ceux qui n'en ont pas été les témoins », pour reprendre les termes prophétiques de Diderot[2].

On connaît l'analyse de Charles Nodier : « L'apparition des fables recommence au moment où finit l'empire de ces vérités réelles ou convenues qui prêtent un reste d'âme au mécanisme usé de la civilisation. Voilà ce qui a rendu le fantastique si populaire en Europe depuis quelques années, et ce qui en fait la seule littérature essentielle de l'âge de décadence ou de transition où nous sommes parvenus[3]. »

Balzac, qui, en cette fin d'année 1830, fréquente le salon de Nodier, directeur de la bibliothèque de l'Arsenal – ce repaire des romantiques depuis la première heure –, ne peut

1. *Ibid.*
2. In *Discours sur la poésie dramatique*, 1758.
3. Nodier, « Du fantastique en littérature », 1830. Voir p. 238.

que partager un tel point de vue. On constatera qu'il l'exprime avec humour par le biais de la discussion qui s'engage entre « gens du monde » après l'histoire du chevalier de Beauvoir[1] :

« Il faut des guerres civiles pour faire éclore des caractères semblables !... s'écria un avocat célèbre. Ces aventures où l'âme se déploie dans toute sa vigueur ne se rencontrent jamais dans la vie tranquille telle que la constitue **notre civilisation actuelle, si pâle, si décrépite**.

– Encore la civilisation !... répliqua un médecin, votre mot est placé !... Depuis quelque temps, poètes, écrivains, peintres, tout le monde est possédé d'une singulière manie. Notre société, selon ces gens-là, nos mœurs, tout se décompose et rend le dernier soupir. Nous vivons morts ; nous nous portons à merveille dans une agonie perpétuelle, et sans nous apercevoir que nous sommes en putréfaction. Enfin, à les entendre, nous n'avons ni lois, ni mœurs, ni physionomie, parce que nous sommes sans croyances. Il me semble cependant que, d'abord, nous avons tous foi en l'argent, et depuis que les hommes se sont attroupés en nations, l'argent a été une religion universelle, un culte éternel ; ensuite, le monde actuel ne va pas mal du tout. Pour quelques gens blasés qui regrettent de ne pas avoir tué une femme ou deux, il se rencontre bon nombre de gens passionnés qui aiment sincèrement. Pour n'être pas scandaleux, l'amour se continue assez bien, et ne laisse guère chômer que les vieilles filles... encore !... Bref ! les existences sont tout aussi dramatiques en temps de paix qu'en temps de troubles... Je vous remercie de votre guerre civile. Moi j'ai précisément assez de rentes sur le grand-livre pour aimer cette vie étroite, l'existence avec les soies, les cachemires, les tilburys, les peintures sur verre, les porcelaines, et toutes ces petites merveilles qui annoncent la dégénérescence d'une civilisation... »

Raconter des histoires cruelles – au sens étymologique de « saignantes » – et sublimes, c'est comme donner des alcools forts à des gens blasés dont le goût s'est émoussé. En quête de succès, Balzac livre plusieurs textes à la prestigieuse

1. Voir p. 121.

Revue de Paris, fondée par le docteur Véron, autre ambitieux débordant d'énergie. Il y conte notamment l'amour d'un jeune sculpteur pour un castrat dans l'ambiguë *Sarrasine*, l'horrible parricide d'un prince débauché dans le « frénétique » *Élixir de longue vie* et les amours d'un soldat et d'une panthère dans une bien étrange *Passion dans le désert*. Autant d'ingrédients sulfureux et provocants qui rencontrèrent un grand succès tout en choquant les habitudes d'un public blasé.

L'effet de choc est d'autant plus efficace qu'il est le plus souvent prodigué dans le cadre de réunions mondaines, dans ces salons distingués dont Balzac reproduit les conversations [1]. « Le contraste entre l'urbanité d'une société soi-disant policée et les histoires atroces qu'elle écoute avec délectation n'en est que plus apparent. [...] Malgré les dénégations de l'interlocuteur qui prend la défense du luxe et de la douceur de vivre [le médecin dans l'extrait cité ci-dessus], cette nostalgie d'une époque où la violence des passions n'était pas étouffée ou contrainte à des détours sournois exprime bien, du moins en partie, la vision du monde que Balzac partage avec Stendhal, avec Mérimée, et – il faut le croire – avec les nombreux lecteurs qui firent le succès de ces histoires fortement pimentées. [...] Ce sont les guerres de la Révolution et de l'Empire, présentes encore dans bien des mémoires, qui fournissent, pour l'essentiel, leur cadre aux récits balzaciens. Ces débordements de passion datent d'hier... d'hier ou même d'aujourd'hui, pour peu qu'entrent en jeu le sous-développement de la province, comme dans l'histoire du valet de ferme qui tue son maître par colère d'avoir été frustré du gilet promis en cadeau [2] [...]. On ne saurait mieux faire sentir que les forces dévastatrices qui menacent l'existence d'une société apparemment vouée aux jouissances honnêtes de l'enrichissement et du négoce ne sont peut-être qu'endormies » (Max Milner, *ibid.*).

1. Voir « Le pacte de lecture », ci-dessus, ainsi que le dossier « Quand Balzac réemploie Balzac », p. 249.
2. Voir *Le Gilet rouge*, p. 145.

➻ « Faire de l'atroce » ?

On sait que la publication de *L'Élixir de longue vie* dans la prestigieuse *Revue de Paris* marque une étape essentielle de la carrière de Balzac. Si ce conte « fantastique », voire « magico-frénétique », semble bien à la mode du temps, son auteur lui-même prend la précaution de marquer sa distance par rapport à un genre littéraire que les critiques appelleront « le premier fantastique », en prévenant son lecteur : « Ceci ne fut pas une de ces plaisanteries à la mode en 1830, époque à laquelle **tout auteur *faisait de l'atroce*** pour le plaisir des jeunes filles. Quand vous serez arrivé à l'élégant parricide de don Juan, essayez de deviner la conduite que tiendraient, en des conjonctures à peu près semblables, les honnêtes gens qui, au dix-neuvième siècle, prennent de l'argent à rentes viagères, sur la foi d'un catarrhe, ou ceux qui louent une maison à une vieille femme pour le reste de ses jours ? » (pp. 33-34).

Les critiques de son temps ont reproché à Balzac la lourdeur de son « fantasticisme » et l'horreur grotesque de la scène finale de *L'Élixir de longue vie* ; pourtant le lecteur moderne y trouvera cette « conception d'une sinistre et froide philosophie » que Balzac lui-même prêtait à Stendhal arrachant « le dernier lambeau d'humanité et de croyance » qui lui restait avec un « rire de démon, heureux de découvrir en chaque homme un abîme de personnalité où vont se perdre tous les bienfaits »[1].

Au fantastique débridé né du gothique anglais et des contes d'Hoffmann[2], Balzac préfère manifestement une forme de « réalisme » qui examine méthodiquement « l'homme social ». « Ce qui est fascinant chez Balzac, et que les préjugés ont longtemps occulté, c'est comment l'illusion des romans naît de grandes percées purement fantastiques, quasiment hallucinées. Des textes en général courts, dans une toute petite

1. Balzac, *Lettres sur Paris*, 9 et 18 janvier 1831 (voir « Un titre/des titres », ci-dessus).

2. Jules Janin, entre autres, s'est moqué de cette mode « fantastique » qui avait épuisé tous les types de héros hors normes :

poignée d'années, quand Balzac avait trente, trente-cinq ans[1]. »

En 1831, la préface que Philarète Chasles signe pour les *Romans et contes philosophiques* est inspirée par Balzac lui-même[2]. Elle exprime de manière fort éloquente « la mission » que s'est fixée « le conteur » par l'expression d'un imaginaire solidement enraciné dans l'histoire : « M. de Balzac a vu de quels éclatants dehors cette société valétudinaire s'enorgueillit, de quelles parures ce moribond se couvre, de quelle vie galvanique ce cadavre s'émeut et s'agite par intervalles, de quelle lueur phosphorique il scintille encore. Opposant au néant intérieur et profond du corps social cette agitation factice et cette splendeur funèbre, il a cru que la mission du conteur n'était pas finie et perdue ; qu'il y avait encore une magie dans ce contraste ; une féerie dans cette industrie créatrice de merveilles ; un intérêt dans le jeu cupide des ressorts sociaux, cachés sous de si beaux dehors, dans ce spectacle d'une société rendant le dernier soupir sous des rideaux de pourpre, d'argent et de soie. »

À société en crise, crise de la littérature ? À travers les récits balzaciens de ce recueil, c'est aussi une forme de désillusion et de pessimisme qui se donne à lire, un besoin toujours croissant de prendre ses distances par rapport à une narration exacerbée et « frénétique », de s'interroger sur le problème esthétique du « vrai » en littérature. Le « réalisme »

« Quant aux héros modernes, comme ils sont en très petit nombre, comme nous avons déjà passé à travers toutes les modifications de l'homme physique, blancs, noirs, poitrinaires, lépreux, forçats, bourreaux, vampires, et que je ne sache plus que les albinos, les castrats et les hydrophobes qui n'aient pas été exploités en grand, je demanderai aussi la licence à chacun, et ceci dans l'intérêt de l'art, d'emprunter en gros le héros de son voisin sans qu'il ait le droit de s'écrier : Je suis volé ! » (Jules Janin, *L'Âne mort et la Femme guillotinée*, préface de la première édition, 1829 ; voir p. 223).

1. François Bon, « Balzac, hommage. Lectures à voix haute », in *Regards*, n° 46, mai 1999.

2. Voir « Parcours critique », p. 240.

balzacien préfère les sujets touchants ou sublimes au « noir » extraordinaire et spectaculaire du roman gothique. Il puise dans l'actualité sociale et politique l'illusion d'une authenticité et d'une simplicité qui donnent à ses « contes » une force particulièrement étonnante et détonnante [1].

1. Voir « Le sublime » dans « Les thèmes clés », p. 205.

II - LIRE

Pour approfondir votre lecture, LIRE *vous propose une sélection commentée :*

- *de morceaux « classiques » devenus incontournables, signalés par ➻ (droit au but).*
- *d'extraits représentatifs de l'œuvre, signalés par ➳ (en flânant).*

• El Verdugo

➻ ***L'exécution de la famille Léganès*** de « Une heure après, cent des plus notables habitants... » à la fin.	pp. 28-31

On étudiera l'intensité dramatique d'une scène où la sobriété du style vient littéralement soutenir l'insoutenable.

Une seule tête roule : celle de Clara, aux pieds de celui qui l'aime. La métonymie du « sang » renvoie très symboliquement aux enfants dont les corps ne sont même pas évoqués.

On remarque que l'un des fils, Philippe, n'est pas rappelé et qu'une seule mort est racontée : le suicide de la mère.

La force du récit tient à son dépouillement, à sa linéarité et à son extrême simplicité.

• L'Élixir de longue vie

Présentation d'ensemble

Le titre

Le titre renvoie à la fiole et à son mystérieux contenu, censé favoriser le rajeunissement des corps et la résurrection. L'élixir, comme le philtre (*Tristan et Iseut*), le talisman (*La*

Peau de chagrin), renvoie au monde magique, souvent maléfique.

Balzac a pu s'inspirer du titre et du sujet traité par Hoffmann, dans *Les Élixirs du diable*, traduit par Cohen en 1829. Dans cet ouvrage, le héros, frère Médard, ne résiste pas au désir d'absorber l'élixir qui avait tenté saint Antoine, pour retrouver sa notoriété perdue :

« Quand je pénétrai dans la chambre des reliques, tout était calme et silencieux. J'ouvris le meuble, je saisis le coffret, la bouteille, et j'avais déjà bu une forte gorgée... Le feu coula dans mes veines et un sentiment ineffable de bien-être m'envahit ; je bus encore une fois, et la joie d'une nouvelle et brillante vie s'alluma en mon âme » (in *Romans terrifiants,* Bouquins, Robert Laffont, 1984).

Balzac aurait lu un conte paru dans la collection de l'Almanach du prosateur (1805), intitulé *L'Élixir d'immortalité*, qui pourrait avoir influencé et le titre et le thème de l'œuvre (Introduction de René Guise à *L'Élixir de longue vie*, Bibliothèque de la Pléiade, *op. cit. in Bibliographie). Dans ce texte, un père demande à son fils de l'enduire d'un onguent particulier, dans les dix heures qui suivent son décès, afin de le ressusciter. Le fils oublie, mais décide de profiter, son heure venue, du remède. Il a l'habileté d'expliquer à son propre fils que s'il observe les consignes, son corps se couvrira d'or. Le corps imprégné par le liquide se met à vivre et le jeune homme, pris de frayeur, laisse tomber la fiole.*

La structure

Elle est dominée par la répétition et la dualité.

- 2 épisodes : demande d'aide au fils, mort et résurrection partielle du père.
- 2 lieux : l'Italie et l'Espagne.
- 2 générations : père et fils.
- 2 pères, 2 fils.

2 scènes se répondent : la cérémonie religieuse finale et l'orgie initiale. Elles sont toutes deux habitées par le luxe et la luxure. Luxe du palais de Ferrare et luxure des courtisanes. Luxe de l'abbaye de San Lucar (« la splendeur des lampes d'or, des candélabres d'argent, des bannières, des glands, des

saints et des ex-voto, pâlissait devant la châsse où se trouvait don Juan » ; p. 62) et luxure des fidèles (« De ravissantes paysannes, dont les basquines dessinaient les formes amoureuses, donnaient le bras à des vieillards en cheveux blancs » ; p. 61).

Balzac a supprimé la division en deux chapitres : « I. Festin » et « II. Fin » qui établissait une coupure après « — Serait-il dans le secret ? se demanda don Juan en regardant le fidèle animal » (p. 50). Entre les deux parties, l'écrivain avait glissé un avertissement au lecteur qui deviendra la préface de l'actuelle édition. Les chapitres étaient accompagnés d'épigraphes constituées d'autocitations :

Chapitre I : « Pendant cette soirée, je vis un monsieur qui avait une tabatière sur laquelle était peint l'œil étincelant d'une maîtresse, morte à la fleur de l'âge, et dont il fut jadis adoré » (*Monographie de la vertu*, ouvrage inédit de l'auteur).

Chapitre II : « Toutes les fois que Languet, curé de Saint-Sulpice, passait devant un savant critique surnommé le dénicheur de saints, il le saluait avec respect, disant : J'ai toujours peur qu'il ne fasse un fripon de mon pauvre saint Sulpice » (*Monographie de la vertu*).

Enfin, Balzac a supprimé le dernier paragraphe, très caustique :

« Ce fut le premier religieux qui mourut bicéphale. Nous pouvons tirer de ce mythe plusieurs moralités intéressantes. D'abord... Mais... continuez sans l'auteur. »

L'édition définitive a tendu à effacer ou à minimiser la dimension antireligieuse de l'œuvre originale, liée à l'idéologie et à l'esthétique des années 1830.

Les thèmes

– Le parricide

« Dieu seul sait le nombre des **parricides** qui se commettent par la pensée ! » (*L'Élixir de longue vie*, dédicace au lecteur, p. 35).

Le texte propose deux affrontements entre père et fils qui s'achèvent par la mort du premier. Ni Bartholoméo, ni don Juan ne peuvent, malgré le philtre, empêcher la loi de succession des générations. On pourra étudier le même thème dans *El Verdugo*.

– L'anticléricalisme et l'athéisme

Atténués dans la version de 1846, par rapport à l'original de 1830, ils sont cependant présents. Don Juan brocarde jusqu'au bout la majesté divine : « Dieu, Dieu ! *Carajos demonios*, animaux, êtes-vous stupides avec votre Dieu-vieillard ! » (p. 64) ou « Imbécile, dis donc qu'il y a un Dieu ? » (p. 65).

L'abbé de San Lucar compte bénéficier de la sanctification de Belvidéro : « Lorsque le prieur contempla de ses yeux le miracle, il résolut d'en profiter en homme d'esprit et en abbé qui ne demandait pas mieux que d'augmenter ses revenus » (p. 60).

La dignité papale n'est pas épargnée : « Dans une débauche, La Rovère aurait pu se démentir et commenter l'Apocalypse » (p. 54).

Bartholoméo blasphème sans scrupule : « — Dieu, c'est moi, répliqua le vieillard en grommelant. » (p. 43)

– Le pouvoir de la pensée

La pensée est capable de tuer, comme l'indique l'introduction aux *Études philosophiques* rédigée par Davin en 1834 : « Voyez comme, dans *L'Élixir de longue vie*, l'idée d'hérédité devient meurtrière à son tour, et combien est acéré le poignard qu'elle met dans les mains des enfants. »

➺ ***Le substitut du Commandeur*** De « Les sept courtisanes de Ferrare... » à « — Monsieur, votre père se meurt »	pp. 37-38

Cette scène d'orgie initiale est à rapprocher du festin chez Taillefer au début de *La Peau de chagrin*. Elle constitue le contrepoint à la chambre obscure où agonise Bartholoméo. La description suggère le luxe : « vases d'or et d'argent », « coupes de vermeil ». De nombreuses expressions évoquent l'ivresse : « la fumée des vins », « noyée dans les derniers flots d'un vin pétillant », « les yeux s'hébétaient, et l'ivresse gagnait, selon l'expression de Rabelais, jusqu'aux sandales ».

L'entrée du serviteur introduit une rupture dans cette atmosphère de liesse et rappelle la statue du Commandeur. Le serviteur est âgé (« vieux domestique en cheveux blancs »), sa voix « creuse » évoque l'outre-tombe, ses paroles sont « sombres », il est associé à la mort par son message et l'image du « crêpe ». Son rôle de censeur est souligné par l'ambivalence de l'expression « flétrit d'un regard ». Le serviteur est bien l'envoyé de Dieu comme le confirme la référence biblique : « Et, comme au festin de Balthazar, Dieu se fit reconnaître. »

« L'œil était dans la tombe... » De « Il voyait un œil plein de vie... » à « Partout brillaient des yeux qui aboyaient après lui ! »	pp. 48-49

Don Juan vient de verser de l'élixir sur l'œil de son père ; d'un coup celui-ci rajeunit et s'anime d'une étonnante expressivité. Le héros paraît victime d'une hallucination visuelle et auditive.

- **Une passion dans le désert**

« Un océan sans bornes » De « Après avoir marché pendant quelque temps dans le sable... » à « ... il arma sa carabine... »	pp. 70-72

On étudiera la longue évocation des sables de l'Égypte. Balzac ne quitta jamais l'Europe : il s'est inspiré de lectures de récits de voyages alors très en vogue, mais aussi de ses propres impressions visuelles de ce que l'on pourrait appeler « un orientalisme breton ».

Pendant son séjour au Croisic avec Mme de Berny l'été précédent (1830), il y a vu les fameuses salines qu'il décrira dans *Béatrix* (1838-1845, in *Études de mœurs*, Ier livre, *Scènes de la vie privée*, aux tomes III-IV de *La Comédie humaine*, éd. Furne).

Cette technique typiquement balzacienne a pu être qualifiée de « réalisme au second degré ».

« Les sables noirâtres du désert s'étendaient à perte de vue dans toutes les directions, et ils étincelaient comme une lame d'acier frappée par une vive lumière. Il ne savait pas si c'était une mer de glace ou des lacs unis comme un miroir. Emportée par lames, une vapeur de feu tourbillonnait au-dessus de cette terre mouvante. Le ciel avait un éclat oriental d'une pureté désespérante, car il ne laisse alors rien à désirer à l'imagination. Le ciel et la terre étaient en feu. Le silence effrayait par sa majesté sauvage et terrible. L'infini, l'immensité, pressaient l'âme de toutes parts : pas un nuage au ciel, pas un souffle dans l'air, pas un accident au sein du sable agité par petites vagues menues ; enfin, l'horizon finissait, comme en mer quand il fait beau, par une ligne de lumière aussi déliée que le tranchant d'un sabre » (pp. 71-72).

📖 *Béatrix*

« On arrivait à la fin du mois d'août, le ciel était d'une pureté magnifique. À l'horizon, l'Océan avait, comme dans les mers méridionales, une teinte d'argent en fusion, et près du rivage papillotaient de petites vagues. Une espèce de fumée brillante produite par les rayons du soleil qui tombaient d'aplomb sur les sables, y produisait une atmosphère au moins égale à celle des tropiques. Aussi le sel fleurissait-il en petits œillets blancs à la surface des mares. Les courageux paludiers, vêtus de blanc précisément pour résister à l'action du soleil, étaient dès le matin à leur poste, armés de leurs longs râteaux, les uns appuyés sur les petits murs de boue qui séparent chaque propriété, regardant le travail de cette chimie naturelle, à eux connue dès l'enfance ; les autres jouant avec leurs petits gars et leurs femmes. Ces dragons verts, appelés douaniers, fumaient leurs pipes tranquillement. **Il y avait je ne sais quoi d'oriental dans ce tableau, car, certes, un Parisien subitement transporté là ne se serait pas cru en France**. Le baron et la baronne, qui avaient pris le prétexte de venir voir comment allait la récolte de sel, étaient sur la jetée admirant ce silencieux paysage où la mer faisait seule entendre le mugissement de ses vagues en temps égaux, où des barques sillonnaient la mer, et où la ceinture verte de la terre cultivée produisait un effet d'autant plus gracieux qu'il est excessivement rare sur les bords toujours désolés de l'Océan. »

☞ ***Mignonne, « sultane du désert »*** De « — Ah ! Mignonne, s'écria le soldat... » à la fin.	pp. 81-86

La panthère est l'un des quelques animaux qui reçoivent un nom dans *La Comédie humaine*, aux côtés de Mistigris, le chat de Mme Vauquer, de Pénélope, la jument fatiguée de Mlle Cormon dans *La Vieille Fille*, du Sultan d'Henri de Marsay (*La Fille aux yeux d'or*) et de l'Abd-el-Kader de Calyste du Guénic (*Béatrix*), qui sont des chevaux de race, de Prince, le lévrier de Michaud victime de sa gourmandise (*Les Paysans*).

Mais aucun n'est comme elle le protagoniste d'une aventure et l'objet d'une personnification, imposée par la nature ambiguë de l'anecdote. Un sujet sulfureux, traité alternativement avec pudeur et audace. Une belle formule finale : le désert, « c'est Dieu sans les hommes » à rapprocher de la marquise « pensive » de *Sarrasine* et de l'« infini » de *La Fille aux yeux d'or*.

On étudiera précisément les analogies flagrantes dans la description et le destin de Mignonne avec ceux de Paquita de *La Fille aux yeux d'or*.

Mignonne, ou l'éternel félin / féminin.

🕮 *Paquita, « la fille aux yeux d'or »*

« Elle vient quelquefois ici, c'est la *Fille aux yeux d'or*. Nous lui avons donné ce nom-là. C'est une jeune personne d'environ vingt-deux ans, et que j'ai vue ici quand les Bourbons y étaient, mais avec une femme qui vaut cent mille fois mieux qu'elle.

— Tais-toi, Paul ! Il est impossible à quelque femme que ce soit de surpasser cette fille semblable à une chatte qui veut venir frôler vos jambes, une fille blanche à cheveux cendrés, délicate en apparence, mais qui doit avoir des fils cotonneux sur la troisième phalange de ses doigts ; et le long des joues un duvet blanc dont la ligne, lumineuse par un beau jour, commence aux oreilles et se perd sur le col.

— Ah ! l'autre ! mon cher de Marsay. Elle vous a des yeux noirs qui n'ont jamais pleuré, mais qui brûlent ; des sourcils noirs qui se rejoignent et lui donnent un air de dureté démentie par le réseau plissé de ses lèvres, sur lesquelles un baiser ne reste pas, des lèvres ardentes et fraîches ; un teint mauresque auquel un homme se chauffe comme au soleil ; mais, ma parole d'honneur, elle te ressemble...

— Tu la flattes !

— Une taille cambrée, la taille élancée d'une corvette construite pour faire la course, et qui se rue sur le vaisseau marchand avec une impétuosité française, le mord et le coule bas en deux temps.

— Enfin, mon cher, que me fait celle que je n'ai point vue ! reprit de Marsay. Depuis que j'étudie les femmes, mon inconnue est la seule dont le sein vierge, les formes ardentes et voluptueuses m'aient réalisé la seule femme que j'aie rêvée, moi ! Elle est l'original de la délirante peinture, appelée *la femme caressant sa chimère,* la plus chaude, la plus infernale inspiration du génie antique ; une sainte poésie prostituée par ceux qui l'ont copiée pour les fresques et les mosaïques ; pour un tas de bourgeois qui ne voient dans ce camée qu'une breloque, et la mettent à leurs clefs de montre, tandis que c'est toute la femme, un abîme de plaisirs où l'on roule sans en trouver la fin, tandis que c'est une femme idéale qui se voit quelquefois en réalité dans l'Espagne, dans l'Italie, presque jamais en France. Hé ! bien, j'ai revu cette fille aux yeux d'or, cette femme caressant sa chimère, je l'ai revue ici, vendredi. Je pressentais que le lendemain elle reviendrait à la même heure. Je ne me trompais point. Je me suis plu à la suivre sans qu'elle me vît, à étudier cette démarche indolente de la femme inoccupée, mais dans les mouvements de laquelle se devine la volupté qui dort. Eh ! bien, elle s'est retournée, elle m'a vu, m'a de nouveau adoré, a de nouveau tressailli, frissonné. Alors j'ai remarqué la véritable *duègne* espagnole qui la garde, une hyène à laquelle un jaloux a mis une robe, quelque diablesse bien payée pour garder cette suave créature... Oh ! alors, la duègne m'a rendu plus qu'amoureux, je suis devenu curieux. Samedi, personne. Me voilà, aujourd'hui, attendant cette fille dont je suis la chimère et ne demandant pas mieux que de me poser comme le monstre de la fresque. »

(*Études de mœurs*, 3e livre, *Scènes de la vie parisienne*, t. 1, *Histoire des Treize*, 3. *La Fille aux yeux d'or*, éd. Furne, 1843)

• La Grande Bretèche

« Cette maison est une immense énigme » De « À une centaine de pas environ de Vendôme... » à « ... cette espèce de douleur monumentalisée. »	pp. 88-91

Un thème de prédilection du fantastique : la maison à « l'inquiétante étrangeté ».

Tous les ingrédients sont ici réunis :

– « Une invisible main a partout écrit le mot : *Mystère.* »

– « Cette maison, vide et déserte, est une immense énigme dont le mot n'est connu de personne. »

– « ... cette habitation encore debout, quoique lentement démolie par une main vengeresse, renfermait un secret, une pensée inconnue ».

– « Un soir j'y ai frissonné : le vent avait fait tourner une vieille girouette rouillée, dont les cris ressemblèrent à un gémissement poussé par la maison au moment où j'achevais un drame assez noir par lequel je m'expliquais cette espèce de douleur monumentalisée. »

– « La Grande Bretèche et ses hautes herbes, ses fenêtres condamnées, ses ferrements rouillés, ses portes closes, ses appartements déserts, se montra tout à coup **fantastiquement** devant moi. J'essayai de pénétrer dans cette mystérieuse demeure en y cherchant le nœud de cette solennelle histoire, le drame qui avait tué trois personnes » (p. 106).

– « “Ah ! mon cher monsieur, si vous aviez vu, comme

je la vis alors, cette vaste chambre tendue en tapisseries brunes, vous vous seriez cru transporté dans une véritable scène de roman. C'était glacial, et mieux que cela, funèbre", ajouta-t-il en levant le bras par un geste théâtral et faisant une pause » (p. 97).

– « Après avoir encore causé pendant un moment avec moi, mon hôtesse me laissa en proie à des pensées vagues et ténébreuses, à une curiosité romanesque, à une terreur religieuse assez semblable au sentiment profond qui nous saisit quand nous entrons à la nuit dans une église sombre où nous apercevons une faible lumière lointaine sous des arceaux élevés ; une figure indécise glisse, un frottement de robe ou de soutane se fait entendre... nous avons frissonné » (p. 106).

À comparer avec la description de maisons parisiennes :

– **le début de *La Maison du Chat-qui-pelote* (1842)**

« Au milieu de la rue Saint-Denis, presque au coin de la rue du Petit-Lion, existait naguère une de ces maisons précieuses qui donnent aux historiens la facilité de reconstruire par analogie l'ancien Paris. Les murs menaçants de cette bicoque semblaient avoir été bariolés d'hiéroglyphes. Quel autre nom le flâneur pouvait-il donner aux X et aux V que traçaient sur la façade les pièces de bois transversales ou diagonales dessinées dans le badigeon par de petites lézardes parallèles ? Évidemment, au passage de toutes les voitures, chacune de ces solives s'agitait dans sa mortaise. Ce vénérable édifice était surmonté d'un toit triangulaire dont aucun modèle ne se verra bientôt plus à Paris. Cette couverture, tordue par les intempéries du climat parisien, s'avançait de trois pieds sur la rue, autant pour garantir des eaux pluviales le seuil de la porte, que pour abriter le mur d'un grenier et sa lucarne sans appui. Ce dernier étage était construit en planches clouées l'une sur l'autre comme des ardoises, afin sans doute de ne pas charger cette frêle maison.

Par une matinée pluvieuse, au mois de mars, un jeune homme, soigneusement enveloppé dans son manteau, se tenait sous l'auvent de la boutique qui se trouvait en face de ce vieux logis, et paraissait l'examiner avec un enthousiasme d'archéologue. À la vérité, ce débris de la bourgeoisie du seizième siècle pouvait offrir à l'observateur plus d'un problème à résoudre. Chaque étage avait sa singularité. Au premier, quatre fenêtres longues, étroites, rapprochées l'une de l'autre, avaient des carreaux de bois dans leur partie inférieure, afin de produire ce jour douteux, à la faveur duquel un habile marchand prête aux étoffes la couleur souhaitée par ses chalands. Le jeune homme semblait plein de dédain pour cette partie essentielle de la maison, ses yeux ne s'y étaient pas encore arrêtés. »

– la masure décrite dans *Un épisode sous la Terreur* (1842)

« Le passant, immobile, contemplait cette maison, qui présentait en quelque sorte le type des misérables habitations de ce faubourg. Cette chancelante bicoque bâtie en moellons était revêtue d'une couche de plâtre jauni, si fortement lézardée, qu'on craignait de la voir tomber au moindre effort du vent. Le toit de tuiles brunes et couvert de mousse s'affaissait en plusieurs endroits de manière à faire croire qu'il allait céder sous le poids de la neige. Chaque étage avait trois fenêtres dont les châssis, pourris par l'humidité et disjoints par l'action du soleil, annonçaient que le froid devait pénétrer dans les chambres. Cette maison isolée ressemblait à une vieille tour que le temps oubliait de détruire. Une faible lumière éclairait les croisées qui coupaient irrégulièrement la mansarde par laquelle ce pauvre édifice était terminé ; tandis que le reste de la maison se trouvait dans une obscurité complète. »

Pour le côté fantastique (« Le silence que troublait à peine le bruit orageux des boulevards qui arrivait jusqu'à nous, la pureté de la nuit, tout contribuait à rendre cette scène vraiment *fantastique* », in *Facino Cane*, 1844), on rapprochera également ces descriptions des textes d'Edgar Poe et de Villiers de l'Isle-Adam dans les « Lectures croisées » (voir pp. 216-217).

Du fait de leur brièveté, les autres textes proposés dans notre recueil pourront chacun faire l'objet d'une étude complète.

Signalons tout particulièrement *Le Gilet rouge* et *Le Père du réfractaire* pour leur intensité dramatique et *Le Tic du mort* pour son côté humoristique.

• LES THÈMES CLÉS

✓ La mort

Dans toutes les histoires de notre recueil, la mort est omniprésente. Morts violentes (à l'exception de *La Femme du médecin* et du *Tic du mort*), morts cruelles qui font couler le sang et frissonner de terreur. Crimes et châtiments. Sous le signe du rouge et du noir.

Les circonstances couvrent toute la gamme de l'horreur :

– le cannibalisme (*Histoire du capitaine Bianchi*) ;

– le parricide et le fratricide (*El Verdugo*, *L'Élixir de longue vie*) ;

– l'exécution capitale (*Le Gilet rouge*, *Le Président Vigneron*) ;

– un amant emmuré (*La Grande Bretèche*) et des amants brûlés vifs (*La Maîtresse de notre colonel*) ;

– un paysan mort de faim (*Le Père du réfractaire*), une femme empoisonnée (*Le Grand d'Espagne*) et une panthère poignardée (*Une passion dans le désert*).

Images du corps en pièces : enfant mort-né arraché par morceaux du ventre de sa mère et bras coupé (*Le Grand d'Espagne*), cœur arraché (*Histoire du capitaine Bianchi*) et surtout têtes coupées, soit qu'elle se détache d'un cadavre de manière surnaturelle (*L'Élixir de longue vie*), soit qu'elles soient tranchées par un archaïque cimeterre (*El Verdugo*) ou par la moderne guillotine (*Le Président Vigneron*), soit encore qu'elle soit fendue en deux au cours d'un duel (*La Maîtresse de notre colonel*)[1].

1. Voir, dans « Lectures croisées », *Bourreaux et têtes coupées*, p. 221.

Dans cette panoplie de l'horreur, on remarquera que Balzac sait habilement ménager le sublime (voir ci-après) et jouer non sans humour de l'effet de contraste entre la sauvagerie de la mort violente et le pathétique de la mort acceptée dans le don de soi, comme le montre le commentaire inséré entre « Le président Vigneron » et « La femme du médecin » :

« Madame, [...] les criminels sont ordinairement des gens doués d'une organisation très puissante, en sorte qu'ils ont plus de chances que les malades affaiblis par de longues agonies pour dire de jolies choses. On les tue vivants, tandis que les malades meurent tués. Puis, chez certains hommes, l'âme est fortement excitée par l'attente du supplice, et ils rassemblent toutes leurs forces pour soutenir cet assaut. Il y a exaltation. Cependant, j'ai vu de belles morts particulières... Pour moi, la plus belle a été celle de la femme d'un célèbre médecin allemand, auquel j'étais fort attaché. Le tableau que cette scène nous offrit est toujours vif et coloré comme au moment où j'en fus témoin » (pp. 150-151).

✓ Le sublime

De tous ces épisodes atroces, se dégage une violence sauvage et muette qui atteint au sublime tant dans la mise en scène du crime que dans les sentiments qu'il inspire.

Selon son étymologie latine (*sublimis* signifie au sens propre « élevé en l'air »), le sublime est tout ce qui est grand et élevé, tant sur le plan moral, quand il s'applique à des actions, que sur le plan littéraire par la noblesse du style.

Sont sublimes toutes les formes du sacrifice, de l'abnégation, de l'héroïsme où surmontant la peur, la faim, la souffrance, l'homme se hausse au-dessus de l'animal, au péril de sa vie. Mais, à ce titre, sont sublimes aussi toutes les situations où « l'homme passe infiniment l'homme », pour reprendre une formule de Pascal[1], fussent-elles criminelles et terrifiantes.

« Tout ce qui est susceptible d'exciter d'une façon quel-

1. *Pensées* (éd. Brunschvicg, 434).

conque des idées de douleur ou de danger, c'est-à-dire tout ce qui est en quelque façon terrible, ou qui touche à des objets sensibles, ou qui agit d'une manière semblable à la terreur, est une source du sublime, c'est-à-dire est susceptible de produire la plus forte émotion que l'esprit soit capable de sentir » (Edmund Burke, *Enquête philosophique sur l'origine de nos idées du Sublime et du Beau*, 1757).

C'est précisément ce qui fascine Balzac dans ces « histoires » d'une violence inouïe (voir ci-dessus) où l'écrivain lui-même « ressent toutes les passions » : « il assassine, il comprend le meurtre, la tache de sang est sur son front. Le voilà criminel ; il conçoit le crime ; il l'appelle et le contemple[1]. »

Ainsi, dans chacun de nos « contes », le conteur excelle-t-il dans l'art d'exalter (*exaltare*, emporter vers le haut, en latin) littéralement son auditoire (et l'auteur ses lecteurs) en le soulevant par la force des émotions produites :

« Il y avait dans sa physionomie une sorte de sublimité qui imposait », commente le docteur Bianchon qui raconte la mort de « la femme du médecin » (p. 151).

« Ceci est tout bonnement sublime », s'exclame un auditeur encore sous l'effet produit par le dénouement du *Père du réfractaire*.

« L'abdication d'une mère est un acte épouvantable ou sublime ; ici, n'était-il pas sublime ? », s'enflamme un autre dans *Les Marana*, autre « drame espagnol » paru en même temps que *El Verdugo* dans les *Études philosophiques*.

Quant à la fin d'*El Verdugo*, précisément, où Juanito, meurtrier de toute sa famille, est « accablé sous le fardeau de son admirable forfait », elle offre une scène d'une intensité exceptionnelle dans le sublime. Quelque cinquante ans plus tard, celui qui deviendra le maître des « contes cruels », Villiers de l'Isle-Adam[2], admirait tellement l'affreux paradoxe du « parricide sublime » qu'il se plaisait à le raconter en révélant à la fin : « C'est du Balzac. »

1. Préface des *Romans et contes philosophiques* (1831) ; voir p. 171.
2. Voir *Contes cruels* dans « Lectures croisées », p. 217.

Souvent, ce sont des situations d'exception liées au contexte de la guerre qui produisent des faits divers sublimes, comme le font remarquer deux « devisants » pris dans la « conversation entre onze heures et minuit » des *Contes bruns* :

« Il y a de quoi frémir quand on songe aux malheurs, aux crimes qui sont commis à l'armée, à la suite des batailles, quand la méchanceté de tant de caractères méchants peut se déployer impunément !... reprit une dame.

— Oh ! dit un officier qui n'avait pas encore parlé de la soirée, les scènes de la vie militaire pourraient fournir des milliers de drames. Pour ma part, je connais cent aventures plus curieuses les unes que les autres. »

Le crime s'inscrit alors dans une forme d'héroïsme qui n'est pas sans rappeler la cruauté des batailles homériques et épiques : dans le tourbillon inhérent à la guerre, la bravoure et l'audace font perdre le sens des normes morales habituelles. C'est le cas de l'*Histoire du capitaine Bianchi* ; dans *Les Marana*, Balzac rappelle son horrible forfait tout en lui décernant un brevet « d'honneur chevaleresque » :

« Au siège de Tarragone, les Italiens perdirent leur célèbre capitaine Bianchi, le même qui, pendant la campagne, avait parié manger le cœur d'une sentinelle espagnole, et le mangea. Ce divertissement de bivouac est raconté ailleurs, et il s'y trouve sur le 6e de ligne certains détails qui confirment tout ce qu'on en dit ici. Quoique Bianchi fût le prince des démons incarnés auxquels ce régiment devait sa double réputation, il avait cependant cette espèce d'honneur chevaleresque qui, à l'armée, fait excuser les plus grands excès. Pour tout dire en un mot, il eût été, dans l'autre siècle, un admirable flibustier. »

On sait combien Balzac admire précisément ce qu'il appelle « des concentrations de volonté » parce qu'elles révèlent des capacités prodigieuses chez l'homme, fût-il le pire des criminels :

« Il eut cette maladie terrible, cette fièvre de liberté qui pousse les prisonniers à ces sublimes entreprises dont les prodigieux résultats nous semblent inexplicables, quoique réels, et que mon ami le docteur [...] attribuait sans doute à des forces inconnues, le désespoir de son analyse physiologique, mystère de la volonté humaine dont la profondeur épouvante la science » (*Histoire du chevalier de Beauvoir*).

C'est encore cette force sublime hors du commun qu'il est capable de débusquer jusque dans la misère la plus sordide :

« Nous ne faisons pas attention à des créatures qui fourmillent dans les rues de Paris, bien autrement poétiques, belles de misère, belles d'expression, sublimes créations, mais en guenilles » (*Une conversation entre onze heures et minuit*, in *Contes bruns*)[1].

Une formule qu'il reprendra presque mot pour mot, pour la développer, dans *Facino Cane* (1836) :

« Vous ne sauriez imaginer combien d'aventures perdues, combien de drames oubliés dans cette ville de douleur ! Combien d'horribles et belles choses ! L'imagination n'atteindra jamais au vrai qui s'y cache et que personne ne peut aller découvrir ; il faut descendre trop bas pour trouver ces admirables scènes ou tragiques ou comiques, chefs-d'œuvre enfantés par le hasard. Je ne sais comment j'ai si longtemps gardé sans la dire l'histoire que je vais vous raconter, elle fait partie de ces récits curieux restés dans le sac d'où la mémoire les tire capricieusement comme des numéros de loterie : j'en ai bien d'autres, aussi singuliers que celui-ci, également enfouis ; mais ils auront leur tour, croyez-le. »

On le voit, Balzac a un goût marqué pour ces « récits curieux » dont son imagination de « visionnaire » déborde. « Le gilet rouge » et « Le père du réfractaire » sont pour lui l'occasion d'exploiter le sublime « en guenilles », non plus dans les ruelles parisiennes, mais dans les campagnes tourangelles[2] :

« Ceci est tout bonnement sublime, reprit le médecin [voir p. 206] ; mais je crois que si les actions des paysans sont si complètes, si simplement belles, c'est que, chez eux, tout est naturel et sans art ; ils obéissent toujours au cri de la nature [...].

1. Voir « Le pacte de lecture », pp. 182-183.
2. Voir le dossier « Balzac et ses Mohicans », pp. 267-268.

— [...] Faut-il attribuer ce sentiment de vengeance immédiate à la vie sauvage que mènent les habitants des campagnes ? »

✓ Les passions

Avec la perspective de l'horreur et du sublime, toutes ces histoires sont à lire aussi comme « l'expérience des limites, des passions extrêmes » propre à l'œuvre balzacienne.

Ce que l'on a appelé « la science sociale » de Balzac « s'exerce précisément en récits et en descriptions qui font jaillir les signes, qui les animent comme autant d'atomes qui feraient la mobilité de la matière sociale. Il y a une sorte de "matérialisme" de l'inscription chez Balzac, qui découvre l'infinie profondeur – et variété – du concret.

Cela fait l'intérêt toujours renouvelé de la lecture de ces "Scènes" : donner la puissance de voir, de reconnaître, d'identifier, de distinguer, mais toujours dans le mouvement même des choses, dans ce "tourbillon" des énergies qui font la société moderne. L'univers social est "intimement" différencié, mais dans l'exercice d'une imagination qui peut le "modéliser" en actions multiples, et qui le fait flotter dans ses propres marges. L'expérience des limites, des passions extrêmes, les recherches de l'absolu sont ainsi profondément apparentées aux lois générales des conduites "ordinaires". Des récits comme *Adieu, Une passion dans le désert, La Peau de chagrin, La Recherche de l'Absolu, Le Chef-d'œuvre inconnu, La Fille aux yeux d'or,* et tant d'autres moments de *La Comédie humaine* qui emportent avec eux étrangeté, crime, perversions, mais aussi force, courage, énergie, douceur, etc., étendent le paysage et l'ordre des possibles. La panoplie des passions humaines en est extraordinairement élargie, et rendue saisissable. C'est poser que le monde concret des liens visibles (ou invisibles) entre les humains est la seule dimension désormais profondément intéressante. La "divine comédie" est vraiment devenue "comédie humaine" » (Jacques Neefs, « La science des riens », in *Magazine littéraire*, « Balzac », n° 373, février 1999).

Amour, haine et vengeance sont les ressorts de la plupart

de ces histoires « rouges et noires » dont *La Muse du département* reprend une partie[1] :

« Les femmes ne sont pas disposées à reconnaître une force à des êtres faibles, et la haine est une trop constante action pour ne pas être une force vive. En trouvant son mari profondément indifférent en amour, Dinah lui refusait la faculté de haïr.

— Ne confondez pas la haine et la vengeance, lui disait l'abbé, c'est deux sentiments bien différents, l'un est celui des petits esprits, l'autre est l'effet d'une loi à laquelle obéissent les grandes âmes. Dieu se venge et ne hait pas. La haine est le vice des âmes étroites, elles l'alimentent de toutes leurs petitesses, elles en font le prétexte de leurs basses tyrannies. »

Nombre des histoires de notre recueil sont donc aussi l'occasion de brosser des portraits de femmes, le plus souvent amoureuses et victimes (jusqu'à cette panthère si féminine que met en scène *Une passion dans le désert*). Une thématique chère à Balzac qui aime à constater que si « les hommes font les lois, les femmes font les mœurs » (*Anatomie des corps enseignants*, 1842).

À la femme revient le rôle de moteur d'une action le plus souvent provoquée par la trahison, la jalousie et la soif de vengeance. De quoi méditer sur « les replis du cœur », comme en témoignent les conversations dans *Autre étude de femme* :

« Le souvenir d'une de ces soirées m'est plus particulièrement resté, moins à cause d'une confidence où l'illustre de Marsay mit à découvert un des replis les plus profonds du cœur de la femme, qu'à cause des observations auxquelles son récit donna lieu sur les changements qui se sont opérés dans la femme française depuis la triste révolution de juillet. [...]

— Quand la jalousie est vraie, dit de Marsay en s'interrompant, elle est le signe évident d'un amour unique...

— Pourquoi ? demanda vivement la princesse de Cadignan.

— L'amour unique et vrai, dit de Marsay, produit une

1. Voir le dossier « Quand Balzac réemploie Balzac », p. 250.

sorte d'apathie corporelle en harmonie avec la contemplation dans laquelle on tombe. L'esprit complique tout alors, il se travaille lui-même, se dessine des fantaisies, en fait des réalités, des tourments ; et cette jalousie est aussi charmante que gênante. [...] Supprimez la vengeance, la trahison n'est plus rien en amour. »

L'adultère, en particulier, est la cause de terribles châtiments (*La Grande Bretèche*, *La Maîtresse de notre colonel*, *Le Grand d'Espagne*). Un sujet dont la littérature se repaît et qui divise les opinions, comme en témoignent cette fois les conversations dans *La Muse du département* :

« Les Parisiens ne croient à rien, dit le Procureur du Roi d'un ton amer. La vertu des femmes est surtout mise en question avec une effrayante audace. Oui, depuis quelque temps, les livres que vous faites, messieurs les écrivains, vos revues, vos pièces de théâtre, toute votre infâme littérature repose sur l'adultère... [...]

— Où voulez-vous en venir, monsieur ? dit le Procureur du Roi [à Lousteau].

— À l'adultère ! Ainsi, monsieur, un bouddhiste en fumant sa pipe peut parfaitement dire que la religion des chrétiens est fondée sur l'adultère ; comme nous croyons que Mahomet est un imposteur, que son Coran est une réimpression de la Bible et de l'Évangile, et que Dieu n'a jamais eu la moindre intention de faire, de ce conducteur de chameaux, son prophète. »

✓ L'exotisme

Dans les choix de sujets comme dans les procédés d'écriture, on peut distinguer deux formes d'exotisme : un exotisme stéréotypé associé à des pays étrangers (Espagne, Italie, Afrique) et un exotisme « à la française », beaucoup plus personnel chez Balzac.

Il faut remarquer que dans les conversations de salon du temps, l'exotisme est une mode dont Balzac lui-même aime bien se moquer, comme on peut le voir dans cet extrait d'un article paru dans *La Mode* du 20 novembre 1830 :

« Pendant ce temps, la lecture continue et les mots interrupteurs commencent à se faire jour. À quel genre, à quelle époque appartient la poésie dont on vous enivre ? Les filles de Grenade avec la sérénade et la promenade vous apprennent-elles les détours de l'Alhambra et les délices des bois d'orangers :

— Oh ! que c'est mauresque ! dit celui-ci.

— Oh ! que c'est Afrique ! s'écrie celui-là.

— Et Espagne en même temps ! ajoute un autre.

— Il y a des minarets dans ce vers !

— C'est tout Grenade !

— C'est tout l'Orient !

Ma parole d'honneur la plus sacrée, on a dit devant moi, à propos d'Afrique et d'Espagne : — C'est tout l'Orient. »

On retrouvera donc dans nos « histoires » divers procédés stéréotypés pour faire « couleur locale ». Quelques exemples avec l'Espagne, dont la mode bat alors son plein[1], comme en témoigne *Le Théâtre de Clara Gazul* (1825) de Mérimée bien avant sa *Carmen* (1845) :

– *El Verdugo* :

« C'était une véritable Espagnole : elle avait le teint espagnol, les yeux espagnols, de longs cils recourbés, et une prunelle plus noire que ne l'est l'aile d'un corbeau » (p. 25).

– *Le Grand d'Espagne* :

« Elle avait cette admirable taille qui a fait créer ce mot de *meného* dans la langue espagnole ; quoique pâle, elle était belle encore ; son teint, par un privilège inouï pour une Espagnole, éclatait de blancheur ; mais son regard, plein du soleil de l'Espagne, tombait sur vous comme un jet de plomb fondu » (p. 164).

On pourra comparer l'humour implicite du cliché avec celui de Jules Barbey d'Aurevilly évoquant à son tour le type espagnol dans *La Vengeance d'une femme* (1874) :

« Vous êtes Espagnole ? – fit Tressignies, qui venait de reconnaître un des plus beaux types de cette race.

— Si, répondit-elle.

1. Rappelons que si *El Verdugo* est « un drame espagnol » paru le 28 janvier 1830, cette année est aussi celle de la fameuse bataille d'*Hernani* (25 février), autre histoire espagnole de résistance à l'oppresseur !

Être Espagnole, à cette époque-là, c'était quelque chose ! C'était une valeur sur la place. Les romans d'alors, le théâtre de Clara Gazul, les poésies d'Alfred de Musset, les danses de Mariano Camprubi et de Dolorès Serral, faisaient excessivement priser les femmes orange aux joues de grenade, – et qui se vantait d'être Espagnole ne l'était pas toujours, mais on s'en vantait. »

On notera enfin que le type espagnol se décline aussi au masculin ! Tout comme le type italien (voir la description du colonel italien dans *La Maîtresse de notre colonel*, p. 131).

– *La Grande Bretèche* :

« C'était un beau jeune homme pour un Espagnol qu'on dit tous laids. Il n'avait guère que cinq pieds deux ou trois pouces, mais il était bien fait ; il avait de petites mains qu'il soignait, ah ! fallait voir. Il avait autant de brosses pour ses mains qu'une femme en a pour toutes ses toilettes ! Il avait de grands cheveux noirs, un œil de feu, un teint un peu cuivré, mais qui me plaisait tout de même » (pp. 103-104).

Face à ces clichés que Balzac visiblement ne prend guère au sérieux, l'évocation du désert égyptien dans *Une passion dans le désert* offre un tableau beaucoup plus intéressant. Or on sait que Balzac ne quitta jamais l'Europe : il s'est donc inspiré de lectures de récits de voyages, mais aussi de ses propres impressions visuelles, dans le cadre de ce que l'on pourrait appeler « un orientalisme breton » (voir le rapprochement avec *Béatrix*, p. 198).

Cependant, l'exotisme est aussi là où on ne l'attend pas nécessairement. Ainsi dans *La Grande Bretèche*, « Le gilet rouge » et « Le père du réfractaire », Balzac évoque-t-il une Touraine mythique, terre de passion et de violence. Terre natale pour l'auteur, terre exotique pour un Parisien[1].

1. Voir le dossier « Balzac et ses Mohicans », p. 267.

III - POURSUIVRE

• LECTURES CROISÉES

➲ Contes cruels

La lecture de plusieurs de ces contes « cruels » où le réalisme de Balzac donne à voir une forme de « fantastique » – au sens étymologique d'un produit de la fantaisie qui sort des normes habituelles – souvent macabre pourra donner lieu à divers rapprochements avec des auteurs représentant ce que l'on a appelé un « second fantastique [1] » : Edgar Poe, pratiquement contemporain de Balzac, Villiers de l'Isle-Adam et Maupassant, qui appartiennent tous deux à la génération suivante des « conteurs » français.

Edgar Allan Poe (1809-1849)

Les « histoires extraordinaires » de l'Américain Edgar Poe, traduites en français par Charles Baudelaire en 1856-1857, inaugurent un nouveau fantastique, où la folie et la mort deviennent des thèmes obsessionnels. De nombreux récits évoquent des crimes commis pour des mobiles variés (cupidité, désir de vengeance, pulsions meurtrières incontrôlées), comme *Le Chat noir* et *Le Cœur révélateur* [2], où Poe imagine des histoires de corps emmurés que l'on pourra mettre en relation avec le terrible épisode de *La Grande Bretèche* (voir p. 114).

1. Par opposition au « premier fantastique », celui des romans noirs anglais et des contes d'Hoffmann (voir « "Faire de l'atroce" ? » dans « Les objectifs d'écriture », p. 190).

2. Ces deux « histoires », ainsi que *La Chute de la Maison Usher*, se trouvent dans les *Nouvelles histoires extraordinaires*, Pocket Classiques n° 6050.

Nous retiendrons ici le début de *La Chute de la Maison Usher* (parue en 1839) qui présente une demeure énigmatique – « C'était un mystère tout à fait insoluble » : une description à comparer avec celle que Balzac fait précisément de la Grande Bretèche, cette « vieille maison brune » abandonnée sur laquelle « une invisible main a partout écrit le mot : *Mystère* » (voir pp. 88-89).

📖 *La Chute de la Maison Usher*

« Pendant toute la journée d'automne, journée fuligineuse, sombre et muette, où les nuages pesaient lourd et bas dans le ciel, j'avais traversé seul et à cheval une étendue de pays singulièrement lugubre et, enfin, comme les ombres du soir approchaient, je me trouvai en vue de la mélancolique Maison Usher. Je ne sais comment cela se fit, – mais, au premier coup d'œil que je jetai sur le bâtiment, un sentiment d'insupportable tristesse pénétra mon âme. Je dis insupportable, car cette tristesse n'était nullement tempérée par une parcelle de ce sentiment dont l'essence poétique fait presque une volupté, et dont l'âme est généralement saisie en face des images naturelles les plus sombres de la désolation et de la terreur. Je regardais le tableau placé devant moi et, rien qu'à voir la maison et la perspective caractéristique de ce domaine, – les murs qui avaient froid, – les fenêtres semblables à des yeux distraits, – quelques bouquets de joncs vigoureux, – quelques troncs d'arbres blancs et dépéris, – j'éprouvais cet entier affaissement d'âme, qui, parmi les sensations terrestres, ne peut se mieux comparer qu'à l'arrière-rêverie du mangeur d'opium, – à son navrant retour à la vie journalière, – à l'horrible et lente retraite du voile. C'était une glace au cœur, un abattement, un malaise, – une irrémédiable tristesse de pensée qu'aucun aiguillon de l'imagination ne pouvait raviver ni pousser au grand. Qu'était donc, – je m'arrêtai pour y penser –, qu'était donc ce je ne sais quoi qui m'énervait ainsi en contemplant la Maison Usher ? C'était un mystère tout à fait insoluble, et je ne pouvais pas lutter contre les pensées ténébreuses qui s'amoncelaient sur moi pendant que j'y réfléchissais. Je fus forcé de me rejeter dans cette conclusion peu satisfaisante, qu'il existe des combinaisons d'objets naturels très simples qui ont la puissance de nous affecter de cette sorte, et que l'analyse de cette puissance gît dans des considérations où nous perdrions pied. Il était possible, pensais-je, qu'une simple différence dans l'arrangement des matériaux de la décoration, des détails du tableau, suffît pour modifier, pour annihiler peut-être cette puissance d'impression douloureuse ; et, agissant d'après cette idée, je conduisis mon cheval vers le bord escarpé d'un noir et lugubre étang, qui, miroir immobile, s'étalait devant le bâtiment ; et je regardai – mais avec un frisson plus pénétrant encore que la première fois – les images répercutées et renversées des joncs grisâtres, des troncs d'arbres sinistres, et des fenêtres semblables à des yeux sans pensée. »

Auguste, comte de Villiers de l'Isle-Adam (1838-1889)

Dans ce récit, écrit en 1867 et qui fait partie du recueil des *Contes cruels* (1883), où Villiers de l'Isle-Adam s'inspire de l'univers de Poe et de Baudelaire, on pourra retrouver le thème « fantastique » de la demeure à « l'inquiétante étrangeté ».

📖 *L'Intersigne*

« Était-ce bien la maison que j'avais vue tout à l'heure ? Quelle ancienneté me dénonçaient, maintenant, les longues lézardes, entre les feuilles pâles ? – Cette bâtisse avait un air étranger ; les carreaux illuminés par les rayons d'agonie du soir brûlaient d'une lueur intense ; le portail hospitalier m'invitait avec ses trois marches ; mais, en concentrant mon attention sur ces dalles grises, je vis qu'elles venaient d'être polies, que des traces de lettres creusées y restaient encore, et je vis bien qu'elles provenaient du cimetière voisin, – dont les croix noires m'apparaissaient, à présent, de côté, à une centaine de pas. Et la maison me sembla changée à donner le frisson, et les échos du lugubre coup du marteau, que je laissai retomber, dans mon saisissement, retentirent, dans l'intérieur de cette demeure, comme les vibrations d'un glas. »

Guy de Maupassant (1850-1893)

De nombreux « contes » de Maupassant témoignent du sous-développement des campagnes, de l'exclusion des faibles et de la misère des « gueux ». Ce que Balzac nommait déjà « l'immobilité d'une population vouée aux pratiques d'une immémoriale routine » (*Les Chouans* ; voir « Balzac et ses Mohicans », p. 267). À ce titre, on pourra rapprocher le destin pitoyable et exemplaire du valet de ferme criminel du *Gilet rouge* (p. 145), ou des misérables paysans du *Père du réfractaire* dont le fils meurt de faim (p. 141), du mendiant estropié que Maupassant met en scène dans *Le Gueux* – et qui lui aussi meurt de faim (texte paru dans le *Gaulois* du 9 mars 1884, puis dans les *Contes du Jour et de la Nuit* en 1885).

🕮 *Le Gueux*

Ce conte a pour héros un mendiant boiteux surnommé Cloche qui traîne une vie misérable, « saisi d'une peur vague de l'inconnu, d'une peur de pauvre qui redoute confusément mille choses, les visages nouveaux, les injures, les regards soupçonneux des gens qui ne le connaissaient pas, et les gendarmes qui vont deux par deux sur les routes et qui le faisaient plonger, par instinct, dans les buissons ou derrière les tas de cailloux ».

Tenaillé par la faim, Cloche tue une poule. Un « crime » qui lui vaut d'être arrêté et emprisonné.

Voici quelques extraits du texte de Maupassant, ainsi que sa « chute », que l'on pourra mettre en relation avec l'écriture de Balzac (voir p. 181).

« [...] C'était en décembre, un vent froid courait sur les champs, sifflait dans les branches nues et les nuages galopaient à travers le ciel bas et sombre, se hâtant on ne sait où. L'estropié allait lentement, déplaçant ses supports l'un après l'autre d'un effort pénible, en se calant sur la jambe tordue qui lui restait, terminée par un pied bot et chaussé d'une loque.

De temps en temps, il s'asseyait sur le fossé et se reposait quelques minutes. La faim jetait une détresse dans son âme confuse et lourde. Il n'avait qu'une idée : "manger", mais il ne savait par quel moyen. [...]

Il attendait on ne sait quoi, de cette vague attente qui demeure constamment en nous. Il attendait au coin de cette cour, sous le vent glacé, l'aide mystérieuse qu'on espère toujours du ciel ou des hommes, sans se demander comment, ni pourquoi, ni par qui elle lui pourrait arriver. [...]

"En route !" dit le brigadier. Il marcha. Tout le personnel de la ferme le regardait partir. Les femmes lui montraient le poing ; les hommes ricanaient, l'injuriaient : on l'avait pris enfin ! Bon débarras.

Il s'éloigna entre ses deux gardiens. Il trouva l'énergie désespérée qu'il lui fallait pour se traîner encore jusqu'au soir, abruti, ne sachant seulement plus ce qui lui arrivait, trop effaré pour rien comprendre.

Les gens qu'on rencontrait s'arrêtaient pour le voir passer, et les paysans murmuraient : "C'est quéque voleux !"

On parvint, vers la nuit, au chef-lieu du canton. Il n'était jamais venu jusque-là. Il ne se figurait pas vraiment ce qui se passait, ni ce qui pouvait survenir. Toutes ces choses terribles, imprévues, ces figures et ces maisons nouvelles le consternaient.

Il ne prononça pas un mot, n'ayant rien à dire, car il ne comprenait plus rien. Depuis tant d'années d'ailleurs qu'il ne parlait à personne, il avait à peu près perdu l'usage de sa langue ; et sa pensée aussi était trop confuse pour se formuler par des paroles.

On l'enferma dans la prison du bourg. Les gendarmes ne pensèrent pas qu'il pouvait avoir besoin de manger, et on le laissa jusqu'au lendemain.

Mais, quand on vint pour l'interroger, au petit matin, on le trouva mort, sur le sol. Quelle surprise ! » (fin de la nouvelle).

Avec *Le Tic du mort*, on a vu comment Balzac maniait l'humour macabre (p. 139). Un thème et un procédé d'écriture que l'on pourra aussi mettre en parallèle avec un autre conte de Maupassant intitulé *Auprès d'un mort* (texte paru dans *Gil Blas* du 30 janvier 1883).

📖 *Auprès d'un mort*

C'est ici le dentier du philosophe allemand Arthur Schopenhauer (1788-1860) qui constitue l'objet insolite d'un conte « fantastique ».

« [...] Schopenhauer venait de mourir et il fut décidé que nous le veillerions tour à tour, deux par deux, jusqu'au matin.

Il était couché dans une grande chambre très simple, vaste et sombre. Deux bougies brûlaient sur la table de nuit. [...]

La figure n'était point changée. Elle riait. Ce pli que nous connaissions si bien se creusait au coin des lèvres, et il nous semblait qu'il allait ouvrir les yeux, remuer, parler. Sa pensée ou plutôt ses pensées nous enveloppaient ; nous nous sentions plus que jamais dans l'atmosphère de son génie, possédés par lui. Sa domination nous semblait même plus souveraine maintenant qu'il était mort. Un mystère se mêlait à la puissance de cet incomparable esprit. [...]

“Il me semble qu'il va parler”, dit mon camarade. Et nous regardions, avec une inquiétude touchant à la peur, ce visage immobile et riant toujours.

Peu à peu, nous nous sentions mal à l'aise, oppressés, défaillants. Je balbutiai :

“Je ne sais pas ce que j'ai, mais je t'assure que je suis malade.” [...]

Tout à coup un frisson nous passa dans les os : un bruit, un petit bruit était venu de la chambre du mort. Nos regards furent aussitôt sur lui et nous vîmes, oui, monsieur, nous vîmes parfaitement, l'un et l'autre, quelque chose de blanc courir sur le lit, tomber à terre sur le tapis, et disparaître sous un fauteuil.

Nous fûmes debout avant d'avoir eu le temps de penser à rien, fous d'une terreur stupide, prêts à fuir. Puis nous nous sommes regardés. Nous étions horriblement pâles. Nos cœurs battaient à soulever le drap de nos habits. Je parlai le premier :

“Tu as vu ?...

— Oui, j'ai vu.

— Est-ce qu'il n'est pas mort ?

— Mais puisqu'il entre en putréfaction ?

— Qu'allons-nous faire ?”

Mon compagnon prononça en hésitant : “Il faut aller voir.”

Je pris notre bougie et j’entrai le premier, fouillant de l’œil toute la grande pièce aux coins noirs. Rien ne remuait plus ; et je m’approchai du lit. Mais je demeurait saisi de stupeur et d’épouvante : Schopenhauer ne riait plus ! Il grimaçait d’une horrible façon, la bouche serrée, les joues creusées profondément. Je balbutiai : “Il n’est pas mort !”

Mais l’odeur épouvantable me montait au nez, me suffoquait. Et je ne remuais plus, le regardant fixement, effaré comme devant une apparition.

Alors mon compagnon, ayant pris l’autre bougie, se pencha. Puis il me toucha le bras sans dire un mot. Je suivis son regard, et j’aperçus à terre, sous le fauteuil à côté du lit, tout blanc sur le sombre tapis, ouvert comme pour mordre, le râtelier de Schopenhauer.

Le travail de la décomposition, desserrant les mâchoires, l’avait fait jaillir de la bouche. »

➲ Bourreaux et têtes coupées

Entretenue par les souvenirs de l’Inquisition espagnole et ceux, beaucoup plus proches, de la Révolution française, la figure du bourreau est très à la mode dans la première moitié du XIXe siècle. Dans la panoplie romanesque comme dans l’imaginaire collectif, elle a pour corollaires des scènes de décapitation et de guillotine où le macabre rivalise avec le sublime (voir « Les thèmes clés », pp. 204-205).

La mort fascine, on le sait : « C’est beau, n’est-ce pas, un homme qui meurt » ; cette exclamation prononcée au pied de l’échafaud par Callemin (20 avril 1913), le fameux « Raymond la Science » de la Bande à Bonnot, éclaire peut-être mieux que toute réflexion savante sur les véritables motivations des lecteurs / voyeurs de scènes d’exécution capitale.

🕮 Prosper Mérimée, *Le Théâtre de Clara Gazul* (1825)

Dans les six pièces publiées sous le titre *Le Théâtre de Clara Gazul, comédienne espagnole*, on retiendra deux exemples significatifs où Mérimée, qui joue sur la mode espagnole du moment, exploite la figure du bourreau et la scène de la décapitation.

• ***Inès Mendo, ou le Préjugé vaincu***

En raison d'une loi qui le force à prendre le métier de son père, Mendo doit devenir le bourreau du village. Il confie au curé de Monclar son angoisse à l'idée d'exercer cette profession :

« Toutes les nuits, le même rêve me réveille en sursaut. Je me vois au milieu de la place du marché, à mes pieds est un jeune homme, les yeux bandés, les mains jointes, en prière. L'alcade me présente la hache et me dit : Frappe !... » (scène I)

• ***Une femme est un diable, ou la Tentation de saint Antoine***

Dans cette « tragi-comédie », Maria, dite Mariquita, est tombée aux mains du redoutable inquisiteur Antonio.

« SCÈNE PREMIÈRE – *Une salle de l'Inquisition à Grenade. À droite, trois sièges (celui du milieu plus élevé) sur une estrade tendue de noir. Dans le fond, on aperçoit très confusément quelques instruments de torture. Au bas de l'estrade est une table avec une chaise pour le greffier. Le théâtre n'est éclairé que faiblement.*

[...]

ANTONIO – Maria !

MARIQUITA, [*s'éloignant avec effroi*]. – Seulement un quart d'heure encore !

ANTONIO – Maria... je suis à toi... tout à toi... je ne suis plus l'inquisiteur... je suis Antonio... je veux être...

MARIQUITA, *de même*. – Mon bourreau ! vous êtes mon bourreau !

ANTONIO – Non, non... pas ton bourreau... ton ami... nous ne serons qu'un corps et qu'une âme... Soyons comme Adam et Ève.

MARIQUITA, *s'approchant*. – Comment ! mon père, vous mon amant !

ANTONIO – Amant, amant ! oui, ton amant ! aimons-nous toujours. »

📖 **Jules Janin, *L'Âne mort et la Femme guillotinée* (1829)**

– *Tête coupée :*

« Je lui racontai l'histoire d'une tête coupée dans le sérail et le grand seigneur montrant à un peintre français comment les veines d'un homme décapité se resserrent au lieu de se dilater. Avant ce grand seigneur, tous les peintres qui avaient fait la décollation de saint Jean-Baptiste, Poussin lui-même, en avaient donc outrageusement menti. D'où il suit qu'avant de parler d'une chose, il faut la voir. Vous parlez d'un mort, allez à l'amphithéâtre ; d'un cadavre, il faut le déterrer ; des vers qui le rongent, il faut l'ouvrir » (préface de la première édition).

– *La guillotine :*

« J'aperçus une large machine que je ne connaissais pas. Elle se composait d'une longue estrade en chêne, une légère barrière l'entourait de deux côtés, sur le derrière s'appuyait un escalier, sur le devant s'élevaient deux larges poutres menaçantes, chacune d'elles avait une rainure au milieu ; tout au bas, l'estrade se terminait brusquement par une planche taillée au milieu en forme de collier ; cette planche était mobile... » (chapitre XXIV).

– *La guillotinée :*

Le narrateur a payé le bourreau pour récupérer le corps d'une jeune femme qui vient d'être guillotinée.

« Je payai comme s'il n'y eût pas eu d'erreur. Puis je fis l'inventaire de la corbeille rouge, le valet l'ouvrit : il en sortit d'abord une tête blanche, les cheveux coupés et tranchés comme par un rasoir ; la bouche s'était contractée horriblement, la convulsion avait été si forte que les mâchoires n'étaient plus parallèles ; de sorte que cette bouche, jadis si gracieuse, était fermée d'un côté et horriblement ouverte de l'autre.

“Malheureuse ! Elle a dû bien souffrir !

— Mais, pas absolument, me répondit le second valet, qui tenait le haut de l'enveloppe, nous avons eu pour elle mille égards ; dès qu'elle nous a été livrée, nous l'avons fait asseoir un instant, puis nous l'avons portée jusqu'à sa voiture, et je vous assure que c'était un fardeau bien léger.

— Vous l'avez portée, et comment était-elle, je vous prie ?

— Fort belle, en vérité ! Elle avait obtenu du geôlier la permission de s'habiller à son gré. Elle portait une robe de laine noire dont le haut se terminait à ses épaules, un petit fichu de crêpe couvrait son cou ; cette femme avait les épaules et le col très bien.

— Ajoute aussi qu'elle avait des mains charmantes, reprit l'autre valet ; c'est moi qui les ai attachées ; des mains douces et faites au tour : à tout prendre c'était une belle créature.

— Et cependant cette belle créature, vous l'avez tuée impitoyablement...

— Nous avons fait pour elle tout ce que nous pouvions, reprit le premier valet, nous l'avons soutenue, nous lui avons caché l'échafaud : aussi est-elle morte avec honneur.

— Et, avant de mourir, n'a-t-elle demandé personne ?

— Personne ! Seulement en sortant, elle a regardé plusieurs fois autour d'elle d'un air inquiet et comme si elle s'attendait à trouver une connaissance dans la foule.

— Oui, reprit l'autre ; et quand elle n'a vu personne, elle a dit tout bas : Charlot ! Puis elle a poussé un profond soupir, et je n'ai pu m'empêcher de rire quand j'ai vu mon maître se retourner au nom de Charlot : il croyait qu'on l'appelait."

Je mis fin à la conversation : "Laissez-moi, laissez-moi, leur dis-je, donnez-moi le corps, et partez."

Le corps était sorti à moitié du panier rouge, l'autre moitié en fut tirée... toute nue ! Le fossoyeur approcha la bière : "Maître, dit-il, je reviens dans un instant, je vais boire la goutte et je reviens."

Alors je retirai mon linceul : je pris la tête, je l'ensevelis dans la taie d'oreiller ; puis le corps. Sylvio, qui était là, me prêta son aide. Nous entourâmes le corps de la chemise blanche. La broderie couvrait à peine les chevilles, le haut couvrait parfaitement les épaules, il y restait encore assez de cou pour qu'on pût attacher le nœud qui devait fixer ce vêtement funèbre » (chapitre XXIX).

📖 **Victor Hugo, *Le Dernier Jour d'un condamné* (1829)** [1]

« Ils disent que ce n'est rien, qu'on ne souffre pas, que c'est une fin douce, que la mort de cette façon est bien simplifiée.

Eh ! qu'est-ce donc que cette agonie de six semaines et ce râle de tout un jour ? Qu'est-ce que les angoisses de cette journée irréparable, qui s'écoule si lentement et si vite ? Qu'est-ce que cette échelle de tortures qui aboutit à l'échafaud ?

Apparemment ce n'est pas là souffrir...

Ne sont-ce pas les mêmes convulsions, que le sang s'épuise goutte à goutte, ou que l'intelligence s'éteigne pensée à pensée ?

Et puis, on ne souffre pas, en sont-ils sûrs ? Qui le leur a dit ? Conte-t-on que jamais une tête coupée se soit dressée sanglante au bord du panier, et qu'elle ait crié au peuple : Cela ne fait pas de mal !

Y a-t-il des morts de leur façon qui soient venus les remercier et leur dire : C'est bien inventé. Tenez-vous-en là. La mécanique est bonne.

Est-ce Robespierre ? Est-ce Louis XVI ?...

Non, rien ! moins qu'une minute, moins qu'une seconde, et la chose est faite. – Se sont-ils jamais mis, seulement en pensée, à la place de celui qui est là, au moment où le lourd tranchant qui tombe mord la chair, rompt les nerfs, brise les vertèbres... Mais quoi ! une demi-seconde ! la douleur est escamotée... Horreur ! » (XXXIX)

📖 **Auguste Villiers de l'Isle-Adam, *Le Réalisme dans la peine de mort* (1885)**

Comme Victor Hugo, l'auteur des Contes cruels *(voir ci-dessus) dénonce la peine de mort. Ce texte parut pour la première fois dans le* Figaro *du 18 février 1885, puis fut repris dans* Chez les passants *(1890).*

1. Disponible en Pocket Classiques, n° 6320.

« [...] Rapprochons-nous. C'est pour... dans quelques instants.

Me voici tout auprès du sombre instrument : j'ai pris place dans une sorte d'éclaircie de l'allée vivante dont il a été parlé. Il faut examiner jusqu'à la fin tout cet accomplissement.

Quatre heures et demie sonnent. Les formalités du réveil et de la hideuse toilette sont terminées. À travers la petite porte, scindée dans le portail même de la prison, je vois qu'on lève la grille de l'intérieur : le condamné est en marche vers nous, déjà, sous les galeries – et... avant un instant... Ah ! les deux vastes battants du noir portail s'entrouvrent et roulent silencieusement sur leurs gonds huilés.

Les voici tout grands ouverts. À ce signal, vu aux lointains, de tous côtés, on se tait ; les cœurs se serrent ; j'entends le bruissement des sabres ; je me découvre.

L'exécuteur apparaît, – le premier, cette fois ! – puis, un homme, en bras de chemise, les mains liées au dos, – près de lui, le prêtre. – Derrière eux, les aides, le chef de la sûreté publique et le directeur de la prison. C'est tout.

– Ah ! le malheureux !... – Oui, voilà bien une face terrible. La tête haute, blafard, le cou très nu, les orbites agrandies, le regard errant sur nous une seconde, puis fixe à l'aspect de ce qu'il aperçoit en face de lui. De très courtes mèches de cheveux noirs, inégales, se hérissent par place sur cette tête résolue et farouche. Son pas, ralenti par des entraves, est ferme, car il ne *veut* pas chanceler. – Le pauvre prêtre, qui, pour lui cacher la vue du couteau et lui montrer l'au-delà du ciel, élève son crucifix qui tremble, est aussi blanc que lui.

À moitié route, l'infortuné toise la mécanique :

— *Ça... ? C'est là-dessus ?...* dit-il d'une voix inoubliable.

Il aperçoit la grande manne en treillis, béante, au couvercle soutenu par une pioche. Mais le prêtre s'interpose et, sur la licence que lui en octroie celui qui va périr, lui donne le dernier embrassement de l'Humanité.

Ah ! lorsque sa mère, autrefois, le berçait, tout enfant, le soir, et, souriante, l'embrassait, heureuse et toute fière, – qui lui eût montré, à cette mère, cet embrassement-ci au fond de l'avenir !

Le voici, debout, en face de la planche.

Soudain – pendant qu'il jette un coup d'œil presque furtif sur le couteau – la pesée d'un aide fait basculer le condamné sur cette passerelle de l'abîme ; l'autre moitié de la cangue s'abaisse : l'exécuteur touche le déclic... un éclair glisse... plouff ! – Pouah ! quel éclaboussis ! Deux ou trois grosses gouttes rouges sautent autour de moi. Mais déjà le tronc gît, précipité, dans le panier funèbre. L'exécuteur, s'inclinant très vite, prend *quelque chose* dans une espèce de baignoire d'enfant, placée *en dehors*, sous la guillotine...

La tête que tient, maintenant, par l'oreille gauche, – le bourreau de France – et qu'il nous montre – est immobile, très pâle – et les yeux sont hermétiquement fermés.

Détournant les regards vers le sol, que vois-je, à quelques pouces de ma semelle !...

La pointe du Couteau-glaive de notre Justice Nationale effleurer piteusement la sanglante boue du matin ! » (fin du texte).

🕮 **Stendhal, *Le Rouge et le Noir* (1830)**[1]

Stendhal publie Le Rouge et le Noir, chronique du XIXe siècle *l'année où paraît* El Verdugo. *On sait quelle admiration Balzac porte à ce roman (voir « Un titre / des titres », p. 178) qui s'achève avec la condamnation à mort et la décapitation de son héros Julien Sorel.*

Le mauvais air du cachot devenait insupportable à Julien. Par bonheur, le jour où on lui annonça qu'il fallait mourir, un beau soleil réjouissait la nature, et Julien était en veine de courage. Marcher au grand air fut pour lui une sensation délicieuse, comme la promenade à terre pour le navigateur qui longtemps a été à la mer. Allons, tout va bien, se dit-il, je ne manque point de courage.

Jamais cette tête n'avait été aussi poétique qu'au moment où elle allait tomber. Les plus doux moments qu'il avait trou-

1. Disponible en Pocket Classiques, n° 6028.

vés jadis dans les bois de Vergy revenaient en foule à sa pensée et avec une extrême énergie.

Tout se passa simplement, convenablement, et de sa part sans aucune affectation.

L'avant-veille, il avait dit à Fouqué :

— Pour de l'émotion, je ne puis en répondre ; ce cachot si laid, si humide, me donne des moments de fièvre où je ne me reconnais pas ; mais de la peur, non, on ne me verra point pâlir. [...]

— Qui sait ? peut-être avons-nous encore des sensations après notre mort, disait-il un jour à Fouqué. J'aimerais assez à reposer, puisque reposer est le mot, dans cette petite grotte de la grande montagne qui domine Verrières. Plusieurs fois, je te l'ai conté, retiré la nuit dans cette grotte, et ma vue plongeant au loin sur les plus riches provinces de France, l'ambition a enflammé mon cœur : alors c'était ma passion... Enfin, cette grotte m'est chère et l'on ne peut disconvenir qu'elle ne soit située d'une façon à faire envie à l'âme d'un philosophe... Eh bien ! ces bons congréganistes de Besançon font argent de tout ; si tu sais t'y prendre, ils te vendront ma dépouille mortelle...

Fouqué réussit dans cette triste négociation. Il passait la nuit seul dans sa chambre, auprès du corps de son ami, lorsqu'à sa grande surprise, il vit entrer Mathilde. Peu d'heures auparavant il l'avait laissée à dix lieues de Besançon. Elle avait le regard et les yeux égarés.

— Je veux le voir, lui dit-elle.

Fouqué n'eut pas le courage de parler ni de se lever. Il lui montra du doigt un grand manteau bleu sur le plancher ; là était enveloppé ce qui restait de Julien.

Elle se jeta à genoux. Le souvenir de Boniface de La Mole et de Marguerite de Navarre lui donna sans doute un courage surhumain. Ses mains tremblantes ouvrirent le manteau. Fouqué détourna les yeux.

Il entendit Mathilde marcher avec précipitation dans la chambre. Elle allumait plusieurs bougies. Lorsque Fouqué eut la force de la regarder, elle avait placé sur une petite table de marbre, devant elle, la tête de Julien, et la baisait au front...

Mathilde suivit son amant jusqu'au tombeau qu'il s'était

choisi. Un grand nombre de prêtres escortaient la bière et, à l'insu de tous, seule dans sa voiture drapée, elle porta sur ses genoux la tête de l'homme qu'elle avait tant aimé. »

📖 **Charles Rabou, *Le Ministère public* (1832)**

C'est dans le recueil des Contes bruns *lui-même que l'on peut lire cette « frénétique » histoire d'un pauvre charretier condamné à mort, dont la tête coupée vient hanter le substitut du procureur général qui l'a fait exécuter.*

« Pierre Leroux, avec la résignation que met à Paris un sac de farine à se hisser, au moyen d'une poulie, dans le grenier d'un boulanger, monta l'escalier de l'échafaud. Comme il arrivait aux derniers degrés, un rayon de soleil, qui se jouait sur l'acier brillant et poli du glaive de la justice, lui donna dans les yeux, il parut prêt à chanceler ; mais l'exécuteur, avec le courtois empressement d'un hôte qui sait faire les honneurs de chez lui, le soutint par-dessous les bras, et le posa sur le plancher de la guillotine ; là Pierre Leroux trouva M. le greffier criminel qui était venu pour formuler le procès-verbal de l'exécution, MM. les gendarmes chargés de veiller à ce que l'ordre public ne fût pas troublé dans le compte qu'il allait régler, et MM. les valets du bourreau, qui, loin de justifier le proverbe dont ils sont l'objet, lui montrèrent avec une complaisance pleine d'égards comment il devait se placer sous le couteau. Une minute après, Pierre Leroux fit divorce avec sa tête ; cela fut pratiqué avec une telle dextérité que plusieurs de ceux qui étaient venus pour assister à un spectacle furent obligés de demander à leurs voisins si la chose était déjà faite et alors ils jurèrent bien qu'on ne les prendrait plus à se déranger pour si peu. [...]

Il [le procureur] n'avait pas écrit vingt lignes que, dans un coin obscur de sa chambre, il entendit remuer quelque chose : cela commença à l'émouvoir, car il n'était pas naturel que ses sens ainsi l'un après l'autre conspirassent pour le tromper. Ayant regardé cette fois avec attention pour découvrir d'où venait ce frôlement, il vit un objet noirâtre, qui s'avançait en sautillant par bonds inégaux, comme aurait fait une pie. À mesure que l'apparition se rapprochait de lui, son aspect devenait de plus en plus hideux, car elle prenait, à ne pas s'y méprendre, la forme d'une tête humaine séparée du tronc, et dégouttante de sang ; et quand, par un lourd élan, elle vint s'abattre entre ses deux bougies, sur les papiers épars de son dossier, M. Desalleux reconnut les traits de Pierre Leroux, qui sans doute était venu pour lui apprendre que dans un magistrat conscience vaut mieux qu'éloquence. Succombant sous une indicible impression de terreur, il s'évanouit. »

📖 **Alexandre Dumas, *Les Trois Mousquetaires* (1844)** [1]

On pourra comparer la scène d'exécution des membres de la famille Léganès, décapités au cimeterre par Juanito (pp. 28-30), avec celle de la mort de Milady, exécutée de la même façon par le fameux bourreau de Béthune.

« Une idée superstitieuse la frappa sans doute ; elle comprit que le Ciel lui refusait son secours et resta dans l'attitude où elle se trouvait, la tête inclinée et les mains jointes.

Alors on vit, de l'autre rive, le bourreau lever lentement ses deux bras, un rayon de lune se refléta sur la lame de sa large épée, les deux bras retombèrent ; on entendit le sifflement du cimeterre et le cri de la victime, puis une masse tronquée s'affaissa sous le coup.

Alors le bourreau détacha son manteau rouge, l'étendit à terre, y coucha le corps, y jeta la tête, le noua par les quatre coins, le chargea sur son épaule et remonta dans le bateau » (chapitre LXVI).

• **Le bourreau Sanson : de l'Histoire à la littérature**

Charles-Henri Sanson (1739-1806) fut « exécuteur des arrêts criminels » à Paris de 1755 à 1795. Il fut le bourreau de Louis XVI et de Marie-Antoinette, guillotinés respectivement le 21 janvier et le 16 octobre 1793. Son fils, Henri-Nicolas-Charles (1767-1840), lui succéda en 1795 (il avait assisté son père lors de l'exécution de Louis XVI) : on sait que Balzac le rencontra, ainsi que le chef de la police Vidocq, à un dîner chez le « philanthrope » Benjamin Appert, vraisemblablement le 26 avril 1834.

Un décret de la Convention (13 juin 1793) avait fait du

1. Disponible en Pocket Classiques, n° 6048.

bourreau un fonctionnaire, mettant fin à la condition de paria qui avait été la sienne sous l'Ancien Régime. Sans aller jusqu'à voir dans cette figure redoutée « la clef de voûte de la société » (Joseph de Maistre, *Les Soirées de Saint-Pétersbourg*, 1822), Balzac s'intéresse fortement au « personnage » que représentait le bourreau. Au début de 1830, il participe à la rédaction de mémoires fictifs attribués à Sanson : *Mémoires pour servir à l'histoire de la Révolution française, par Sanson, exécuteur des arrêts criminels, pendant la Révolution*. Cependant, la part que prit Balzac dans ces *Mémoires* reste problématique.

C'est dans ce cadre que fut publié d'abord anonymement le texte d'*Un épisode sous la Terreur* sous forme d'« Introduction » aux « Mémoires inédits de Sanson » dans le *Cabinet de lecture* des 29 janvier - 4 février 1830.

En 1839, Balzac décide d'extraire de ces « Mémoires » deux récits, signés d'« un de nos plus féconds romanciers » :

– *Deux bourreaux* (*Journal de Paris*, 21-25 octobre 1839) ;

– *Un inconnu, Épisode de la Terreur* (*Journal de Paris*, 5-6 novembre 1839).

En 1846, cette dernière nouvelle fut intégrée dans le volume XII de *La Comédie humaine*, où elle figure en tête des *Scènes de la vie politique*. On note enfin que Charles-Henri Sanson reparaît dans la quatrième partie de *Splendeurs et misères des courtisanes* (1848).

📖 **Balzac, *Un épisode sous la Terreur* (1830-1846)**

Au lendemain de l'exécution de Louis XVI, dans le quartier du faubourg Saint-Denis à Paris, un mystérieux inconnu demande à l'abbé de Marolles, qui a refusé de se soumettre aux lois révolutionnaires, de célébrer une messe pour le repos de l'âme du roi ; il lui remet alors un mouchoir taché de sang et marqué de la couronne royale. Alors que doivent à leur tour être exécutés les instigateurs de la Terreur, le prêtre reconnaît l'inconnu au passage d'une charrette de condamnés : c'est le bourreau Sanson.

« [...] "Qu'est-ce ? dit-il à madame Ragon.

— Ce n'est rien, reprit-elle, c'est la charrette et le bourreau qui vont à la place Louis XV. Ah ! nous l'avons vu bien souvent l'année dernière ; mais aujourd'hui, quatre jours après l'anniversaire du 21 janvier, on peut regarder cet affreux cortège sans chagrin.

— Pourquoi, dit l'abbé, ce n'est pas chrétien, ce que vous dites.

— Eh ! c'est l'exécution des complices de Robespierre, ils se sont défendus tant qu'ils ont pu ; mais ils vont à leur tour là où ils ont envoyé tant d'innocents."

Une foule qui remplissait la rue Saint-Honoré passa comme un flot. Au-dessus des têtes, l'abbé de Marolles, cédant à un mouvement de curiosité, vit debout, sur la charrette, celui qui, trois jours auparavant, écoutait sa messe.

"Qui est-ce ?... dit-il, celui qui...

— C'est le bourreau, répondit monsieur Ragon en nommant l'exécuteur des hautes œuvres par son nom monarchique.

— Mon ami ! mon ami ! cria madame Ragon, monsieur l'abbé se meurt."

Et la vieille dame prit un flacon de vinaigre pour faire revenir le vieux prêtre évanoui.

"Il m'a sans doute donné, dit-il, le mouchoir avec lequel le roi s'est essuyé le front, en allant au martyre... Pauvre homme !... le couteau d'acier a eu du cœur quand toute la France en manquait !..."

Les parfumeurs crurent que le pauvre prêtre avait le délire » (fin de la nouvelle).

➲ Le mythe de Don Juan

L'Élixir de longue vie est pour Balzac l'occasion d'une réécriture personnelle du mythe de Don Juan. Au début de l'année 1830, il avait eu le projet d'une pièce de théâtre avec Eugène Sue, *La Vieillesse de don Juan, ou l'Amour à Venise.* L'œuvre ne verra jamais le jour, mais elle se plaçait sous le signe de l'affrontement du christianisme et de l'athéisme, incarné par un don Juan Belvidéro séducteur d'une jeune fille de seize ans, alors qu'il en a soixante et onze.

Balzac se démarque résolument des prototypes de la comédie de Molière ou de l'opéra de Mozart (*Don Giovanni o l'empio punito*, livret de Lorenzo Da Ponte, 1787), comme lui-même l'affirme : « Toutefois cette légende n'est pas entreprise pour fournir des matériaux à ceux qui voudront écrire des mémoires sur la vie de don Juan, elle est destinée à prouver aux honnêtes gens que Belvidéro n'est pas mort dans son duel avec une pierre, comme veulent le faire croire quelques lithographes » (pp. 54-55).

En rupture avec le mythe, l'auteur nous montre don Juan décrépit. Le héros, qui ne connaît pas le châtiment, meurt et ressuscite partiellement. Son activité séductrice est réduite, le Commandeur a disparu.

La figure de l'abuseur est corrigée et diabolisée par celle de Faust, comme l'attestent les références à Goethe, Byron, Maturin (p. 52). Don Juan ne disparaît pas aux enfers, foudroyé, mais proclame son athéisme, dans l'ultime rictus qui lui fait resserrer les mâchoires sur la tête du prêtre.

Balzac cherche à distinguer son don Juan aussi bien du modèle de réprouvé que l'on trouve chez Molière que de l'exemple du repenti exalté par Mérimée ou Dumas.

🕮 Le Don Juan de Molière [1]

[À la fin du dernier acte, le héros est entraîné aux enfers par le Commandeur.]

Scène 6 : La Statue, Don Juan, Sganarelle

La Statue : Arrêtez, Don Juan : vous m'avez hier donné parole de venir manger avec moi.

Don Juan : Oui. Où faut-il aller ?

La Statue : Donnez-moi la main.

Don Juan : La voilà.

La Statue : Don Juan, l'endurcissement au péché traîne une mort funeste, et les grâces du Ciel que l'on renvoie ouvrent un chemin à sa foudre.

Don Juan : Ô Ciel ! Que sens-je ? Un feu invisible me brûle, je n'en puis plus, et tout mon corps devient un brasier ardent ! Ah !

(Le tonnerre tombe avec un grand bruit et de grands

1. Disponible en Pocket Classiques, n° 6079.

éclairs sur Don Juan ; la terre s'ouvre et l'abîme ; et il sort de grands feux de l'endroit où il est tombé.)

Dom Juan, acte V, scène 6, 1665

🕮 Le Don Juan de Mérimée

Dans Les Âmes du purgatoire*, Mérimée imagine un Don Juan repenti de ses frasques du jour où il assiste à... son propre enterrement.*

« À ce spectacle, don Juan éprouva d'abord cette espèce de dégoût que l'idée de la mort inspire à un épicurien. Il se leva et voulut s'éloigner, mais le nombre des pénitents et la pompe du cortège le surprirent et piquèrent sa curiosité. La procession se dirigeant vers une église voisine dont les portes venaient de s'ouvrir avec bruit, don Juan arrêta par la manche une des figures qui portaient des cierges et lui demanda poliment quelle était la personne qu'on allait enterrer. Le pénitent leva la tête, sa figure était pâle et décharnée comme celle d'un homme qui sort d'une longue et douloureuse maladie. Il répondit d'une voix sépulcrale : "C'est le comte don Juan de Maraña."

Cette étrange réponse fit dresser les cheveux sur la tête de don Juan ; mais l'instant d'après il reprit son sang-froid et se mit à sourire. "J'aurai mal entendu, se dit-il, ou ce vieillard se sera trompé." Il entra dans l'église en même temps que la procession. Les chants funèbres recommencèrent, accompagnés par le son éclatant de l'orgue ; et des prêtres vêtus de chapes de deuil entonnèrent le *De profundis*. Malgré ses efforts pour paraître calme, don Juan sentit son sang se figer. S'approchant d'un autre pénitent, il lui dit : "Quel est donc le mort que l'on enterre ? – Le comte don Juan de Maraña", répondit le pénitent d'une voix creuse et effrayante. Don Juan s'appuya contre une colonne pour ne pas tomber. Il se sentait défaillir, et tout son courage l'avait abandonné. »

Les Âmes du purgatoire, 1834

🕮 Le Don Juan de Dumas

À la fin du « mystère » de Dumas Don Juan de Maraña, ou la Chute d'un ange*, le héros rencontre les spectres de sœur Marthe qu'il a séduite et de don Sandoval qu'il a assas-*

siné. Au final, on peut penser que don Juan est sauvé par l'amour de Marthe, puisque Dieu les réunit en un même tombeau, tels Tristan et Iseut ou Roméo et Juliette.

« *Sœur Marthe :* Malheureux ! Malheureux !

Don Juan : Marthe, Marthe, ma bien-aimée !

Sœur Marthe, jetant un cri : Ah !

(L'heure sonne.)

Don Juan : Qu'as-tu ?

Sœur Marthe : Minuit !

Don Juan : Nous achevons un jour de bonheur et nous entrons dans un jour heureux.

(L'heure continue à sonner.)

Sœur Marthe, s'affaiblissant au fur et à mesure que l'heure sonne : Ce jour, cette heure, c'est la dernière ; don Juan, repens-toi ! Repens-toi !

Don Juan : Demain.

Sœur Marthe : Je meurs !... Mon Dieu, Seigneur, ayez pitié de lui !

Don Sandoval, paraissant derrière le tombeau une épée flamboyante à la main : Me voilà, don Juan !

Don Juan, furieux : Sandoval !... Tu prends mal ton heure.

Don Sandoval : Es-tu prêt ?

Don Juan : Toujours...

Don Sandoval : En garde, donc !

(Ils se battent.)

Don Juan, blessé : Enfer ! *(Sandoval disparaît.)* Disparu et moi blessé. *(Il chancelle.)* Blessé à mort ! Marthe, Marthe, ah ! Malédiction !

(Il tombe.)

Le mauvais ange, paraissant à gauche du spectateur : Vengeance !

Le bon ange, paraissant à droite du spectateur : Miséricorde !

L'ange du jugement, descendant du ciel : Justice !

Ces trois mots écrits en lettres de feu aux deux côtés et derrière le tombeau forment un triangle de flammes qui enferme les corps de Marthe et de don Juan. La toile tombe. »

Don Juan de Maraña, ou la Chute d'un ange, 1836

• DOSSIERS ET PISTES DE RECHERCHES

– Écrire, publier, lire : le projet de *La Comédie humaine*

➲ Dossier « Quand Balzac réemploie Balzac », p. 247.

– Comparer les deux versions de « La femme du médecin » (texte pp. 151-152 et pp. 255-256, dans *Autre étude de femme*).

– L'effet de chute ; comparer les dénouements de Balzac avec ceux d'autres conteurs.

➲ Lectures croisées, « Contes cruels », p. 215.

– Un personnage récurrent de *La Comédie humaine* : le docteur Bianchon

« Horace Bianchon, décoré de la Légion d'honneur, gros et gras comme un médecin en faveur, avait un air patriarcal, de grands cheveux longs, un front bombé, la carrure du travailleur, et le calme du penseur » (*La Muse du département*).

Le docteur Horace Bianchon est à la fois le substitut et le porte-parole de Balzac lui-même, voire son *alter ego* : ne porte-t-il pas les mêmes initiales que lui ? L'auteur de *La Comédie humaine* projette sur lui son activité de romancier – « Il me fallait dire adieu à mes belles rêveries, à mes romans » (*La Grande Bretèche*) –, mais aussi son goût pour une « philosophie » de la volonté : « Je fus la cause involontaire d'un malheur affreux qui pourra vous servir, docteur Bianchon, dit-il en me regardant, vous qui vous occupez beaucoup de l'esprit humain en vous occupant du corps, à résoudre quelques-uns de vos problèmes sur la Volonté » (*La Maîtresse de notre colonel*).

Bianchon apparaît ou est nommé dans 29 des romans qui composent *La Comédie humaine*, mais jamais comme héros principal.

Tel un saint laïc, il soigne tous les malades de *La Comédie humaine*. Excellant dans la pratique de son art, il en connaît aussi les limites. Quand il sent la médecine impuissante, il apporte aux malades compréhension et consolation. Son dévouement est total, tout comme son abnégation et sa probité. Il rassure autant qu'il soulage. La légende dit que Balzac, dans son agonie, appelait Bianchon à son chevet.

Ancien de la pension Vauquer, Bianchon a déjà beaucoup soigné et arrive à Sancerre avec une grosse réputation. C'est à lui que revient un des rôles de narrateur dans le salon de Dinah Piédefer, « la muse du département ».

Bianchon aime les dîners, les conversations brillantes. Il possède un bon assortiment d'anecdotes qu'il raconte avec talent :

« Les histoires que conte le docteur font des impressions bien profondes » (*Autre étude de femme*).

« Le docteur avait conté cette histoire avec un accent si pénétrant, ses gestes furent si pittoresques et sa diction si vive que nous vîmes successivement et l'héroïne et le char des pauvres conduit par les croque-morts, allant au trot vers le cimetière » (*Une conversation entre onze heures et minuit*, fin de l'histoire précédant *La Maîtresse de notre colonel*, intitulée « L'avortement »).

– Le contexte historique

L'un des conteurs de Balzac l'affirme : « Les scènes de la vie militaire pourraient fournir des milliers de drames » (*Une conversation entre onze heures et minuit*).

Ce sont les guerres de la Révolution et de l'Empire, présentes encore dans bien des mémoires, qui fournissent, pour l'essentiel, leur cadre aux récits balzaciens. On étudiera particulièrement les circonstances de l'expédition en Égypte (*Une passion dans le désert*), de la guerre d'Espagne (*El Verdugo, Le Grand d'Espagne*), de la campagne de Russie (*La Maîtresse de notre colonel*).

– Le fantastique dans *L'Élixir de longue vie*

D'après Balzac, son don Juan est à la fois le type « du *Don Juan* de Molière, du *Faust* de Goethe, du *Manfred* de Byron et du *Melmoth* de Maturin » (p. 52). On étudiera l'évolution de la figure de Don Juan depuis Molière jusqu'aux écrivains du XIXe siècle, ainsi que l'influence de Faust sur la réécriture du personnage de Don Juan.

➲ Lectures croisées, « Le mythe de Don Juan », p. 232.

La figure de Satan : le diable occupe une place privilégiée dans le fantastique, notamment dans les années 1830 avec les traductions de *Faust* et des *Élixirs du diable*. Satan influence l'action de don Juan face au cadavre de son père : « il semblait même que le démon lui eût soufflé ces mots » (p. 48), « ramené devant son père par une influence diabolique » (p. 49). Il triomphe à la fin avec l'expression : « Le saint fait le diable » (p. 65).

– Balzac et la mode fantastique

Balzac dit du fantastique que c'est un « programme vulgaire d'un genre encore dans toute sa nouveauté » (voir « Parcours critique », p. 239).

Avec l'aide d'autres titres parus en Pocket Classiques (Mérimée, Dumas, Gautier), on commentera ces réflexions :

– « Pour intéresser dans le conte fantastique, il faut d'abord se faire croire, et [...] une condition indispensable pour se faire croire, c'est de croire [...]. J'en avais conclu que la bonne et véritable histoire fantastique ne pouvait être placée convenablement que dans la bouche d'un fou » (Charles Nodier, Préface de *La Fée aux Miettes*, 1832).

– « Nodier fait profession de croire ce qu'il conte ; Gautier construit esthétiquement une histoire ; Balzac songe aux extraordinaires virtualités dont l'homme dispose ; Mérimée doute » (J.-L. Steinmetz).

– « À quelle sorte de littérature appartenons-nous, moi qui vous parle et vous qui m'écoutez : roman réaliste ou conte fantastique ? » « La philosophie n'est qu'une branche de la littérature fantastique » (Jorge-Luis Borgès).

Les *Études philosophiques* donnent précisément à Balzac l'occasion de grands récits « fantastiques » (voir *La Peau de chagrin, Le Chef-d'œuvre inconnu).*

Fantastique et réalisme : on étudiera comment dans les « histoires » du recueil, Balzac développe un réalisme macabre qui examine méthodiquement l'homme social. Le fantastique vise ici à exprimer le mystère par excellence, enfoui au plus profond du réel. Et c'est justement dans le réel que le mystère et l'horreur triomphent.

• PARCOURS CRITIQUE

➲ Balzac juge Balzac

Le 16 février 1832 paraît dans le journal La Caricature *un article signé d'un certain Alfred Coudreux (un des pseudonymes de Balzac lui-même) qui fait l'éloge d' « un volume à formes bizarres » publié sous le titre de* Contes bruns *(voir la présentation de cet ouvrage p. 173).*

« Ils étaient trois, avec de l'esprit comme quatre ; trois anonymes, ayant noms Châles, Balzac et Rabou, qui avaient fait des contes. Ils les appelèrent *bruns,* sans doute pour satisfaire aux lois de la couleur locale ; restait à présenter les trois chefs sous le même bonnet, on signa d'une tête à l'envers ; puis, de cette réunion de travaux épars, dont chacun des auteurs ne dut faire qu'une bouchée, il est résulté pour le public un délicieux morceau de littérature, un volume à formes bizarres, à détails attachants, parfumé de ce cynisme de bon goût qu'il n'appartient qu'à la supériorité d'afficher.

Tout d'abord, félicitons Messieurs des *Contes bruns* de n'avoir point glissé dans quelque coin de leur titre le mot *fantastique,* programme vulgaire d'un genre encore dans toute sa nouveauté, il est vrai, mais qu'on a déjà trop usé par l'abus du nom seulement. Et cependant, si jamais conditions d'un pareil titre ont été remplies quelque part, certes c'est bien dans le volume dont nous nous occupons : œil sans paupière, corps sans bras, tête sans propriétaire, détails d'une existence dans l'autre monde ; voilà, je crois, du genre fantastique, ou je ne m'y connais pas.

C'est précisément ce qui fait de ce livre une source d'émotions à part, de plaisir souvent inconnu ; car plusieurs des créations qu'on y trouve étant neuves, comme toute idée sans règles ni entraves, elles excitent un charme affranchi de toute comparaison.

Cependant, parmi beaucoup d'incroyables aventures, il en est au fond historique desquelles on ne peut s'empêcher d'ajouter foi, à cause de l'accent de précision et de vérité qui distingue leur récit. Telle nous a paru *Le Grand d'Espagne,* dont les vingt pages valent tout un volume ; narration ravissante, si le fait est vrai ; petit chef-d'œuvre d'imagination, s'il a été créé à plaisir, pour empêcher de dormir ceux qui le liront au lit.

Quant aux éloges que méritent les *Contes bruns,* un fait nous en dispense : c'est l'apparition de leur seconde édition sous peu de jours.

Nous terminons en mettant sous les yeux de nos lecteurs une des vignettes du nouvel ouvrage. Elle représente Muirland tant soit peu décontenancé des regards amoureux de sa fiancée sans paupière... C'est encore une production sortie de l'atelier de M. Cherrier. »

Alfred Coudreux, *La Caricature,* 16 février 1832

➲ Balzac inspire Chasles

En septembre 1831, Philarète Chasles (1798-1873), bibliographe et critique ami de Balzac, écrit l'« Introduction » aux Romans et contes philosophiques, *publiés chez Gosselin et regroupant 13 titres dont* La Peau de chagrin. *Le texte est rédigé selon les indications de Balzac lui-même.*

« Qu'est-ce que le talent du conteur, sinon tout le talent ? Il renferme en lui la déduction logique dans sa rigueur, le drame avec sa mobilité, l'essence même du génie lyrique avec son extase intérieure. Le narrateur est tout. Il est historien ; il a son théâtre ; sa dialectique profonde qui meut ses personnages ; sa palette de peintre et sa loupe d'observateur. Non seulement il peut réunir les talents spéciaux que je viens d'indiquer, mais, pour exceller dans son art, il le doit.

Imaginez un conte sans intérêt de drame, sans émotion lyrique, sans couleurs nuancées, sans logique exacte ; il sera pâle, extravagant et faux ; il n'existera pas. [...]

Où est le merveilleux ? Qu'est devenue la foi ? L'analyse ronge la société en l'expliquant : plus le monde vieillit, plus la narration est une œuvre pénible. Rendez-moi compte de cet incident ? Apportez-moi le *comment* de cet acte et le pourquoi de ce caractère ? Disséquez ce cadavre et sachez me plaire ! Soyez commentateur et amuseur.

Voici un conteur, qui arrive à l'époque la plus analytique de l'ère moderne, toute fondée sur l'analyse : sociétés, gouvernements, sciences reposent sur elle ; elle s'empare de tout, pour tout flétrir. Il naît dans le pays le plus rationnel de l'Europe ; point d'oreilles faciles à duper comme en Italie, où la musique est dans le langage et l'ode dans le son ; point de croyance surnaturelle et populaire ; le scepticisme est partout ; la faculté raisonneuse a pénétré jusqu'aux classes inférieures. De l'ironie, mais peu caustique ; de l'indifférence, excepté pour les intérêts matériels ; par-dessus tout, de l'ennui et de la lassitude. [...]

Le désordre et le ravage portés par l'intelligence dans l'homme considéré comme individu et comme être social : telle est l'idée primitive que M. de Balzac a jetée dans ses contes. Il a vu de quels éclatants dehors cette société valétudinaire s'enorgueillit, de quelles parures ce moribond se couvre, de quelle vie galvanique ce cadavre s'émeut et s'agite par intervalles, de quelle lueur phosphorique il scintille encore. Opposant au néant intérieur et profond du corps social cette agitation factice et cette splendeur funèbre, il a cru que la mission du conteur n'était pas finie et perdue ; qu'il y avait encore une magie dans ce contraste ; une féerie dans cette industrie créatrice de merveilles ; un intérêt dans le jeu cupide des ressorts sociaux, cachés sous de si beaux dehors, dans ce spectacle d'une société rendant le dernier soupir sous des rideaux de pourpre, d'argent et de soie.

Un conteur, un amuseur de gens, qui prend pour base la criminalité secrète, le marasme et l'ennui de son époque, un homme de pensée et de philosophie, qui s'attache à peindre la désorganisation produite par la pensée ; tel est M. de Balzac. »

➲ Baudelaire : « C'est un créateur de méthode »

« J'ai maintes fois été étonné que la grande gloire de Balzac fût de passer pour un observateur ; il m'avait toujours semblé que son principal mérite était d'être visionnaire, et visionnaire passionné. Tous ses personnages sont doués de l'ardeur vitale dont il était animé lui-même. Toutes ses fictions sont aussi profondément colorées que les rêves [...].

Chacun, chez Balzac, même les portières ont du génie. Toutes les âmes sont des âmes chargées de volonté jusqu'à la gueule. C'est bien Balzac lui-même. Et comme tous les êtres du monde extérieur s'offraient à l'œil de son esprit avec un relief puissant et une grimace saisissante, il a fait se convulser ses figures : il a noirci leurs ombres et illuminé leurs lumières. »

Charles Baudelaire,
article consacré à Théophile Gautier, paru le 13 mars 1859 dans *L'Artiste* (en 1869, figure avec d'autres textes critiques sous le titre *L'Art romantique*, XIV).

➲ Castex : « la jungle humaine »

« L'évolution est nette, depuis les œuvres de jeunesse. Falthurne se réclamait des gnostiques, Béringheld des Rose-Croix. Don Juan, lui, incarne sans ambiguïté un génie satanique. Or, ce génie, non content d'asservir les hommes, humilie Dieu dans le sanctuaire où une pompe solennelle devait consacrer la puissance divine, et l'univers tout entier semble ainsi placé sous la loi de l'enfer. Le moment est proche où Balzac va créer ces personnages de proie, qui, forts de leur scepticisme absolu, s'aventurent dans la jungle humaine et dévorent leur victime sans calmer leur appétit insatiable. Le pessimisme philosophique de ce conte ouvre la voie au pessimisme social des grands romans. »

Pierre-Georges Castex,
Le Conte fantastique en France de Nodier à Maupassant,
voir Bibliographie.

➲ François Bon : l'invention de la réalité

« Tous ceux qui aiment à se perdre régulièrement dans Balzac se souviennent de la *Grande Bretèche*. C'est le nom d'un couvent respectable de Tours, sur la même rive que La Grenadière. C'est le troisième récit, mais écrit en 1832, juste après le coup de gong de *La Peau de chagrin*, d'*Autre étude de femme*. On s'en souvient, parce que l'image qui reste, c'est celle des yeux brillants de l'amant espagnol qu'on emmure vivant, et dont le récit accompagnera l'agonie. Construction fascinante, parce que, sur un récit court, qu'on lit en public à haute voix en une heure, on passe du témoignage direct du narrateur à une conversation mimant les canons rabelaisiens du monologue via un notaire de petite province, puis au témoignage d'une femme de chambre, avant que le narrateur reprenne la machine en main, une fois la dramaturgie établie, pour le staccato de dernière partie. Balzac d'ailleurs faisant dire à Bianchon, le narrateur, que ce changement de statut narratif est lié à la nécessité de garder au récit ses "proportions arithmétiques". Construction étonnante, parce que cette percussion narrative s'établit sur un lieu, et que ce fameux préjugé contre lequel tonne Julien Gracq, de la longueur des descriptions balzaciennes, est inopérant : oui, bien sûr, on voit la maison, et on la voit en détail. On la voit d'abord du dehors, étrange, abandonnée, et puis le narrateur, avant l'entrée du notaire, pénètre dans le jardin, deuxième strate de description, enfin le récit de la femme de chambre nous emmènera non seulement dans la maison, mais dans cette très étrange conjonction du personnage devenu maison par emmurement, et dans le lieu devenu sujet de l'histoire parce qu'il a mangé le personnage, la description n'étant pas seulement celle de la maison, mais de la transformation qu'on y apporte en murant le cabinet. Symétriquement, l'image de madame de Merret, hors de sa maison, un corps décharné, à l'agonie, comme si la maison seule avait été son corps vivant.

Il faut sans cesse s'interroger, lisant ou relisant Balzac, sur notre propre perception du récit, en quoi ce n'est pas le spectacle devant nos yeux qui compterait de façon autonome, mais en quoi notre subjectivité, notre reconstruction permanente d'image via la machine de parole est convoquée comme élément génétique du processus de fiction. *La Grande Bretèche*, nom pris à Tours, est appliqué à Vendôme, où Balzac eut ses années collégiennes, avec visite de la famille (le père et la sœur, pas la mère) deux journées par an, d'où sortira tout armé Louis Lambert. [...]

M'apparaît fondamental que cette complexité d'un texte

court soit un coup de force entre image et récit, logique de surgissement d'image et dispositif discontinu de paroles, et que ce soit par de telles expériences que s'ouvre la grande fracture, où vont lever bientôt les romans de la maturité, ceux qui impliqueront leur rejointement dans la *Comédie*. »

François Bon, « Image, folie et mécanique du récit dans *La Grande Bretèche* et *Adieu* », texte paru dans le *Magazine littéraire*, « Balzac », n° 373, février 1999.

DOSSIER HISTORIQUE ET LITTÉRAIRE

I – QUAND BALZAC RÉEMPLOIE BALZAC

Pour mieux comprendre la façon dont travaille Balzac, on peut suivre le parcours de plusieurs des « histoires » de notre recueil jusqu'à leur entrée dans le vaste projet de *La Comédie humaine*[1]. Le procédé caractéristique du réemploi est ici emblématique de la technique de construction / déconstruction qui sous-tend l'ensemble de l'œuvre balzacienne.

• De la conception à la publication : le projet de *La Comédie humaine*

« *La Comédie humaine* est un ensemble qui vient assez tard. Balzac commence à écrire vers 1821 et cesse d'écrire à la fin de sa vie, en 1848. Sa durée de production est donc de trente ans. Les romans qu'il conserve pour *La Comédie humaine* sont ceux qui s'inscrivent entre 1829 et 1848, soit sur une vingtaine d'années, dix ans n'étant pas pris en charge. Chronologiquement, ce sont *Les Chouans* qui constituent la première œuvre admise dans *La Comédie humaine*, mais *La Comédie humaine* elle-même n'existe à proprement parler qu'à partir de 1842. Et c'est à partir de cette date jusqu'en 1847 que se constitue dans l'édition de Furne cet ensemble qui s'appelle *La Comédie humaine*. Balzac y répartit les romans qu'il a écrits depuis 1829 en trois grands secteurs : les "études de mœurs", les "études philosophiques" et les "études analytiques", qui correspondent à ses yeux à l'étude des effets sociaux, puis à celle de leurs causes, pour remonter enfin aux principes, dans la section analytique. Cet ensemble

1. Voir « La parution des titres », p. 170.

ne correspond absolument pas à des lois chronologiques, du point de vue de la construction de l'œuvre. La chronologie de la composition est complètement brouillée et n'est pas déchiffrable dans *La Comédie humaine.* »

(Interview de Roland Chollet [1]
sur Radio France Internationale, mai 1999,
à l'occasion du bicentenaire de la naissance de Balzac)

« Pour mettre de l'ordre dans ses relations avec ses nombreux éditeurs, et pour rassembler en une version unifiée son œuvre déjà complexe et très étendue, Balzac décide de signer, le 2 octobre 1841, avec l'éditeur Charles Furne et trois associés (J. Dubochet, J. Hetzel et J.-B. Paulin) un traité prévoyant la publication de ses "œuvres complètes" sous le titre *La Comédie humaine* : un ensemble contenant la quasi-totalité de son œuvre narrative déjà publiée, auquel devaient s'ajouter de très nombreux projets.

En 1844-1845, Balzac établit un "Catalogue" prévoyant un plan d'édition de vingt-six volumes en trois grandes sections ("Études de mœurs", "Études philosophiques" et "Études analytiques"). Les *Études de mœurs*, représentant les 21 premiers volumes, devaient à elles seules contenir 105 récits répartis en six sections : "scènes de la vie privée" (32 récits en 4 volumes), "scènes de la vie de province" (19 récits en 4 volumes), "scènes de la vie parisienne" (20 récits en 4 volumes), "scènes de la vie politique" (8 récits en 3 volumes), "scènes de la vie militaire" (25 récits en 4 volumes) et "scènes de la vie de campagne" (5 récits en 2 volumes).

Sur cette grosse centaine de nouvelles et romans, Balzac disposait de plus de soixante œuvres déjà écrites et se préparait donc à y ajouter une bonne quarantaine de nouveaux récits.

Les *Études philosophiques* devaient comprendre 26 récits répartis en 3 volumes et les *Études analytiques,* 5 œuvres en

1. Roland Chollet, chercheur à l'Institut des Textes et Manuscrits modernes du C.N.R.S., spécialiste de Balzac, est l'un des responsables de l'édition de la Pléiade des *Œuvres diverses* de Balzac.

2 volumes. Sur ces 31 textes, 8 seulement restaient à rédiger. Plusieurs œuvres, écrites après 1846, comme *La Cousine Bette, Le Cousin Pons* ou *Petites misères conjugales* n'étaient pas prévues dans le "Catalogue".

Charles Furne (1794-1859) s'était rendu célèbre, depuis 1829, avec la grande édition illustrée des œuvres de Walter Scott par Defauconpret. Il fut responsable de l'édition en seize volumes de *La Comédie humaine,* réalisée entre avril 1842 et août 1846. En 1848, un dix-septième volume fut ajouté à la série pour l'édition des *Parents pauvres.* C'est cette édition qui a été reproduite, enrichie seulement de quelques inédits, par l'édition de Houssiaux (entre 1853 et 1855) et celle de Lévy (entre 1869 et 1876).

Mais, entre avril 1842 et sa mort en août 1850, Balzac avait utilisé son exemplaire personnel de l'édition Furne pour y consigner d'importantes indications : corrections de style, reformulations, ajouts, déplacements, jeux sur le retour des personnages, modifications de contenus, de structure et de classement, etc. C'est sur cet exemplaire, appelé "Furne corrigé", conservé dans le fonds Lovenjoul, que furent établies les éditions critiques ou génétiques du XXe siècle, notamment celle de Bouteron et Longnon (Conard, 1912-1940) et, surtout, la grande édition dirigée par P.-G. Castex pour la Bibliothèque de la Pléiade (Gallimard, 1976-1980). »

(Pierre-Marc de Biasi, « Une œuvre monumentale », in *Magazine littéraire*, « Balzac », n° 373, février 1999)

• Deux « constellations » balzaciennes : *La Muse du département* et *Autre étude de femme*

L'essentiel de nos « histoires » finissent par passer dans deux titres de *La Comédie humaine* : *La Muse du département* et *Autre étude de femme*.

Ces romans construits autour de conversations de salon sont autant de textes « puzzle » où il est particulièrement intéressant de retrouver l'enchaînement des divers récits.

La Muse du département

La Muse du département est une « véritable constellation de textes [...] qui permet de mieux comprendre la structure complexe de *La Comédie humaine* elle-même. [...] *La Muse du département* est l'un de ces récits de Balzac, plus nombreux qu'on ne pense, dans lesquels il est difficile de pénétrer sans passer par l'histoire du texte. Car s'y déploie avec maestria cette technique balzacienne du réemploi, toujours accompagnée d'une procédure de réécriture, qui constitue une forme de création à part entière, parce que chaque construction est porteuse de nouvelles significations. [...] Ainsi les deux Parisiens en province, Bianchon et Lousteau, sont deux grands maîtres de la parole, mais à des degrés divers : Bianchon est aussi un homme de science, dont la spécialité est la médecine, tandis que Lousteau n'est que journaliste, beau parleur et piètre écrivain. »

(Nicole Mozet, « Deux exemples de la technique du réemploi : *La Fille aux yeux d'or* et *La Muse du département* », dans *Balzac au pluriel*, PUF, Paris, 1990).

🕮 ***La Muse du département*** (édition Furne, 13 mai 1843)

➲ **L'enchaînement des histoires**

Le chevalier déshabilla promptement le mort, prit ses habits, imita son allure, et, grâce à l'heure matinale et au peu de défiance des sentinelles de la porte principale, il s'évada. [*Ceci est la fin de l'« Histoire du chevalier de Beauvoir » ; voir p. 128.*]

Ni le Procureur du Roi, ni madame de La Baudraye [1] ne

1. La comtesse Dinah de La Baudraye, née Piédefer, est « la muse du département » du Cher. Le roman est l'histoire de sa vie. Née dans une famille protestante, convertie au catholicisme, elle règne sans partage sur la bonne société de Sancerre depuis son mariage. Passionnée de littérature, elle a fondé une « Société littéraire » et tient un salon où la conversation est de règle. Surnommée avec malice la « Sapho de Saint-Satur » (le faubourg où est

parurent croire qu'il y eût dans ce récit la moindre prophétie qui les concernât. Les intéressés se jetèrent des regards interrogatifs, en gens surpris de la parfaite indifférence des deux prétendus amants.

— Bah ! j'ai mieux à vous raconter, dit Bianchon.

— Voyons, dirent les auditeurs à un signe que fit Lousteau pour dire que Bianchon avait sa petite réputation de conteur.

Dans les histoires dont se composait son fonds de narration, car tous les gens d'esprit ont une certaine quantité d'anecdotes comme madame de La Baudraye avait sa collection de phrases, **l'illustre docteur choisit celle connue sous le nom de La Grande Bretèche** et devenue si célèbre qu'on en a fait au Gymnase-Dramatique un vaudeville intitulé *Valentine*. Aussi est-il parfaitement inutile de répéter ici cette aventure, quoiqu'elle fût du fruit nouveau pour les habitants du château d'Anzy. Ce fut d'ailleurs la même perfection dans les gestes, dans les intonations qui valut tant d'éloges au docteur chez mademoiselle des Touches quand il la raconta pour la première fois. Le dernier tableau du Grand d'Espagne mourant de faim et debout dans l'armoire où l'a muré le mari de madame de Merret, et le dernier mot de ce mari répondant à une dernière prière de sa femme : — Vous avez juré sur ce crucifix qu'il n'y avait là personne ! produisit tout son effet. Il y eut un moment de silence assez flatteur pour Bianchon.

— Savez-vous, messieurs, dit alors madame de La Baudraye, que l'amour doit être une chose immense pour engager une femme à se mettre en de pareilles situations ?

— Moi qui certes ai vu d'étranges choses dans ma vie, dit monsieur Gravier, j'ai été quasi témoin en Espagne d'une aventure de ce genre-là.

— Vous venez après de grands acteurs, lui dit madame de La Baudraye en fêtant les deux Parisiens par un regard coquet, n'importe, allez.

— **Quelque temps après son entrée à Madrid, dit le**

situé l'hôtel de La Baudraye), elle manifeste une grande indépendance de caractère et de conduite.

Receveur des contributions, le grand-duc de Berg invita les principaux personnages de cette ville à une fête offerte par l'armée française à la capitale nouvellement conquise. [*Ceci est le début du récit du « Grand d'Espagne » ; voir p. 153*]

Autre étude de femme

Comme le précédent, ce roman donne l'impression d'un « bricolage » expérimental d'histoires organisées selon la mise en scène d'une pratique mondaine à la mode : la « seconde soirée », où l'hôtesse réunit des intimes, une fois le « raout » (la première partie de soirée, officielle et guindée) terminé, et qui se prolonge tard dans la nuit selon les hasards de la conversation, autour d'un thème lancé par un meneur de jeu (ici, adultère et vengeance). C'est l'exemple typique d'un « coup éditorial » : une mosaïque de textes hétérogènes dont on peut admirer le montage ingénieux.

Deux niveaux narratifs sont à prendre en compte : celui du récit « encadrant » et celui de l'histoire racontée. Le cadre du salon permet de multiplier les voix narratives et de rassembler bon nombre de figures de *La Comédie humaine*, devenues familières, représentant les « conteurs » (de Marsay, Montriveau, Canalis, Bianchon), mais aussi un public de choix (Rastignac, Blondet, Joseph Bridau, Nucingen, Adam Laginski, Félix de Vandenesse, Mlle des Touches, la princesse de Cadignan, Delphine de Nucingen, la comtesse de Montcornet).

🕮 ***Autre étude de femme*** (édition Furne, 3 septembre 1842)

➲ Le cadre : un salon parisien à la mode [1]

1. C'est déjà le salon d'*Une conversation entre onze heures et minuit* (voir p. 182). Après avoir inspiré le salon de Mme d'Esther dans *Le Conseil*, il devient ici le salon de Mme d'Espard. En réalité, ce salon parisien était celui du baron Gérard (1770-1837), membre de l'Institut, peintre de l'Empereur, puis du Roi, et ami de Balzac. François Gérard habitait 6, place Saint-Germain-des-Prés (au coin de la rue Bonaparte actuelle).

« On se rassemble dans un petit salon. La seconde, la véritable soirée a lieu ; soirée où, comme sous l'ancien régime, chacun entend ce qui se dit, où la conversation est générale, où l'on est forcé d'avoir de l'esprit et de contribuer à l'amusement public. Tout est en relief, un rire franc succède à ces airs gourmés qui, dans le monde, attristent les plus jolies figures. [...]

Cette seconde soirée est donc, en France, dans quelques maisons, une heureuse protestation de l'ancien esprit de notre joyeux pays ; mais, malheureusement, peu de maisons protestent : la raison en est bien simple. Si l'on ne soupe plus beaucoup aujourd'hui, c'est que, sous aucun régime, il n'y a eu moins de gens casés, posés et arrivés. Tout le monde est en marche vers quelque but, ou trotte après la fortune. Le temps est devenu la plus chère denrée, personne ne peut donc se livrer à cette prodigieuse prodigalité de rentrer chez soi le lendemain pour se réveiller tard. On ne retrouve donc plus de seconde soirée que chez les femmes assez riches pour ouvrir leur maison ; et depuis la révolution de 1830, ces femmes se comptent dans Paris. Malgré l'opposition muette du faubourg Saint-Germain, deux ou trois femmes, parmi lesquelles se trouve madame la marquise d'Espard, n'ont pas voulu renoncer à la part d'influence qu'elles avaient sur Paris, et n'ont point fermé leurs salons. Entre tous, l'hôtel de madame d'Espard, célèbre d'ailleurs à Paris, est le dernier asile où se soit réfugié l'esprit français d'autrefois, avec sa profondeur cachée, ses mille détours et sa politesse exquise. Là vous observerez encore de la grâce dans les manières malgré les conventions de la politesse, de l'abandon dans la causerie malgré la réserve naturelle aux gens comme il faut, et surtout de la générosité dans les idées. Là, nul ne pense à garder sa pensée pour un drame ; et, dans un récit, personne ne voit un livre à faire. Enfin le hideux squelette d'une lit-

Parmi ses habitués, se trouvaient aussi bien Stendhal, Delacroix, Mérimée que le célèbre astronome François Arago qui logeait à l'Observatoire, près de la maison de Balzac, sise 1, rue Cassini. Outre la conversation, on jouait au whist ; à minuit, on servait le thé.

térature aux abois ne se dresse point, à propos d'une saillie heureuse ou d'un sujet intéressant. [...]

Vous rencontrerez ailleurs, en Europe, d'élégantes manières, de la cordialité, de la bonhomie, de la science ; mais à Paris seulement, dans ce salon et dans ceux dont je viens de parler, abonde l'esprit particulier qui donne à toutes ces qualités sociales un agréable et capricieux ensemble, je ne sais quelle allure fluviale qui fait facilement serpenter cette profusion de pensées, de formules, de contes, de documents historiques. Paris, capitale du goût, connaît seul cette science qui change une conversation en une joute où chaque nature d'esprit se condense par un trait, où chacun dit sa phrase et jette son expérience dans un mot, où tout le monde s'amuse, se délasse et s'exerce. Aussi, là seulement, vous échangerez vos idées ; là vous ne porterez pas, comme le dauphin de la fable, quelque singe sur vos épaules ; là vous serez compris, et ne risquerez pas de mettre au jeu des pièces d'or contre du billon. Enfin, là, des secrets bien trahis, des causeries légères et profondes ondoient, tournent, changent d'aspect et de couleurs à chaque phrase. Les critiques vives et les récits pressés s'entraînent les uns les autres. Tous les yeux écoutent, les gestes interrogent et la physionomie répond. Enfin, là tout est, en un mot, esprit et pensée.

Jamais le phénomène oral qui, bien étudié, bien manié, fait la puissance de l'acteur et du conteur, ne m'avait si complètement ensorcelé. Je ne fus pas seul soumis à ces prestiges, et nous passâmes tous une soirée délicieuse. La conversation, devenue conteuse, entraîna dans son cours précipité de curieuses confidences, plusieurs portraits, mille folies, qui rendent cette ravissante improvisation tout à fait intraduisible ; mais, en laissant à ces choses leur verdeur, leur abrupte naturel, leurs fallacieuses sinuosités, peut-être comprendrez-vous bien le charme d'une véritable soirée française, prise au moment où la familiarité la plus douce fait oublier à chacun ses intérêts, son amour-propre spécial, ou, si vous voulez, ses prétentions. »

➲ L'enchaînement des histoires

« — Pendant la campagne de 1812, dit alors le général Montriveau, je fus la cause involontaire d'un malheur affreux qui pourra vous servir, docteur Bianchon, dit-il en me regardant, vous qui vous occupez beaucoup de l'esprit humain en vous occupant du corps, à résoudre quelques-uns de vos problèmes sur la Volonté. Je faisais ma seconde campagne, j'aimais le péril et je riais de tout, en jeune et simple lieutenant d'artillerie que j'étais ! Lorsque nous arrivâmes à la Bérésina, l'armée n'avait plus, comme vous le savez, de discipline, et ne connaissait plus l'obéissance militaire.

[*Ceci est le début de « La Maîtresse de notre colonel » ; voir p. 129*]

[...]

— *Son'io !* dit-il. Nous continuâmes à marcher sans lui faire une seule observation. [*Ceci est la fin de « La Maîtresse de notre colonel » ; voir p. 137.*]

— Il n'y a rien de plus terrible que la révolte d'un mouton, dit de Marsay.

— Il serait affreux de nous laisser aller avec cette horrible image dans la mémoire, dit madame de Vandenesse. Je vais en rêver...

— Et quelle sera la punition de la première de monsieur de Marsay ? dit en souriant lord Dudley.

— Quand les Anglais plaisantent, ils ressemblent aux tigres apprivoisés qui veulent caresser, ils emportent la pièce, dit Blondet.

— Monsieur Bianchon peut nous le dire, répondit de Marsay en s'adressant à moi, car il l'a vue mourir.

— Oui, dis-je, et sa mort est une des plus belles que je connaisse. Nous avions passé le duc et moi la nuit au chevet de la mourante, dont la pulmonie, arrivée au dernier degré, ne laissait aucun espoir, elle avait été administrée la veille. [*Ceci est le début légèrement modifié de « La femme du médecin » (voir p. 151) ; l'histoire est ici présentée comme celle du premier amour de de Marsay.*]

Le duc s'était endormi. Madame la duchesse, s'étant réveillée vers quatre heures du matin, me fit, de la manière la plus touchante et en souriant, un signe amical pour me dire de le laisser reposer, et cependant elle allait mourir ! Elle était arrivée à une maigreur extraordinaire, mais son visage avait conservé ses traits et ses formes vraiment sublimes. Sa pâleur faisait ressembler sa peau à de la porcelaine derrière laquelle on aurait mis une lumière. Ses yeux vifs et ses couleurs tranchaient sur ce teint plein d'une molle élégance, et il respirait dans sa physionomie une imposante tranquillité. Elle paraissait plaindre le duc, et ce sentiment prenait sa source dans une tendresse élevée qui semblait ne plus connaître de bornes aux approches de la mort. Le silence était profond. La chambre, doucement éclairée par une lampe, avait l'aspect de toutes les chambres de malades au moment de la mort. En ce moment la pendule sonna. Le duc se réveilla, et fut au désespoir d'avoir dormi. Je ne vis pas le geste d'impatience par lequel il peignit le regret qu'il éprouvait d'avoir perdu de vue sa femme pendant un des derniers moments qui lui étaient accordés ; mais il est sûr qu'une personne autre que la mourante aurait pu s'y tromper. Homme d'État, préoccupé des intérêts de la France, le duc avait mille de ces bizarreries apparentes qui font prendre les gens de génie pour des fous, mais dont l'explication se trouve dans la nature exquise et dans les exigences de leur esprit. Il vint se mettre dans un fauteuil près du lit de sa femme, et la regarda fixement. La mourante avança un peu la main, prit celle de son mari, la serra faiblement ; et d'une voix douce, mais émue, elle lui dit : – Mon pauvre ami, qui donc maintenant te comprendra ? Puis elle mourut en le regardant.

— Les histoires que conte le docteur, reprit le comte de Vandenesse, font des impressions bien profondes.

— Mais douces, reprit madame d'Espard en se levant. »

II – *CANARDS* ET FAITS DIVERS

• Journalistes et écrivains

Au début du XIXe siècle, après la chute de l'empire napoléonien, la presse connaît une progression très importante, en même temps qu'apparaissent les revues (*La Revue de Paris* et *La Revue des Deux Mondes* en 1829).

Avec la naissance du roman-feuilleton, les écrivains trouvent un nouveau moyen d'acquérir la notoriété, sinon le succès. C'est le cas pour Balzac qui publie bon nombre de ses œuvres en feuilleton.

On sait qu'en 1830, il est journaliste « régulier » dans de petits journaux[1] (des journaux d'art, des journaux littéraires, de théâtre, comme *La Silhouette*, *La Caricature*, *La Mode*). Il écrit des textes souvent très brefs, des fantaisies : leur écriture est un compromis entre l'esthétique journalistique et la sienne propre.

D'une certaine manière, plusieurs « histoires » imaginées dans cette période (dont certaines précisément paraissent dans ces journaux[2]), figurant dans notre recueil, sont proches d'un type journalistique alors très en vogue : celui des « faits divers » dont se nourrissent les gazettes.

Les faits divers fournissent des éléments souvent dignes de ces « contes cruels » qui font précisément la célébrité de leurs auteurs. Flaubert, Stendhal, Balzac, Maupassant et bien

1. Voir R. Chollet, *Balzac journaliste. Le tournant de 1830*, Paris, Klincksieck, 1983.
2. Voir « La parution des titres », p. 170.

d'autres, trouvèrent parfois l'inspiration en lisant ces chroniques. On sait, par exemple, que *Le Rouge et le Noir*, dont Balzac admire la « sinistre et froide philosophie[1] », est inspiré d'un fait divers sanglant lu par Stendhal dans *La Gazette des tribunaux*.

• Du « canard » au « fait divers »

Le *canard* est une feuille imprimée qui raconte, par le texte et l'image, un fait extraordinaire ; vendu par colportage, il fait les délices de la clientèle populaire pour atteindre son apogée au XIXe siècle. On en vient rapidement à chercher des faits divers « arrangés », mais qu'on présente comme véritables, avec de terribles détails, baignant dans le sang et l'horreur.

L'expression « fait divers » – du latin *diversus*, issu du verbe *divertere* qui signifie divertir – apparaît pour la première fois en 1863 dans *Le Petit Journal*[2]. Jusque-là, on parle, comme Balzac et Nerval, de « canards », de « faits Paris » ou plus simplement de « nouvelles » qu'on qualifie de « curieuses », « singulières » ou « extraordinaires ». De fait, on les publie si elles sont susceptibles de *divertir*, donc d'émouvoir le lecteur. Et quoi de plus émouvant que le macabre, la violence, le sexe et la mort sous toutes ses formes ?

La définition donnée par le *Grand dictionnaire universel du XIXe siècle* de Pierre Larousse explique le contenu du *fait divers* et son rapport avec l'extraordinaire : « Sous cette rubrique, les journaux groupent avec art et publient régulièrement les nouvelles de toutes sortes qui courent le monde : petits scandales, accidents de voiture, crimes épouvantables, suicides d'amour, couvreur tombant d'un cinquième étage,

1. Voir « Un titre/des titres », p. 178.

2. Fondé par Moïse Polydore Milhaud, ce titre inaugure en France la formule américaine du *Penny Paper* (journal à un sou) qu'a adoptée le *New York Sun* en 1833. Pas de débats d'idées : *Le Petit Journal* est délibérément orienté vers la recherche du sensationnel, avec une préférence pour les faits divers. Le sang est à la une et le journal peut faire ainsi concurrence aux *canards*.

vol à main armée, pluie de sauterelles ou de crapauds, naufrages, incendie, inondations, aventures cocasses, enlèvement mystérieux, exécution à mort, cas d'hydrophobie, d'anthropophagie, de somnambulisme et de léthargie ; les sauvetages y entrent pour une part et les phénomènes de la nature tels que veaux à deux têtes, crapauds âgés de mille ans, jumeaux soudés par la peau du ventre, enfants à trois yeux, nains extraordinaires, etc. »

Quant à l'analyse de Roland Barthes, elle montre bien que le fait divers peut aussi se lire selon des critères d'esthétique littéraire proches du conte. Le fait divers « est une information immanente : elle contient en soi tout son savoir : point besoin de connaître rien du monde pour la consommer [...] tout est donné dans un fait divers : ses circonstances, ses causes, son passé, son issue ; sans durée et sans contexte, il constitue un être immédiat, total qui ne renvoie, du moins formellement, à rien d'implicite. C'est en cela qu'il s'apparente à la nouvelle et au conte, et non plus au roman » (*Essais critiques*, « Structure du fait divers », Seuil, 1964).

• Bras et têtes coupés : des histoires dignes d'un *canard*

Balzac lui-même reconnaît sacrifier à la mode du fait divers. Ses « histoires » courtes comme celle du « gilet rouge » ou du « père du réfractaire », ses récits sanglants de têtes et membres coupés [1] en témoignent.

À ce titre, *La Muse du département* offre un exemple des plus explicites de ce type d'écriture : juste après la fin du récit du « Grand d'Espagne », dont le journaliste Lousteau souligne précisément le rapport direct avec les *canards*, le procureur du roi raconte un fait divers particulièrement « horrifique » [2], qui aurait pu figurer dans *La Gazette des Tribunaux*.

1. Voir dans « Les thèmes clés », p. 204.
2. Avant d'être intégrée dans *La Muse du département*, l'histoire du crime de la femme de Saint-Pierre-des-Corps figurait primitivement dans le texte de *La Grande Bretèche*, juste après

« L'Espagne est un singulier pays, dit madame de La Baudraye, il y reste quelque chose des mœurs arabes.

— Oh ! dit le journaliste en riant, cette manie de couper les bras y est fort ancienne, elle reparaît à certaines époques comme quelques-uns de nos *canards* dans les journaux, car ce sujet avait déjà fourni des pièces au Théâtre espagnol, dès 1570...

— Me croyez-vous donc capable d'inventer une histoire ? dit monsieur Gravier piqué de l'air impertinent de Lousteau.

— Vous en êtes incapable, répondit finement le journaliste.

— Bah ! dit Bianchon, les inventions des romanciers et des dramaturges sautent aussi souvent de leurs livres et de leurs pièces dans la vie réelle que les événements de la vie réelle montent sur le théâtre et se prélassent dans les livres. J'ai vu se réaliser sous mes yeux la comédie de Tartuffe, à l'exception du dénouement : on n'a jamais pu dessiller les yeux à Orgon.

— Croyez-vous qu'il puisse encore arriver en France des aventures comme celle que vient de nous raconter monsieur Gravier ? dit madame de La Baudraye.

— Eh ! mon Dieu, s'écria le Procureur du Roi, *sur les dix ou douze crimes saillants qui se commettent* par année en France, il s'en trouve la moitié dont les circonstances sont au moins aussi extraordinaires que celles de vos aventures, et qui très souvent les surpassent en romanesque. Cette vérité n'est-elle pas d'ailleurs prouvée par la publication de la *Gazette des Tribunaux*, à mon sens l'un des plus grands abus de la Presse. Ce journal, qui ne date que de 1826 ou 1827, n'existait donc pas lors de mon début dans la carrière du Ministère public, et les détails du crime dont je vais vous parler n'ont pas été connus au-delà du département où il fut *perpétré*. Dans le faubourg Saint-Pierre-des-Corps à Tours, une femme, dont le mari avait disparu lors du licenciement

la remarque de Mme Lepas : « Ça m'a donné l'idée de consulter monsieur, qui me paraît un homme de bon conseil et incapable de trahir une pauvre femme comme moi qui n'ai jamais fait de mal à personne, et qui se trouve cependant tourmentée par sa conscience » (voir pp. 102-103).

de l'armée de la Loire en 1816 et naturellement fut pleuré beaucoup, se fit remarquer par une excessive dévotion. Quand les missionnaires parcoururent les villes de province pour y replanter les croix abattues et y effacer les traces des impiétés révolutionnaires, cette veuve fut une des plus ardentes prosélytes, elle porta la croix, elle y cloua son cœur en argent traversé d'une flèche, et, longtemps après la mission, elle allait tous les soirs faire sa prière aux pieds de la croix qui fut plantée derrière le chevet de la cathédrale. Enfin vaincue par ses remords, elle se confessa d'un crime épouvantable. Elle avait égorgé son mari comme on avait égorgé Fualdès, en le saignant, elle l'avait salé, mis dans deux vieux poinçons, en morceaux, absolument comme s'il se fût agi d'un porc. Et pendant fort longtemps, tous les matins, elle en coupait un morceau et l'allait jeter dans la Loire. Le confesseur consulta ses supérieurs, et avertit sa pénitente qu'il devait prévenir le Procureur du Roi. La femme attendit la descente de la justice. Le Procureur du Roi, le Juge d'Instruction en visitant la cave y trouvèrent encore la tête du mari dans le sel et dans un des poinçons. — Mais, malheureuse, dit le Juge d'Instruction à l'*inculpée*, puisque vous avez eu la barbarie de jeter ainsi dans la rivière le corps de votre mari, pourquoi n'avez-vous pas fait disparaître aussi la tête, il n'y aurait plus eu de preuves... — Je l'ai bien souvent essayé, monsieur, dit-elle ; mais je l'ai toujours trouvée trop lourde.

— Eh ! bien, qu'a-t-on fait de la femme ?... s'écrièrent les deux Parisiens.

— Elle a été condamnée et exécutée à Tours, répondit le magistrat ; mais son repentir et sa religion avaient fini par attirer l'intérêt sur elle, malgré l'énormité du crime.

— Eh ! sait-on, dit Bianchon, toutes les tragédies qui se jouent derrière le rideau du ménage que le public ne soulève jamais... Je trouve la justice humaine malvenue à juger des crimes entre époux ; elle y a tout droit comme police, mais elle n'y entend rien dans ses prétentions à l'équité.

— Bien souvent la victime a été pendant si longtemps le bourreau, répondit naïvement madame de La Baudraye, que le crime paraîtrait quelquefois excusable si les accusés osaient tout dire. »

III – BALZAC ET SES MOHICANS

• James Fenimore Cooper, le père des Mohicans

L'Américain James Fenimore Cooper (1789-1851) a été l'un des écrivains les plus populaires du XIXe siècle. Il a influencé toute la littérature européenne : Walter Scott, Chateaubriand, Balzac, Victor Hugo, Barbey d'Aurevilly le révèrent comme l'un des pères du roman d'aventures.

En 1826, Cooper, né dans le New Jersey (au nord-est des États-Unis), part avec femme et enfants pour la France, où il est nommé consul d'Amérique à Lyon. Il restera finalement sept ans en Europe (il voyage en France, Suisse, Italie) où ses romans, traduits dès leur parution, remportent le plus vif succès.

Le cycle de *Bas-de-cuir* (*The Leather-Stocking Tales*) est composé de cinq romans dont *Le Dernier des Mohicans* (1826), *La Prairie* (1827) et *Le Tueur de daims* (1841), où il décrit les luttes franco-anglaises en Amérique du Nord au XVIIIe siècle. Le héros *Natty Bumppo* (dit « Bas de cuir » ou « Œil de faucon »), qui a été recueilli enfant par les Indiens, représente « l'homme des frontières ».

Balzac, qui fut un admirateur critique de Cooper, s'inspira du roman *Le Dernier des Mohicans, Histoire de 1757* pour écrire en 1829 *Le Dernier Chouan, ou la Bretagne en 1800* (qui devient *Les Chouans* en 1834).

• 1829-1830 : du *Dernier Chouan* à *El Verdugo*, le nouveau départ dans la carrière littéraire de Balzac

Un « Avertissement », qu'il renoncera finalement à joindre à son roman *Les Chouans*, révèle les nouvelles ambitions de Balzac. Il veut désormais peindre l'Histoire mais aussi la « Nature » de son pays « dans une forme nouvellement consacrée », en des « tableaux de genre » où trouveront place « les faits ignorés de nos mœurs et de nos usages » et où les rois seront « configurés » par les peuples, « les peuples par certaines figures plus empreintes de leur esprit ». Il s'agit de ne plus faire de l'Histoire « un charnier, une gazette, un état civil de la nation, un squelette chronologique », mais un vaste organisme vivant.

Dans ce cadre, *Les Chouans* ne devaient constituer que la « première assise » d'une œuvre immense, « une des pierres de l'édifice » que l'auteur allait essayer d'élever, s'il ne s'était « pas trompé sur [sa] vocation ».

Pour rompre définitivement avec ses premiers essais romanesques (voir « Repères biographiques », p. 269), Balzac souhaitait vivement paraître au format in-octavo, alors réservé aux genres nobles, poésie et histoire. Mais il doit finalement céder son roman début janvier 1829 à son nouvel ami et mentor Latouche, qui finance la publication en quatre volumes in-douze, ce qui est le format des romans populaires mais aussi des traductions de Walter Scott et de Fenimore Cooper. Notons que Latouche ne tardera pas à s'arracher les cheveux en voyant les « remaniements, surcharges et corrections extravagantes » dont Balzac, inaugurant une méthode de travail qui restera sa marque, charge les épreuves successives du roman !

L'ouvrage, signé pour la première fois « Honoré Balzac », paraît fin mars 1829 sous le titre complet de « Le Dernier Chouan, ou la Bretagne en 1800 » : référence très opportuniste, on le voit, pour le lecteur passionné de romans d'aventures au « Dernier des Mohicans, Histoire de 1757 » de Cooper, paru trois ans auparavant. Malgré quelques articles élogieux écrits par des amis dans la petite presse, il ne se vend pas, mais Balzac est invité à assister chez Victor Hugo à la lecture de *Marion Delorme*, signe que le roman n'était pas passé tout à fait inaperçu ! Présenté chez Mme Récamier par la duchesse d'Abrantès et introduit dans le salon de Sophie Gay par Latouche, le jeune romancier, qui mesure la douloureuse insuffisance de ses ressources financières, amorce alors son « entrée dans le monde ».

Comme un éditeur avait manifesté de l'intérêt pour la *Physiologie du mariage*, Balzac se remet alors à travailler sur cet ouvrage qu'il avait laissé dans un tiroir depuis 1826. Outre quelques travaux « alimentaires », comme une collaboration aux mémoires apocryphes du bourreau Sanson (voir p. 230), il écrit aussi *Gloire et malheur*, une nouvelle inspirée des malheurs de sa sœur Laurence : sous le titre de *La Maison du Chat-qui-pelote*, elle deviendra bientôt la première des *Scènes de la vie privée* et, plus tard, le texte d'ouverture de *La Comédie humaine*. Il rédige encore *El Verdugo*, bref et cruel drame situé pendant la guerre d'Espagne, et premier jalon d'un recueil de *Scènes de la vie militaire* en projet (p. 15).

Balzac est désormais l'un des représentants en vue de la vie parisienne ; il fréquente les grands cafés à la mode du boulevard des Italiens, s'inquiète de la dérive politique et sociale du régime comme de la crise de la littérature française. Il travaille jour et nuit jusqu'à la fin du mois de mai 1830. Puis il part avec Mme de Berny en Touraine, où il a loué une maison, la Grenadière. Il retrouve alors avec délices son pays natal, qui, dit-il, lui fait « l'effet d'un pâté de foie gras où l'on est jusqu'au menton ». Puis les amants descendent la Loire en bateau et vont jusqu'au Croisic, où Balzac dit mener pendant quelques jours « une vie de Mohican », loin de la politique, de la littérature et de la gloire, ces « boulettes à tuer les chiens errants ».

C'est de cette époque que date la rédaction de nos trois premiers contes : ***El Verdugo***, ***L'Élixir de longue vie***, ***Une passion dans le désert*** (voir l'influence du séjour au Croisic, p. 197). Quant à la Touraine, elle va fournir en 1832 le cadre de ***La Grande Bretèche***, mais aussi de plusieurs textes des *Contes bruns* (voir, dans « Les thèmes clés », « L'exotisme »,

p. 211). Si peindre l'Histoire de son pays en « tableaux de genre » est le dessein de l'ambitieux projet des *Chouans*, on peut en lire aussi les principes dans deux de ces « contes », *Le Gilet rouge* (p. 145) et *Le Père du réfractaire* (p. 141), où Balzac brosse avec une puissance particulièrement dramatique deux destins exemplaires de ce que l'on appellerait aujourd'hui « le sous-développement rural » et que Balzac lui-même nomme « l'immobilité d'une population vouée aux pratiques d'une immémoriale routine » (*Les Chouans* ; voir le texte ci-dessous).

🕮 Balzac, *Les Chouans*

– ***La présentation du roman***

« Cet ouvrage est mon premier, et lent fut son succès ; je ne pouvais le protéger d'aucune manière, occupé comme je le suis de la vaste entreprise où il tient si peu de place. Aujourd'hui, je ne veux faire que deux remarques.

La Bretagne connaît le fait qui sert de base au drame ; mais ce qui se passe en quelques mois fut consommé en vingt-quatre heures. À part cette poétique infidélité faite à l'histoire, tous les événements de ce livre, même les moindres, sont entièrement historiques ; quant aux descriptions, elles sont d'une vérité minutieuse.

Le style, d'abord assez entortillé, hérissé de fautes, est maintenant à l'état de perfection relative qui permet à un auteur de présenter son ouvrage sans en être par trop mécontent.

Des *Scènes de la vie militaire* que je prépare, c'est la seule qui soit terminée, elle présente une des faces de la guerre civile au dix-neuvième siècle, celle de partisans ; l'autre, la guerre civile régulière, sera le sujet des *Vendéens*. »

(« Préface à M. Théodore Dablin, négociant, *Au premier ami, le premier ouvrage*, De Balzac, Paris, janvier 1845 »)

– ***La Bretagne ou les derniers Mohicans de « la civilisation moderne »***

« Là, les coutumes féodales sont encore respectées. Là, les antiquaires retrouvent debout les monuments des Druides. Là, le génie de la civilisation moderne s'effraie de pénétrer à travers d'immenses forêts primordiales. Une incroyable férocité, un entêtement brutal, mais aussi la foi du serment ; l'absence complète de nos lois, de nos mœurs, de notre habillement, de nos monnaies nouvelles, de notre langage, mais aussi la simplicité patriarcale et d'héroïques vertus s'accordent à rendre les habitants de ces campagnes plus pauvres de combinaisons intellectuelles que ne le sont **les Mohicans** et les Peaux-rouges de l'Amérique septentrionale, mais aussi grands qu'eux. **La place que la Bretagne occupe au centre de l'Europe la rend beaucoup plus curieuse à observer que ne l'est le Canada**. Entouré de lumières dont la bienfaisante chaleur ne l'atteint pas, ce pays ressemble à un charbon glacé qui resterait obscur et noir au sein d'un brillant foyer. Les efforts tentés par quelques grands esprits pour conquérir à la vie sociale et à la prospérité cette belle partie de la France, si riche de trésors ignorés, tout, même les tentatives du gouvernement, meurt au sein de l'immobilité d'une population vouée aux pratiques d'une immémoriale routine. Ce malheur s'explique assez par la nature d'un sol encore sillonné de ravins, de torrents, de lacs et de marais ; hérissé de haies, espèces de bastions en terre qui font, de chaque champ, une citadelle ; privé de routes et de canaux ; puis, par l'esprit d'une population ignorante, livrée à des préjugés dont les dangers seront accusés par les détails de cette histoire, et qui ne veut pas de notre moderne agriculture. La disposition pittoresque de ce pays, les superstitions de ses habitants excluent et la concentration des individus et les bienfaits amenés par la comparaison, par l'échange des idées.

[...]

C'était des Sauvages qui servaient Dieu et le roi, à la manière dont les Mohicans font la guerre. »

(Chapitre I : « L'embuscade »,
texte de l'édition Furne, in *La Comédie humaine*,
volume XIII, 1845)

On notera, pour l'anecdote, que dans *L'Illustre Gaudissart* (1842), c'est la Touraine qui fournit à son tour l'occasion d'une référence « exotique » à l'Indien :

« Le Tourangeau, si remarquable au-dehors, chez lui

demeure comme l'Indien sur sa natte, comme le Turc sur son divan. »

La « sauvagerie » fournit ici matière au traditionnel débat qui oppose la nature à la culture :

« — Je crois que si les actions des paysans sont si complètes, si simplement belles, c'est que, chez eux, tout est naturel et sans art ; ils obéissent toujours au cri de la nature ; leur ruse même, leur astuce, si célèbres et si formidables, sont un développement de l'instinct humain. Ils sont cauteleux dans les affaires, et dissimulés, comme tous les gens faibles, en présence d'un ennemi puissant ; et, ne faisant pas abus de la pensée, ils la trouvent, comme la foi, très robuste dans leur âme, au moment où ils en font usage. La foi du charbonnier est un proverbe. [...]

Faut-il attribuer ce sentiment de vengeance immédiate à la vie sauvage que mènent les habitants des campagnes ? » (réflexions de participants à la *Conversation entre onze heures et minuit*, après *Le Père du réfractaire*).

IV – REPÈRES BIOGRAPHIQUES

1799 Naissance le 20 mai, à Tours, d'Honoré, fils de Bernard-François Balzac et de son épouse Anne-Charlotte-Laure Sallambier, de 32 ans sa cadette. Issu d'une famille de paysans du Tarn, les Balssa, Bernard-François est un ancien clerc de notaire devenu directeur des vivres aux armées. La mère d'Honoré appartient à une famille de commerçants parisiens.

1800 Naissance de Laure Balzac, la sœur préférée d'Honoré.

1802 Naissance de Laurence Balzac, seconde sœur d'Honoré.

1807 Naissance d'Henry-François, demi-frère d'Honoré, dont le père est vraisemblablement M. de Margonne. Balzac entre au collège de Vendôme.

1814 Élève au collège de Tours. À l'automne, installation de la famille à Paris.

1816 Inscription à la faculté de droit.

1817-1819 Clerc d'avoué et de notaire, Balzac étudie le droit sans enthousiasme. Il mène la vie d'étudiant pauvre qu'il décrira dans *La Peau de chagrin.* Entreprend un essai philosophique, commence une tragédie, *Cromwell.*

1820 Commence *Sténie* et *Falthurne,* romans qui resteront inachevés.

1822 Rencontre Laure de Berny. « La Dilecta », âgée de quarante-quatre ans, va l'aider et l'encourager.

1822-1825 Huit romans sous les pseudonymes de Lord R'Hoone et d'Horace de Saint-Aubin.

1826-1828 Balzac s'installe comme imprimeur rue des Marais-Saint-Germain. Emprunte des sommes importantes à sa mère. Essaie de gérer une fonderie de caractères d'imprimerie. Faillite et dettes.

1829 Publication du *Dernier Chouan (Les Chouans),* qui paraît sous le nom d'Honoré Balzac, et de la *Physiologie du mariage.* Le père de Balzac meurt le 19 juin.

1830 Écrit des articles pour les journaux et ses premiers contes *(L'Élixir de longue vie, Sarrasine...).* Paraissent six nouvelles sous le titre *Scènes de la vie privée.* Balzac se lance dans la vie mondaine.

1831 *La Peau de chagrin.* Henry s'embarque pour l'île Maurice où il épouse une veuve aisée.

1832 Séjours à Saché chez M. de Margonne, à Angoulême chez les Carraud, à Aix-les-Bains avec la marquise de Castries, qui se dérobe. *Louis Lambert.* Le 9 septembre : première lettre à Mme Hanska.

1833 Travaille à *l'Histoire des Treize,* au *Médecin de campagne.* Balzac conçoit un vaste ensemble, les *Études de mœurs au XIXe siècle*, première forme de *La Comédie humaine,* qui comporte les *Scènes de la vie privée*, les *Scènes de la vie de province* et les *Scènes de la vie parisienne.* Les premières *Scènes de la vie de province,* publiées en décembre, comprennent *Eugénie Grandet.* Rencontre Mme Hanska en septembre à Neuchâtel.

1834 Après les Scènes, Balzac met au point les Études : *Études de mœurs, Études philosophiques, Études analytiques. La Recherche de l'Absolu, La Duchesse de Langeais.* Séjours à Genève avec Mme Hanska et à Frapesle, en avril, pendant une dizaine de jours. Début du *Père Goriot*, qui commence à paraître fin décembre dans *La Revue de Paris.* Naissance de l'idée de la reprise des personnages d'un roman à l'autre. Retour en France d'Henry, sans situation ni fortune.

1835 Fin de la parution du *Père Goriot.* Première édition en mars. Début de la publication du *Lys dans la vallée.* En août, nouveau séjour à Issoudun.

1836 Mort de Mme de Berny. *Le Lys dans la vallée* ; *La Vieille Fille.* Nouveau départ d'Henry et de sa famille pour l'île Maurice.

1837 Voyage en Italie. *Les Employés* ; *César Birotteau.*

1838 En février, séjour à Frapesle chez les Carraud, d'un mois environ, le dernier avant la rédaction de *La Rabouilleuse.* Balzac se rend en Sardaigne dans l'intention d'exploiter une mine d'argent. S'installe aux Jardies, entre Sèvres et Ville-d'Avray. Début de *Splendeurs et misères des courtisanes* et de *La Maison Nucingen. Le Cabinet des antiques* ; *Une fille d'Eve.*

1839 Devient président de la Société des gens de lettres. *Le Curé de village* ; *Un grand homme de province à Paris* ; *Les Secrets de la princesse de Cadignan* ; *Petites Misères de la vie conjugale.*

1840 *Pierrette.* Saisie des Jardies. Balzac s'installe à Passy, dans la propriété qui deviendra, rue Raynouard, l'actuelle Maison de Balzac. Première apparition du titre *La Comédie humaine.*

1841 *Une ténébreuse affaire* ; *Ursule Mirouët* ; *La Fausse Maîtresse* ; *Mémoires de deux jeunes mariées.* Balzac signe un traité avec Furne, Hetzel, Paulin et Dubochet pour la publication de ses œuvres. En février-mars, *La Presse* publie *Les Deux Frères.* Henry de Balzac adresse des lettres suppliantes à sa famille.

1842 Balzac apprend la mort du comte Hanski. Il rêve dès lors d'épouser son Étrangère, qui se montre réticente. Début de la publication de l'édition Furne de *La Comédie humaine* (16 volumes de 1842 à 1846). Balzac rédige son « Avant-propos ». Du 27 octobre au 29 novembre paraît, dans *La Presse, Un ménage de garçon en province.* 1er décembre 1842 : première publication de *La Rabouilleuse* sous le titre *Les Deux Frères.*

1843 Séjour à Saint-Pétersbourg avec Mme Hanska. *Honorine* ; *Une ténébreuse affaire.* Deuxième partie de *Splendeurs et misères des courtisanes.* Au mois de mai, parution du tome VI de *La Comédie humaine* où figure *La Rabouilleuse*, intitulée *Un ménage de garçon*. Balzac essaie d'obtenir un poste de commis de la Marine pour son frère Henry.

1844 *Modeste Mignon*. Début des *Paysans*.

1845 Balzac écrit moins. Séjour à Dresde avec Mme Hanska qui s'installe à Paris.

1846 Voyage en Europe avec Mme Hanska, qui accouche en novembre d'un enfant mort-né. Achat d'une maison rue Fortunée, près des Champs-Élysées. *Les Comédiens sans le savoir*. Début du *Cousin Pons*. *La Cousine Bette*.

1847 Publication du *Cousin Pons*, puis de la fin de *Splendeurs et misères des courtisanes*. Départ de Mme Hanska, que Balzac rejoint en Ukraine, à Wierzchownia.

1848 Rentre à Paris au moment de la Révolution. Condamne les événements. Repart pour l'Ukraine en octobre.

1849 Double échec à l'Académie française. Reste en Ukraine. Souffre de problèmes cardiaques.

1850 Épouse Mme Hanska en mars à Berditcheff, en Ukraine. Rentre à Paris en mai. Meurt le 18 août. Balzac est enterré au Père-Lachaise, où Victor Hugo prononce son éloge funèbre.

1854 Publication posthume du *Député d'Arcis*.

1855 *Les Paysans*. Édition des « Œuvres complètes » en vingt volumes.

1856-1857 *Les Petits Bourgeois*.

1869-1876 Édition définitive des « Œuvres complètes » en vingt-quatre volumes chez Michel Lévy, puis Calmann-Lévy.

1882 Mort de Mme Hanska.

V – REPÈRES BIBLIOGRAPHIQUES ET FILMOGRAPHIQUES

– *Contes bruns,* Laffitte reprints, Marseille, 1979
Cette édition reproduit l'intégralité des textes originaux des trois auteurs, Honoré de Balzac, Philarète Chasles, Charles Rabou, avec une préface de Max Milner.

– *Contes bruns,* Les Introuvables, Paris, 1996
Cette édition ne reproduit que les textes de Balzac, avec une préface et des notes de Marcel Bouteron.

– *Échantillon de causerie française*
in *Œuvres complètes de Balzac*, tome XXXIX, *Œuvres diverses* (tome II, 1830-1835), texte révisé et annoté par Marcel Bouteron et Henri Longnon, Louis Conard libraire-éditeur, Paris, 1938
in *Œuvres complètes de Balzac*, tome XXIII, *Œuvres diverses*, publiées par le « Club de l'honnête homme », Paris, 1956

– *La Comédie humaine*, édition de la Pléiade, publiée sous la direction de Pierre-Georges Castex, NRF, Gallimard, Paris, 1979 (12 volumes)

On se limitera volontairement à quelques classiques accessibles, cités par ordre alphabétique :

AMBLARD Marie-Claude, *L'Œuvre fantastique de Balzac : sources et philosophie*, Paris, Marcel Didier, 1972

BÉGUIN Albert, *Balzac lu et relu*, Le Seuil, collection « Pierres vives », Paris, 1965

BERTAULT Philippe, *Balzac*, Hatier, « Connaissance des lettres », n° 19, Paris, 1968, rééd. 1972

BERTHIER Patrick et GENGEMBRE Gérard, *L'ABCdaire de Balzac*, Flammarion et Paris-Musées, Paris, 1998

BERTHIER Philippe, *La Vie quotidienne dans* La Comédie humaine *de Balzac*, Hachette, « La vie quotidienne », Paris, 1998

BRUNEL Pierre, « Variations balzaciennes sur don Juan », *L'Année balzacienne*, 1996.

CASTEX Pierre-Georges, *Le Conte fantastique en France de Nodier à Maupassant*, José Corti, Paris, 1951

GENGEMBRE Gérard, *Balzac, le Napoléon des lettres*, Découvertes Gallimard « Littérature », n° 150, Paris, 1992

GENGEMBRE Gérard, *Analyse de* La Comédie humaine *de Balzac*, Pocket, « Pocket Classiques », n° 6279, Paris, 2004

GUISE René, « Balzac lecteur des *Élixirs du diable* », *L'Année balzacienne*, 1970

GUISE René, introduction, notice et notes pour *L'Élixir de longue vie* dans *La Comédie humaine*, Gallimard, « Bibliothèque de la Pléiade », tome XI, Paris, 1980

GUYON Bernard, « Le don Juan de Balzac », *L'Année balzacienne*, 1977

JACQUES Georges, *Paysages et structures dans* La Comédie humaine, Université de Louvain, Recueil de travaux d'histoire et de philologie, 6e série, fascicule 5, Louvain, 1975

MARCEAU Félicien, *Les Personnages de* La Comédie humaine, Gallimard, NRF, Paris, 1977

MOZET Nicole, *Balzac, « La Grenadière » et autres récits tourangeaux de 1832*, Christian Pirot, Saint-Cyr-sur-Loire, 1999

PICON Gaëtan, *Balzac par lui-même*, Le Seuil, « Écrivains de toujours », Paris, 1956

ROSA Annette et TOURNIER Isabelle, *Balzac*, Armand Colin, « Thèmes et Œuvres », Paris, 1992

SATIAT Nadine, *Balzac ou la fureur d'écrire*, Hachette, Paris, 1999

SIPRIOT Pierre, *Honoré de Balzac (1799-1850)*, L'Archipel, Paris, 1999

Magazine littéraire, « Balzac », n° 373, février 1999
Europe, mars 1980, n° 611, « Les Fantastiques »
– Maurice Lévy, « Gothique et fantastique »
– René Quinsat, « Réalisme et fantastique balzaciens »

Des histoires du recueil, seule *La Grande Bretèche*, sauf erreur de notre part, a été portée à l'écran :
– 1910 : André Calmettes, FR.
– 1943 : Sous le titre *Un seul amour*, Pierre Blanchar, FR (avec P. Blanchar, Micheline Presle, Julien Bertheau).
– 1955 : Un épisode du *Merveilleux nuage*, film à sketches de Michael Road, SUED/USA.
– 1960 : Claude Barma, FR, TV (avec Jean-Marc Bory et Françoise Christophe).

TABLE DES MATIÈRES

II – DOSSIER HISTORIQUE ET LITTÉRAIRE

Cet ouvrage a été composé par
PCA – 44400 REZÉ

Impression réalisée sur Presse Offset par

CPI
Brodard & Taupin

41982 – La Flèche (Sarthe), le 23-05-2007
Dépôt légal : juin 2007

POCKET – 12, avenue d'Italie - 75627 Paris cedex 13

Imprimé en France